启真馆 出品

La Bella Lingua

My Love Affair with Italian,
the World's Most Enchanting Language

恋上意大利语

美丽的语言

［美］黛安娜·黑尔斯 著 沈毅 译

Dianne Hales

ZHEJIANG UNIVERSITY PRESS
浙江大学出版社
·杭州·

图书在版编目（CIP）数据

美丽的语言：恋上意大利语 /（美）黛安娜·黑尔
斯著；沈毅译. —杭州：浙江大学出版社，2023.9
（启真·闲读馆）
ISBN 978-7-308-24043-7

Ⅰ.①美…　Ⅱ.①黛…②沈…　Ⅲ.①散文集—美国
—现代　Ⅳ.①I712.65

中国国家版本馆CIP数据核字（2023）第154337号

美丽的语言：恋上意大利语

[美] 黛安娜·黑尔斯　著　　　沈　毅　译

责任编辑	周红聪	
文字编辑	黄国弋	
责任校对	董齐琪	
装帧设计	周伟伟	
出版发行	浙江大学出版社	
	（杭州天目山路148号　邮政编码310007）	
	（网址：http://www.zjupress.com）	
排　　版	北京楠竹文化发展有限公司	
印　　刷	北京中科印刷有限公司	
开　　本	880mm×1230mm　1/32	
印　　张	10.75	
字　　数	236千	
版 印 次	2023年9月第1版　2023年9月第1次印刷	
书　　号	ISBN 978-7-308-24043-7	
定　　价	69.00元	

浙江大学出版社市场营运中心联系方式：（0571）88925591；http://zjdxcbs.tmall.com

献给所有与我分享过他们的语言和生活的意大利人

A tutti gli italiani che hanno condiviso la loro lingua—e la loro vita—con me

Il cor di tutte

Cose alfin sente sazietà, del sonno,

Della danza, del canto e dell'amore,

Piacer più cari che il parlar di lingua,

Ma sazietà di lingua il cor non sente.

万事万物，都有让人感到厌腻的时候，

无论是睡眠、爱情、歌声或舞蹈，

尽管它们要比语言更能使人欢愉喜乐，

但是，唯有语言决不会令人心生满足。

贾科莫·莱奥帕尔迪（Giacomo Leopardi）

意大利诗人、散文家和哲学家

目录

作者注

我既不是一个语言学家，也算不上是一个学者，但在《美丽的语言：恋上意大利语》一书中，我竭尽所能采用最广为接受的意大利语拼写和标点的形式。要是书中出现了明显的语言上的差池（strafalcioni），那我在此深表歉意——错误完全在于我。La colpa è solo mia.

编者注

本书正文夹杂大量意大利语，为不影响阅读体验，本书人名、地名、机构名、作品名等不再于正文列出原文，敬请参见译名对照表。

引言：我的意大利大脑是如何长成的

"学习一门新的语言，就像长出一个新的脑袋。"很久以前，一位欧洲朋友告诉我说，"你要用新的眼睛去观察，用新的耳朵去聆听，用新的语言去说话。"脑成像技术已证明了她的说法是正确的：用另一种语言来搜寻哪怕是最简单的词语，都能激活全新的神经元和突触的集群。因此，尽管我体内没有一丁点意大利人的血液，但从某种程度上来说，我可以全然地、不可逆转地把意大利语认作自己的母语了：因为这种语言热点，在我的大脑深处日渐生长已超过了四分之一个世纪。

我，一个有着根深蒂固的波兰农民血统的明智女人，绝未料到自己会如此疯狂，如此兴高采烈且云里雾里地醉心于这种世界上最美妙的语言。初次前往意大利旅行时，我时常遇到在我身边交谈或要与我交谈的意大利人，那时我几乎是个哑巴，与人交流的渴望，促使我下决心要学点他们的语言。

我的第一位老师，是一位来自意大利阿布鲁齐的热情的年轻女性，不久前随她的美国新婚丈夫迁居到了旧金山。她坚持让我重复一句意大利语，其意为"我要去过道里抽支烟"。

"但我不抽烟。"我反对说。

"意大利人都抽烟，"她反驳道，"夫人，这句话是很重要的。"

"这对我并不重要，"我固执着，"在意大利，我决不会到过道里抽烟。"

她叹了一口气。我改变了话题，问她最想念意大利的什么。"La piazza."（广场。）她若有所思地说，仿佛这是某个她难以割舍的所爱之人的名字。片刻之后，她又补充道："La domenica."

"星期日？"

"是去妈妈家的日子。"她开始啜泣。此后不久，她便收拾行装返回了意大利。

我的下一位老师，是一位颇有抱负的女演员，她在旧金山教孩子们意大利语，并在教学现场展示了一些小鸭和小狗的图画书。因为我不大愿意学习摇篮曲（ninnananne）什么的，她便把我转交给了在社区大学教意大利语的她的父亲托尼。托尼是一个风度翩翩的那不勒斯人，他骑着自行车翻过山坡来到我家。他会突然兴之所至唱起咏叹调，他曾单膝跪地为我演唱《今夜星光灿烂》和《冰凉的小手》。一天，他在一场猛烈的暴风雨中来到我家，在门口的擦鞋垫子上抖掉身上的水珠，教给我一个他用以自嘲、令我难以忘怀的新单词 inzuppato，意为"落汤鸡"。

很快，我便一发不可收了，为意大利语的语调而沉醉，为它的措辞而痴狂。我的下一个课堂，是在加利福尼亚州索萨利托的一间平房里，屋里画满了色彩斑斓的小天使和心形图案，它的主人是瓦伦蒂娜，她是一位罗马人（还是一位专业厨师），一头红褐色的头发，丰满性感的身材——意大利人可能会形容为 abbondante，但难以识别其年龄。她为我准备了美味的小吃（merende），以及添油加醋的旧情人故事。

"Aspetta!"（等等！）瓦伦蒂娜敏捷地打开一瓶普罗塞克葡萄酒的软木塞，在"砰"的一声中，她却叹气道："Viene!"（她来了！）从她那里，我第一次一知半解地学到了一些意大利语中的脏话或粗俗语，以及有关各种生理部位的俚语。从那以后，我再也无法像从前那样直视无花果了（fig，在意大利粗俗语中指女性的私处）。

在位于旧金山湾区的意大利语言学院——堪称温暖而舒适的"一小块儿意大利"（pezzo d'Italia），我参加了歌剧、艺术、礼仪、诗歌、建筑、葡萄酒、电影等多个主题的研习班。在语法研习班里那些母语为意大利语的老师的指导下，我好不容易理解了意大利语中那些变幻莫测的时态、令人困惑的条件从句和难以捉摸的虚拟语态。而把握那些调皮捣蛋的代词——它们或从句子的前面跳到后面，然后完全消失；或像叮在猫耳朵上的跳蚤一样抓住动词不放——耗费了我更多的精力。

为了实现从游客到学者的跨越，我决定前往意大利学习。然而，我安排好的第一位意大利老师，在阿马尔菲海岸游泳时腿抽筋，幸而被一位在附近航行的西西里王子救上了私人游艇，带入他位于海滨的一座城堡（castello）。她再也没有给我上过课，据我所知，她也再没有离开过这处皇家住所。更加幸运的是，在阿西西一座文艺复兴时期的别墅里的一所私立学校中，我遇到了杰出的教授安吉洛·丘奇乌，以及由他领衔的一个由非凡的年轻女性组成的教师团队（她们确实为自己在过道里抽烟找借口）。

尽管我的基本语法技能得到了鼓励性的"祝贺"："Complimenti!"但教授对我的口音却做了个鬼脸。"Non è bello."（不行。）他对我说，然后讲述了一则音乐家理查德·施特劳斯的逸事：施特劳斯曾告诉一个管弦乐队，他们演奏的音符虽然都是准确无误的，但不能成为音乐。此时，我看上去一定是很沮丧的，因为他急忙向我保证，这只是"一个小问题"（un problemino），而我要做的，就是与更多的意大利人交谈。

从此以后，我每年都返回意大利，用最行之有效的方法来提升我的意大利语水准：不断地从自己的错误中学习，并保持口齿流利不至于打结。在坎波内斯基餐馆——我们最喜爱的罗马餐馆，当服务生无意中听到我描述从公寓阳台上看到的罗马屋顶上的美妙景色时，他们咯咯地笑了起来，因为阳性的"屋顶"tetti 的发音本该是"特－踢"（tet-tee），我却发成了"特－忒"（tet-tay），遂变成了阴性的俚语 tette（乳头）。

在经历了其他一些令人尴尬的口误之后，我学会了把握双辅音的节奏，以避免把 anno（年份）说成 ano（在粗俗语中意为"肛门"）。在我们租来前往撒丁岛游玩的船上，我邀请两位水手费鲁乔和伊拉斯谟（其长相堪称意大利的乔治·克鲁尼）与我们在罗通多港共进晚餐。因为在海上消磨了这么漫长的时间，我担心我的丈夫会感到无聊。（其实，我们在海上度过了有趣的三天。）

随着我的意大利语越发流利，我的名字（Dianne）变成了戴安娜（Diana），发音为"迪－昂－阿"（Dee-ahn-aah）。我开始进入一个平行宇宙，我把高跟鞋穿得更高，把领口拉得更低，在托斯卡纳的月光下赤脚起舞，在蓝色的海湾游泳——意大利人往往会对这种诱人的蓝色海水说上两次 azzurro-azzurro（湛蓝，湛蓝）。而最重要的是，我意识到了英国作家 E. M. 福斯特的说法是多么正确啊！他告诫游客们放弃"那种只是把意大利当作一座古董和艺术的博物馆来观光的糟糕念头"。他叮嘱人们说："去爱，去理解意大利人，因为意大利人比这片土地更加神奇。"的确如此，我有幸去爱去理解他们，反过来，我也得到了他们的爱与理解。

我们在具有悠久历史的维比亚诺－韦基奥山庄（以出产翁布里亚葡萄酒和橄榄油而闻名）逗留期间，莉娜奶奶（nonna）向我和我的女儿朱莉娅——莉娜称其为"小可爱"（coccolona）——展示了她如何揉捏面团来制作当地厚实的手卷意大利面 pici，以及在那个她称作"野兽"（la bestia）的老旧炉子上烹饪的手艺。慈祥和善的山庄主人安德烈亚·法索拉·博洛尼亚和他的儿子洛伦佐，带我们认识不同葡萄的名字：桑娇维赛、西拉、萨格兰蒂诺、梅洛和蒙特布查诺，教我们品味由这些葡萄酿造的美酒。

我的朋友卡拉·纳蒂，是一位非常漂亮的金发女郎，她教我如何在台伯河畔的周日跳蚤市场上与商贩们讨价还价，如何穿着高跟鞋在罗马光滑的鹅卵石路面上行走（将重心转移到前脚掌上，就像踮着脚尖在走路）。在风和日丽的星期天下午，我们常常坐在凉爽的露台上，她为我朗读 19 世纪知识分子贾科莫·莱奥帕尔迪的诗歌，那富于沉思的诗句，仿佛在微风中起舞跳荡。

在意大利嫁给一位精神病学专家要比在美国似乎更有好处。尽管许多意大利人可能永远不会去（或承认会去）看精神科医生（psichiatra），但他们很享受向他人倾诉自己故事的机会。早在我丈夫鲍勃能够听懂他们的语言之前，意大利人就常常先向我倾吐心声，再等我翻译给鲍勃。鲍勃是一个老练的"听众"（nodder），他会感同身受地倾听。"Mi dica,"他会说，"Ho capito."（告诉我，我明白。）当我的意大利语还不足以灵活地翻译他的建议时，我就会给出自己的建议——不管结果好坏。

我后来了解到，这样做本身，就是"非常、非常、非常意大利式的"（italianissimo）。在比萨大学（伽利略的母校）医学院举行的一次病例研讨会上，多托尔·乔瓦尼·卡萨诺走上讲台，准备介绍当天的演讲者鲍勃。这位意大利最著名的精神病学医生肤色黝黑，顶着一头爆炸式银发，牙齿洁白发亮，和那些蜂拥而至接受他治疗的名流散发着同样的魅力。虽然他和鲍勃曾见过面，但很显然，他没有仔细看过鲍勃的个人履历。

"黑尔斯博士，"他开始用意大利语介绍，"1970 年毕业于美国的军事学院——西点军校。"当他从眼前的履历中发现我丈夫曾是一名伞兵时，他的脸色顿时闪烁起来。"在越南战争期间，"他停顿片刻后，戏剧性地宣称，"黑尔斯博士，空降进入越南，并获得过最高军事荣誉和许多英勇勋章。"

"Che eroe!"（真是个英雄！）我身后的一位年轻医生钦佩地低语。我丈夫一句话也听不懂，只好点头示意，好像是在谦逊地表示认可。而事实上，他被派往美国大陆以外去执行任务的唯一地点，就是夏威夷。我忍俊不禁：真的佩服意大利人能将仅有的一点事实虚构改编成一部吸引眼球的小说的本领。

为一种不同于我的母语的语言写一本书，这个雄心勃勃的疯狂想法，产生于一个我参加了好几年的小说写作小组。我曾写了一部相当糟糕的小说，名为《成为意大利人》，讲的是一群学生的冒险经历，中间穿插着一些关于语言的注释。我对描写人物、情节和对话不太有兴趣，而意大利语本身却令我兴趣盎然。

虽然我的意大利语可让我在友好的交谈中游刃有余，但我意识到，为了满足我从事访谈与调查的需要，我还要更进一步地学习意大利语。因此，我在这门语言的发祥地——佛罗伦萨，安排了私人课程。美国的一些朋友开玩笑说，我的整个计划，似乎就是一个想在意大利多待一段时间的诡计，尤其是当我提到"我的宫殿"（il mio palazzo）时——当然，这肯定不是我的宫殿，我指的是马尼亚尼－费罗尼宫，一家精品酒店，位于诱人的圣弗雷迪亚诺附近的16世纪宫殿中。我是在阴雨绵绵的3月来到这里的，经理们——全都是漂亮、精力充沛的年轻女性——把我订的一个单间公寓升级到一个名为"贝雅特丽奇"（Beatrice，但丁的缪斯女神）的套房中，房间的天花板装饰华丽，威尼斯风格的枝形吊灯悬挂其中，盥洗间里摆放着手工制作的香皂，像珠宝一样被装在天鹅绒衬里的盒子中，客人们可以根据自己的喜好选择不同的香型。

最精彩的是，我可以爬上六十级台阶，来到一座中世纪塔楼的露台上，从这里能够三百六十度观赏佛罗伦萨壮观的天际线和远处起伏的山峦。我和鲍勃的结婚三十周年纪念日，就是在这个神奇的栖息地度过的，我们享用了一顿浪漫的晚餐和一个把我们的名字与心形交织

　　在一起的蛋糕，从这个"项目"一开始就成了我的啦啦队的可爱的女士们，还为我们送上了一份特别的礼物——一束精美的鲜花。

　　我在啦啦队中发现了另一位来自旧金山的队员——亚历山德拉·卡塔尼，她是旧金山歌剧院的语言指导，也是我的老师。她是多年前移居美国的罗马人，她教我意大利语，用的是意大利人学习语言的方式——通过童话故事、漫画书、史诗、经典小说、歌剧、民歌、电影、报纸，以及整小时整小时地用意大利语聊天（chiacchierare）。

　　每当开始交谈，我都会以一个口头禅开场："Sono italiana, sono italiana, sono italiana."（我是意大利人，我是意大利人，我是意大利人。）亚历山德拉总是提醒我，必须用意大利人的眼睛去看，用意大利人的耳朵去听，用意大利人的节奏去说话。

　　"你怎么说'给我一个吻'？"有一天，亚历山德拉突然问道。

　　"Dammi un bacio."

　　我回答说，几乎被这个问题吓了一跳。

　　"不，不，不。"她温和地责备着，并解释说，n 和 b 的组合在意大利人听起来就像 molto brutta（意为"非常糟糕"），所以，我必须把它们组合成一个 m。

　　"Dammi umbacio!"我顺从地重复了一遍，尽管这句话似乎比那句"请原谅，我在过道里抽支烟"更不可能出现在我的意大利语会话中。

　　但我错了。在许多辅导我语言的意大利人中，有一个人在我们初次见面时就要求我给他一个吻（是的，他说的就是 umbacio）。当我想要退避的时候，他又加上了一句："可我已八十七岁了！"这就让我无法拒绝了。伊尼亚齐奥·莱昂内出生于西西里的贵族家庭，在第二次世界大战期间随着家人逃到了佛罗伦萨，当时他还是一个小男孩。通过收听国家主办的广播电台，他自学了发音纯正的意大利语。在他位于韦基奥桥附近的古董店"艺术书籍"（Libri d'Arte）中，通过与他的交谈，我学会了有关他的祖传珠宝、稀有书籍、考古珍品、古董娃娃等宝物的词语，并了解了它们背后的故事。

我没有（如我在美国当记者时经常做的那样）与完全陌生的人接触和问他们问题，而是用意大利人的方式来寻找我的写作资料——通过一个接一个的谈话，一个接一个的人，一个接一个的朋友，建立起一个网络。我很怀疑，我是否可以得到某位真正的"大人物"的回音。但在一天晚上，当我和鲍勃像往常一样在罗马宁静的博尔盖塞花园中散步（passeggiata）时，我听到了一阵铃声（squillo），来自我放在他裤兜里的意大利专用小手机（telefonino）。

"你的裤兜里有响声！"我从鲍勃手中接过电话，以为是我们的好友罗伯托打来的，因为我正在等待他的回话。

"Ciao, Roberto!"（你好，罗伯托！）我高兴地说。

"Ma, Diana, sei proprio brava! Come sai il mio nome?"（黛安娜，你真的很厉害。你是怎么知道我的名字的？）

对方并不是我们的朋友罗伯托，那声音听起来却出奇地熟悉。当我努力跟上他那语速很快的意大利语时，我意识到，来电话的人是演员罗伯托·贝尼尼，他是我一个朋友的朋友的朋友。"如果你爱我的语言，"他说，"那我就爱你。"

当我开始采访意大利的主要语言机构——诸如秕糠学会和但

丁·阿利吉耶里协会——的语言学家、历史学家和学者时，年轻的拍档露西拉·皮佐利惊讶地说我"有点大胆"（un po' audace），我同意她的说法。我会对每一场采访准备上好几天的时间。此外，我穿上了很棒的鞋子（总是意大利式的），裹上一条优雅的黑色披肩（我把它想象成我的"魔法斗篷"），这样，至少可以给人留下一个好印象（fare bella figura）。

随着时间的推移，整个意大利仿佛成为我的学校，我所遇到的每一个意大利人几乎都成了我的老师——从热情洋溢的玛丽亚·维多利亚·林博蒂伯爵夫人（她建议我不必思考语言而是生活其中），到一批喜剧演员般有趣的出租车司机。在维罗纳的毛里齐奥·巴尔巴奇尼大师家中，他那美丽的妻子安东内拉——一位曾担任过歌剧主角的女高音歌唱家——为我演唱了一段咏叹调，以说明歌词与音乐是如何融合在一起的。在复活节前星期五夜晚的罗马竞技场里，我手持蜡烛，聆听了一堂最为感人的语言课：专业演员们用戏剧性的诠释，描述了基督在十字架上的苦难。

我最大的资源来自意大利人本身——他们对于自己母语的深深的自豪感，以及他们对那些试图学习意大利语的人的无比耐心。要是有人把某种语言讲得无懈可击，法国人会用 une langue châtiée（其字面意思为"被惩罚的舌头"）加以赞美。一位意大利朋友则以意大利烤宽面给予我最高夸奖：称赞我的意大利语已从紧紧包裹的（involto）意式肉龙状态，进入了松弛的（disinvolto）宽面境界。然后，他还教会我一个蛮有意思的意大利语绕口令（scioglilingua）：

Al pozzo dei pazzi c'era una pazza

che lavava una pezza mangiando una pizza.

Arriva un pazzo e butta la pazza, la pezza,

E la pizza nel pozzo dei pazzi.

在一口疯井边，有一个疯女人，

她一边洗着破布一边吃着比萨。

这时，来了一个疯男人，

把疯女人的破布和比萨，

全部都扔进了疯井里面。

　　意大利人说：一个人若要掌握一门新语言就得"占有"它。就我而言，意大利语却"占有"了我。意大利语就像在我血管里流淌的血液一样，让我用不同的眼睛去观看，用不同的耳朵去倾听，用所有的感官去感受世界上的一切——意大利人把这种体验浓缩在了 sentire 这个词里。

　　"Sei proprio italiana."（*你真的成为意大利人了。*）罗伯托·希奥如是说道。他是海滨旅馆"佩里卡诺"的主人，二十多年来，我们每年都会来此入住。他还解释道，他之所以认为我成了意大利人，不是因为我掌握了语言，而是因为我从中领悟到了 come far sorridere l'anima（*如何让心灵发出微笑*）。

　　《美丽的语言：恋上意大利语》——堪称一部 opera amorosa，爱之作品——我邀请你，借由这门我认为是世界上最受喜爱、最可爱的语言，和我一起走上这段独特旅程。我精心采撷了意大利历史中最饱满的果实，以及意大利黄金时代文学、艺术、音乐、电影和文化中最美丽的花朵。在书中，你将遇见不同的人，游访风采各异之地，领略迷人的文字，欣赏名贵画作，聆听美妙音乐，品尝可口美食，观看难忘的电影并发现神奇的秘密。这一切，都曾给我的心灵带来欣喜，我希望，将这喜悦也传递给你。

Cominciamo! 让我们启程吧！

情缘告白

1983 年，当我首次来到意大利时，我只会讲一句意大利话：Mi dispiace, ma non parlo italiano.（抱歉，我不会说意大利语。）在踏入这个国家的最初几分钟里，当我用局促不安的声音结结巴巴地恳求"停下电车"时，再三重复的就是这句话。对此其他乘客则报以关切的眼神和听不懂的意大利语流。当我指着那只由行李员搬出来后遗留在多莫多索拉站台上的黑色手提箱时，唯有显得疲惫的售票员追随着我的目光。

"La sua valigia?"（你的手提箱？）

"Sì."（是的。）我使劲点头，心想：这下可完了，我的手提箱没了。

"Non c'è problema." 他大声宣布道，"Domani mattina a Milano."（没有问题。明天早上米兰见。）

于是，环绕着我的是一张张如释重负的笑脸。"Domani mattina." 他们重复地安慰道，"Domani mattina."

我坐在位置上，嘴里绕动着这些悦耳的音节。是的，一到米兰，我就去找 Domani Mattina 先生，他会设法为我索回手提箱的。在空旷而阴冷的米兰车站，我穿过长长的石阶。时间接近周日的傍晚，所有店面都已关门。我急忙走到一位身穿保管人员蓝色制服的男人面前，恳求道："您是 Domani Mattina 先生吗？"

"不是，小姐。"他显得有点困惑地回答说。我赶紧从口袋里掏出"英－意词典"，想找出"在哪里"的意大利语，我发音不准，似乎将其读成了一种温顺的白色小鸟的英文名字："Dove?"（鸽子？）

"Doh-VAY!"（在哪里！）他用低沉的声音嘟哝道，然后大笑起来，"不，小姐，是'明天早上'。Domani mattina。"

我对"明天早上先生"堂吉诃德式的寻找，开启了我的意大利语之旅。在这第一次半沉默状态的意大利行程中，我尽管欣悦于我眼见的美景，但还渴望能领会我耳闻的话语。我想知道，服务生在端上我的卡布奇诺咖啡时说的俏皮话，店主一边使眼色一边讲述的幽默故事（barzelletta），情侣们在黄昏时分相拥漫步时说的甜言蜜语。所以，与那些乐于长途跋涉，拜访绘有壁画的教堂或复原的乡村农舍的意大利爱好者不同，我更喜爱的是意大利的语言，因为它既美丽又粗俗，就如同以辛辣的普塔内斯卡酱（puttanesca）来指称名声不佳的意大利妓女一样，这样的语言"炖菜"令人胃口大开。

在过去的四分之一个世纪里，这种最会捉弄人的西方语言令我花费了无数时间与精力，这些时间、精力若是用于更为实际的追求，足够我负担得起在翁布里亚（意大利中部地区）购置一座别墅的首付款。在意大利度过的（在一些人看来很不合理的）大量时间里，我学习意大利语的方式——从贝立兹语言学校到书籍，从光盘到播客，从私人教程到会话小组——可谓无所不用其极。

我已将意大利语当成一个惹人喜爱、聪明伶俐、目光闪烁的顽皮家伙（briccone）：即使它把你当作傻瓜来戏弄，你也无法抗拒其魔力。Croce e delizia，折磨与喜悦，是威尔第《茶花女》中的女主角维奥莱塔咏唱的爱之主题。威尔第的歌剧，就是经由语言为我们带来了"金色的翅膀"。然而，在某种程度上，我做梦也想不到，意大利语不仅带给我激情与乐趣，还是带我通往"意大利 storia"的通行证——storia 兼具"历史"和"故事"之意。

作为一个国家，意大利没什么值得大书特书之处。想想看，这是一个脊椎状半岛，从白雪皑皑的阿尔卑斯山脉延伸到阳光炙烤的群岛，四散着由古老的效忠维系的石砌村落，一个拼凑了各种方言、菜肴和文化，在不到一个半世纪前才得以统一的国度。梅特涅（奥地利统治者）认为，意大利不过是一个"地理名词"；拿破仑对它嗤之以鼻，认为它"作为国家来说地形也太长了"；墨索里尼咆哮道：对其统治是可能的，但这样的尝试是徒劳的。而真正的意大利栖息于血缘或边界之外的某处，用前总理卡洛·阿泽利奥·钱皮的话来说，它的语言是"我们最初的祖国"（la nostra prima patria）。

这是一种多么令人神往的语言啊！由诗人和语言大师打造的意大利语，体现出了讲本民族语言者的最大天赋：能将任何事物——从大理石到旋律，从不起眼的面条到生活本身——转化成一种欢乐的艺术。英语就像大号的黑色毛毡"魔法马克笔"，书写的效果粗犷而生硬；意大利语却如光滑而精致的尖羽毛笔，能够书写出赏心悦目的美妙花体。当其他语言只能用来言说之时，抒情性的意大利语却能震颤人的耳鼓，迷惑人的思想，陶醉人的心灵，它比其他任何语言都更接近于表达人的本质。

在意大利诞生的好多个世纪之前，意大利语就已存在。它的起源几乎可以追溯到三千年前。根据传说，公元前 753 年，罗慕路斯——战神玛尔斯与一位纯洁处女所生的儿子——杀死自己的孪生兄弟雷穆斯之后，在靠近台伯河的山上为自己的一群四处流动的牧民和农民建立了一个定居点。他们的话语，逐渐演变为拉丁俗语（volgare，来自拉丁文 sermo vulgaris，意为人民的通用口语），一种粗犷的、日常生活中使用的口语方言。是潦草的街头拉丁语——而不是恺撒与西塞罗时代的那种抑扬顿挫的古典修辞——催生了所有的罗曼语系，其中包括意大利语、法语、西班牙语、葡萄牙语和罗马尼亚语。

意大利语尚能存活，这是一大奇迹。没有哪届政府强制使用它，没有哪个强大的帝国把它作为官方语言来推广，没有哪支征服性军团或无敌舰队在远方宣传它。虽然历经野蛮的分割、入侵和征服，但这个地中海半岛依然维持其方言的大杂烩状态，尽管方言之间差异之大，堪比法语与西班牙或英语与意大利语之间的差异。热那亚的水手，听不懂威尼斯商人或弗留利农民的方言。生活在城市中心的佛罗伦萨人，不会讲阿尔诺河对岸的圣弗雷迪亚诺（我最喜欢的街区）方言。

如我们所知，意大利语是被创造出来的，而不是天生的。文艺复兴时期雷霆万钧的天才们让艺术发生了转型，而 14 世纪以但丁为首的佛罗伦萨作家们，则把充满活力的托斯卡纳方言精心打造成了一种丰富而强有力的语言，其力量足以从天堂席卷而下，从地狱攀升而上。这是一份无比珍贵的活遗产，一件艺术杰作，其价值不亚于彼特拉克的诗歌、米开朗琪罗的雕塑、威尔第的歌剧、费里尼的电影或华伦天奴的服饰。

在长达数世纪且常常是非常残酷的外来统治下，意大利人可以自证身份的，也只有文字了。"当人民失去家园与自由时，他们的语言就代替了一个民族及其一切。"19世纪那不勒斯的"修辞学教授"路易吉·塞滕布里尼说。塞滕布里尼毕生致力于用以定义西方文明的语言研究。是"意大利人"把 America 这个名字馈赠给美国人（佛罗伦萨出生的商人和航海家亚美利哥·韦斯普奇［Amerigo Vespucci］，在15世纪末代表西班牙参与早期探索新大陆的航行，所发现的这片新大陆即以这位探险家的名字来命名），是"意大利人"，创建了最早的大学、法学院、医学院、银行和公共图书馆，向欧洲传授外交与礼仪，教会法国人使用叉子吃饭，绘制了月球图像（17世纪），分离出了原子，创作了最早的现代史、讽刺小说、十四行诗和游记，发明了电池、晴雨表、收音机和温度计，并赐予世界永恒的礼物：音乐。

不过，著名语言学家朱塞佩·帕托塔在其位于罗马的公寓中接受采访时却表示，作为一种通用的全国性语言，意大利语几乎是在昨天才诞生的，是一种崭新的（nuovissimo）语言。通过一种语言将一个民族团结在一起，1861年，意大利人赢得了他们国家的独立，比美国独立的时间晚了近一个世纪。当时，该国五分之四的公民是文盲，只讲意大利语，或讲意大利语比讲当地方言更为轻松的人，占比不到10%。据报道，直到1996年，也就是在意大利统一135年之后，才有超过一半的意大利人使用标准的意大利语（国家语言），而不是家乡的方言。逐字逐句，一代复一代，一个村庄挨着一个村庄，半岛上的人们总算都变成了讲意大利语的人。

　　在世界各地，越来越多的人也正打算讲意大利语。英语或许是每个人都需要懂得的语言，意大利语则是人们想要学习的语言。据估计，以意大利语为母语者，只有 6000 万至 6300 万人（相比之下，自认为懂得一点英语的人数高达 18 亿），意大利语勉强超越巴基斯坦的法定语言——乌尔都语，位列第十九大语言。然而，在世界上被学习最多的语言中，意大利语排名第四，仅次于英语、西班牙语和法语。在美国的学院和大学中，意大利语已成为学习人数增长最快的课程。《纽约时报》宣称，这种"新法语"如此受欢迎，以至于父母们——不仅是那些意大利人的后裔——都把蹒跚学步的孩子送到各种小培训学校（piccole scuole）去学习意大利语。

　　这一趋势令许多人困惑不解。当我向一位旧金山的风险投资人提及我的意大利语学习时，他问我是否选择了一种不太实用的语言。我明白他的意思，他可能认为我选择了一种类似乌尔都语那样小众的语言。我丈夫凭借他在大学里学到的一点蹩脚的法语，就可畅行从巴黎到波利尼西亚的任何地方，西班牙语更可解锁整本国家地图集。除了意大利及梵蒂冈之外，只有四个国家认可意大利语为其官方语言，它们分别是瑞士、克罗地亚、圣马力诺和斯洛文尼亚。没有哪个科研学会、跨国贸易协会或全球性企业——即使其总部设在意大利——会要求将意大利语作为其通用语言。当然，在这个几百年来一直吸引、善待和满足外国人的国度里，游客们以一个微笑和一句"再见"便可应对一切。

　　那么，为什么会有那么多人想要学习意大利语？"我猜想，这是因为意大利和意大利语被认为是美丽、有趣和性感的。"卡内基·梅隆大学的教授斯蒂芬·布罗克曼在最近的一篇题为《捍卫欧洲语言》的文章中说道，"为什么不（学意大利语）呢？我看不出这有什么不对。"据意大利《共和国报》报道，有关意大利美食、时尚、艺术、建筑、音乐、文化等的课程，在美国大学中的人气一路飙升，在美国人看来，意大利语是 come una lingua polisensoriale capace di aprire le porte al bello，一种可打开美之大门的多感官语言。

我把对意大利语的永恒魅力的疑问，带进了最古老、最负盛名的语言圣殿：但丁·阿利吉耶里协会。该社团成立于 1889 年，在全球拥有约 500 个分支机构，遍布澳大利亚、阿根廷、尼泊尔和克罗地亚等国。其办事机构设在罗马的美第奇宫——此地曾是佛罗伦萨大使的华丽居所，在硕大的办公室的墙壁前，高耸的书架上装满了用皮革装订的各种图书，基座上安放着但丁以及其他文学巨匠的半身像。

在这座殿堂里，罗马大学著名的意大利语言史教授、意大利社会顾问之一卢卡·塞里安尼告诉我说：世界各地涌向意大利语课堂的外国人，探寻的不仅仅是词汇和语法。"你不能把我们的语言与我们的文化分离开来，"他解释道，"当你学习意大利语时，你便进入了我们的历史，我们的艺术，我们的音乐，我们的传统。"

事实上，你进入了意大利文化的灵魂。意大利语被誉为最具音乐性的语言，同时，也是最能表达情感的语言。它那原始的声响——几乎与那些曾在古罗马竞技场和广场上狂啸的声音一样——在我们通用的语言基因中引起了共鸣。

"Pronto!"（准备好了！）意大利人在接电话时说。他们准备好了——交谈、欢笑、咒骂、争辩、求爱、歌唱、悲叹。他们的母语给人一种鲜活的感觉。其强壮的动词像肌肉（muscoli，*此词来自拉丁语，其意为"小老鼠"*）一样，在皮肤下蹦蹦跳跳。在意大利，电子邮件地址中无处不在的 @，调皮地卷曲成一只蜗牛（chiocciola，*既指键盘上的 @ 键，也有蜗牛之意*），又像是旋转成螺旋形的楼梯（scala a chiocciola）。在罗马当地方言中，守财奴被形容为有蜗牛形状口袋的人。

即使是普通的物品，比如，一条毛巾（asciugamano）或手帕（fazzoletto），在意大利语中听起来也更为舒服。原因在于其开头的元音很有力量，虽然它们看上去与相对应的英语元音一样，但听起来的效果却大不相同。在我上的第一堂正式的意大利语课上，老师让我们对着镜子，先用平直的英语发音方式发 a-e-i-o-u，再用更加有力的意大利语发音方式发 a-e-i-o-u，在发元音时，要鼓起我们的脸颊，拉紧我们的嘴唇，松开我们的喉咙。

意大利语元音 a，从喉咙里滑出来，发出了欣喜若狂的声响 aaaah。元音 e（*尽管有点像生硬的英语元音 a*），其发音像集体欢呼声 hip-hip-hooray（*嘿、嘿、好喂*）那喧闹快活的尾音 ay。元音 i（*听起来像英语元音 e*），其发音如 bee（*蜜蜂*）中的双 e 轻快地滑行。元音 o（*以比英语元音 o 更有力的方式发音*），是一个完美的圆形——就像乔托为向其索要画作的教皇一笔画出的那个红圈。元音 u（*比英语元音 u 更深沉、更强劲、更持久*），像意大利世界冠军足球队"蓝衣军团"的点球一样跃入空中。

在意大利语中，有着各种各样的象声词。意大利人在打喷嚏时，不会发出难听的"阿 – 啾"（ah-choo）声，而是发出较为细巧的 eccì 声。在意大利语中，吞咽水的声音为 glu glu glu，咀嚼食物的声音为 gnam gnam gnam。钟声响起的声音为 din don dan。火车驶过的声音为 ciuff-ciuff。汽车开过的声音为 vrum-vrum。钟表走动的声音为 tic-tac。枪弹发射的声音为 pim pum pam。电话占线的声音为 tuu tuu tuu。这些年来，我时常被 cip cip cip 的鸟叫、abbaiano 的犬吠声、chicchirichì 的公鸡啼鸣声和 cri-cri-cri 的蟋蟀鸣叫声吵醒。在我们每年夏天租住的公寓里，脏兮兮的流浪猫"娃娃"成了我的宠物，清晨，它蜷缩在我的腿上，发出 fa le fusa 的呼噜声。

在意大利语中，颜色不仅仅是一种色调。giallo（黄色）指的是生活、文学或电影中的谜团，因此，惊悚小说的封面通常都是黄色的。Telefono Azzurro（蓝色电话机），是受虐待儿童的救助热线电话；settimana bianca（白色星期），指的是冬季的滑雪假期；matrimonio in bianco（白色婚姻），指的是无性的或不快乐的婚姻。超支时，美国人用的是"赤字"，意大利人用的则是 al verde（绿色）。这种表达可追溯到蜡烛底部被漆成绿色的年代，当火焰烧到绿色的底座时，亮光没有了，想必此人也无钱再买一支蜡烛了。根据另一种词源学的解释，绿色指的是一个赌徒把他辛苦挣来的积蓄输得精光之后的狼狈状态——只能眼巴巴地盯着他面前那张光秃秃的、传统上为绿色的牌桌。

对女子献殷勤的男子，总是以 Principe azzurro（蓝色王子）的面目出现。viola（紫色）所引发的过分忧惧，让意大利驻旧金山领事的妻子不惜打断我的采访，让我去换一支不同颜色的笔来。她解释说：

意大利人把紫色与"大斋节"（自圣灰星期三开始到复活节前的四十天，在此期间进行斋戒与忏悔）联系在一起，因为在"大斋节"，人们用这种颜色的挂帘覆盖住教堂中的雕像。几个世纪以来，在这个忏悔的季节里，剧院关闭，演员和歌手们失去了他们的工作及收入。由于他们的不幸，倒霉的紫色成了一种人人避之唯恐不及的颜色。

据最近一本词典的统计，意大利语的基本词汇仅为 20 万，而英语的词汇却有 60 万（还不包括专业术语）。但是，意大利语的词汇，这里加一个前缀，那里添一个后缀，可像果蝇似的大量繁殖。fischiare（吹口哨）听起来已相当欢快，而 fischiettare 的意思是"兴高采烈地吹口哨"。没有人希望自己 vecchio（老去），而 invecchiare（变老）则意味着"失去了锐气"。或早或迟，我们都会变得 garbuglio（糊涂），而磕磕巴巴地念着 ingarbugliarsi（纠缠不清的）音节，肯定会"把你弄得稀里糊涂"。供应简单食物的乡村饭馆（osteria），其招牌往往会用一个字的三种变体来概括整个菜单：pranzo（午餐），15 欧元；pranzetto（轻便午餐），10 欧元；pranzettino（随便吃点东西），5 欧元。

要不是 19 世纪的散文家及反传统主义者尼科洛·托马塞奥（因其政治观点被捕并流放），那我可能永远也不能欣赏到这种语言技巧。他热爱女人和词语，对后者的贡献体现在由其汇编并出版于 1830 年的《同义词词典》中。这是一部关于意大利语同义词的百科全书式叙事词典，其光彩即使放在其他语言和文学作品中也是无与伦比的。在他看来，只有意大利语，尤其是形成这种语言的托斯卡纳方言，才能捕捉到生活中的诸般 sfumature（细微差别）——意大利人就是用这个词来形容达·芬奇的微妙笔触的。

"即使只为了阅读托马塞奥的词典所带来的乐趣而学习意大利语，也是值得的。"来自米兰的访问教授毛里齐奥·博尔吉在加利福尼亚大学伯克利分校接受采访时告诉我说。托马塞奥并不是编撰一个直截了当的词汇表，而是在 3579 个同义词——从 abbacare（白日梦）到 zuppa（汤）——的庞大集合中，摆弄意大利语的隐喻和小词缀的百宝箱。我一读到他书中的选段，就认出他和我有同样的灵魂，他和我一样，被意大利语飞行、升腾、旋转、俯冲的能力，以及以单脚尖进行皮鲁埃特旋转（pirouette）的无与伦比的天赋所吸引。

就拿托马塞奥对意大利（过去和现在）的国民级消遣活动——调情——这类词条的释义为例吧。"打情骂俏"的意大利语，为 fare la civetta（行事像猫头鹰一样）。唯有意大利人能区分出 civettino（一个早熟的男孩奉承一个漂亮的女人）与 civettone（一个笨拙的粗人讨好一个漂亮的女人）；区分出 civettina（一个无辜的卖弄风情的女人）与 civettuola（一个厚颜无耻的贱妇）。giovanotto di prima barba（一个甚至在长胡子之前就开始调情的男孩），可能会变成 damerino（花花公子）、zerbino（受气包）、zerbinetto（色狼）或 zerbinotto（年纪太大而不适合做这种傻事的花心萝卜）。假如他变成了一个 cicisbeo（情夫），那就会加入公然追求已婚女性的意大利男人的长长队伍中。

这些年来，我遇到过以上各色人等。我第一次去佛罗伦萨，正从出租车的窗口探出头来想欣赏一下富丽堂皇的大教堂时，有一只手从我的裙子上滑过。

"你在干什么？"我对年轻的司机厉声喝道。

"看看而已。"（Just looking.）他用英语回答，尽管他并不是在"看"（我后来知道，意大利人是从美国人那里学到这句话的，这是逛商铺的美国人对主动服务的意大利店员的一句标准的美式回复）。在多数情况下，意大利人都会把手留在自己身上，凭借长相及言谈来调情。许多人会恭维我的眼睛漂亮，这是一双非常普通的绿色眼睛，在美国无人注意，但当我在佛罗伦萨的街道上行走时，却能引人注目。几年前，在这座城市的一次节日招待会上，我身后有两个人——他们没料到我能听懂意大利语——开始争论我的眼睛是翡翠色（giada）还是绿宝石色（smeraldo）。当有人悄悄说我戴了假眼时，我不能再忍了。

"No, no, no, signora."（不，不，不，夫人。）那人抗辩说，在他看来，我的眼睛似乎是瓷做的，是某个甚至比他家乡的那些艺术家还要伟大的艺术家制作的。"Bellini."（小美人。）他补充道。他用的是一种无处不在的昵称，就像意大利人在一丁点儿的浓咖啡中加入了大量的糖一样，bellini 让语言也变得甜腻。

vento（风）可以化为 venticello（和美的微风），caldo（热）可以变得 calduccio（暖和宜人）。当一个意大利人为了表示感谢或期待得到帮助而把现金塞进信封时，busta（信封）就可能变成受人欢迎的bustarella（贿赂）。一个单词末尾的小尾巴，可以把粗俗的 culo（臀部）变成 culetto（婴儿可爱的小屁股）或 culoni（大屁股），后者是一个流行的对美国人的别称。意大利物理学家恩里科·费米，为科学词典添加了一个术语 neutrino（中微子）——它是比 neutron（中子）更小的粒子。音乐中的 prestissimo（最急板），比 presto（急板）更快些，而 andantino（小行板）则不像 andante（行板）那么慢。

　　虽然诸如 -ino、-otto 或 -ello 这样的结尾通常都很可爱，但我的意大利朋友提醒我说，要提防任何想要你一小点东西的人，不管是一会儿时间（attimino）、一个轻吻（bacino）还是一点儿帮助（aiutino）。更大（以 -one 来表示，比如 torrione 意为"大塔"）也未必更好。意大利人不信任政客口中的 parolone（大而无当的辞藻），藐视 sporcaccioni（脏兮兮的老头）。诸如 -astro、-ucolo 或 -accio 等后缀，拼写也麻烦。没人会愿意雇一个 avvocatuccio（业余律师），没人会愿意读一个 poetucolo（没有天赋的诗人）的作品，没人会愿意戴一顶 cappellaccio（难看的帽子），也没人会愿意在 stradaccia（糟糕的道路）上开车。

　　在意大利语中，可以说的一切几乎都被说遍了——然后，改述、剪接、修正、合成，打磨出语言的光芒。意大利语的一个单词所表达的意思，可以比英语的整个段落表达的意思还要多，这一点也不奇怪。小甜甜布兰妮·斯皮尔斯的绰号为 la scandalosa（丑闻），一旦这个词出现在罗马的报纸头条，人们就知道她的不幸遭遇。一位历史学家把马基雅维利（Machiavelli，意大利新兴资产阶级思想政治家、历史学家）描述为一个 mangiapreti（意为"吃牧师者"，即强烈反对教权的人），这就高度地概括了这位大战略家的宗教观点。一位意大利朋友抽搐了一下，却将其怪罪于 il colpo della strega，女巫的突袭，形容背部痉挛的贴切词组。barcollare，像船一样移动，形象地传达了一个喝醉酒的水手的摇摆脚步。我虽然未将 colombeggiare（意为"像鸽子一样互相接吻"）用在句子中，但它的存在本身就让我发笑了。

意大利人不可抑制的机巧，在一些词语中熠熠发光，就像打扮中的 trucco（窍门）和医生们根据病人信息开出处方药时的 bugiardino（小谎言）。朋友们将我与丈夫之间 35 厘米的身高差，描述为 il（相当于英语中的 the），一个矮 i 和一个高 l 的组合。那不勒斯人发明了一个词 falsificatore（伪造者），来形容一个在菜市场为隔天的鱼的眼睛上色，使之看起来很新鲜的人，这体现了当地人机灵的生存技能。而有意在托斯卡纳地区购买别墅的人，可能要注意一下这个词语的新含义了，它指的是一名工匠把新家具做得像古董一样，然后以高价卖给容易轻信上当的外国人。"信任固然好，"这是我的朋友们喜欢引用的一句古老的意大利谚语，"但不信任更好。"

称赞某人是个大好人，在英语中，我们可能会说他是 the salt of the earth（世上的盐）；在意大利语中，则说他是 un pezzo di pane（一片面包）。一位勇敢的意大利人，不是因为他有心脏或有胆量，而是因为他有 fegato（肝脏）；而一个人 in gamba（字面意思为"靠一条腿站"），意味着他做某事时处于最佳水准。在意大利语中，作为一种恭维，人们会以 naso（鼻子）来称赞你的直觉；以 mano（手）来称赞你的艺术表现力；以 coglioni（睾丸），嗯，来赞美你"有种"。

一天晚上，我和朋友们打扮得 di tutto punto（光鲜亮丽），参加了在罗马哈斯勒酒店屋顶上举行的一场非正式的品酒会。我们发现，我们仿佛置身于一个粗野的语言牧场之中，就连服务生也参与其中插科打诨。意大利人的狡黠真是令人瞠目结舌。意大利人以各种生物来形容人：他吃得像头 bue（牛），唱得像只 usignolo（夜莺），哭得像头 vitello（小牛），打架像头 leone（狮子），跳得像只 grillo（蟋蟀），或睡得像只 ghiro（睡鼠）。和英语一样，一个 testa dura（脑子顽固的人），倔强得像头骡子（mulo）。但意大利人也可以像鱼（pesce）一样安静，像马（cavallo）一样发狂，或像猴子（scimmia）一样淘气。要是不穿衣服，一个意大利人——自豪的是，我也能不揣冒昧，说出我的形容——就像 nudo come un verme（光溜溜的蠕虫）。"In bocca al lupo!"（在狼的嘴里！）意大利人说这句话是在祝某人好运，而 buona fortuna（祝你好运），反而被认为是不吉利的。对此正确的回答是："Crepi il lupo!"（让狼去死吧！）

正如意大利的汽车、服装和乡村一样，其语言也并不是偶然生成的。讲英语的人说话脱口而出，往往不假思索。而意大利人擅于 sistemarsi（营造生活）的艺术，他们构思一个句子，就像制作提拉米苏一样一丝不苟。"Tutto a posto e niente in ordine."（每件事都要做得井然有序。）这是我的朋友钦齐亚·凡丘利——基安蒂的圣费利切镇度假酒店经理——喜欢说的一句话，她总是那么用心地审视她的职责范围，让每一处花坛得到精心修剪，让每一张台面保持闪闪发亮。"万物井然有序，无一物杂乱无章。"罗马人，在环视这座甚至被他们描述为"混乱的"（caotica）城市时，更喜欢开玩笑说："Niente a posto, e tutto in disordine."（无一物井然有序，万物杂乱无章。）

意大利人善于用一种难以捉摸的 congiuntivo 时态，类似英语中很少使用的虚拟语气，来表达欲望、怀疑、心愿、梦想和观点等。我的朋友兼老师弗兰切斯卡·加斯帕里认为，其模棱两可成就了最性感的动词形式。正因如此，我每次使用它时总是提心吊胆。值得庆幸的是，你通常可以在主观评论的句子前加上 secondo me，即"根据我的看法"，或是采用陈述事实的方式，来避开这种棘手的时态。

叙述意大利漫长的过去，需要用到四种时态（不包括虚拟的过去时）：passato prossimo（近过去时）、trapassato prossimo（近愈完成时），passato remoto（远过去时）和 imperfetto（未完成过去时）。我的一位老师说："未完成过去时是最具意大利特色的时态。"在意大利，未完成的事情可能会在很长时间内不去完成。一位研究人员告诉我说，他曾向梵蒂冈图书馆借阅一本编目内的书，结果收到一份通知，上面写着：此书自 1530 年出借至今未归还。

北部意大利人将"远过去时"用于陈述久远的历史事件，比如，但丁的出生。而南部意大利人则有一种压缩的时间感，会用其来描述他们早餐吃了什么。在意大利书面语（尽管不是日常会话）中，对过去时代的回忆可以用三个词或三种方式来表达：rammentare（用头脑来表达事实）、ricordare（用心灵来表达情感）和 rimembrare（用身体来表达生理感受）。

意大利人所不说的词语，也很有启示性。在意大利语中，没有什么词语可以被准确地译为"孤独"，对爱社交的意大利人来说，这是不可想象的；"隐居"，对意大利家庭来说，这同样是不可想象的；"拼音"，对意大利人来说，词语听起来与看起来是一样的，不需要拼音；"约会"，尽管约会始于青春期之前……而一些最诱人的意大利词语，如 garbo，一种风格与优雅的完美结合，以及 agio，一种舒适与安逸的感觉等，又是无法被译成英语的。

外国人在学习意大利语词汇的时候，常会忽略其中隐藏的含义。只有在多年的意大利之行之后，我才意识到，意大利人欣赏而不是鄙视一个 furbo（聪明到会耍狡猾花招的人）。一个年少的 furbetto（聪明的家伙），总是把幼稚的恶作剧的责任推到他弟弟身上。一个精明的 furbacchione（狡猾的人），在渴望获得在其后院挖一个长方形水泥坑的建筑许可时，绝不会说自己想要在此建一个游泳池（因为法律禁止），而会说自己要建一个储水池，以便为当地的消防队员在扑灭大火时提供用水。一个更加工于心计的 furbastro（像黄鼠狼一样狡猾的人）设法在这个过程中赚钱。而一个唯利是图擅长复杂交易的商人 furbone 通过协商整个村庄的建筑许可，能够获得巨大的利润。

在意大利，我的丈夫——其名字从鲍勃（Bob）变成了罗伯托（Roberto）——无法抵挡意大利语中的这种机巧特性。他在与人交谈时，偶然也会带入一些他反复练习的意大利俏皮话，仿佛他能讲一口流利的意大利语，而意大利人也总会恭维他的语言天赋。负责打理我们在托斯卡纳所租别墅的朱斯蒂娜，赞美罗伯托教授的发音水准在逐年提高，批评我的意大利语变得 un po' arrugginito（有些生疏）。然而，我也为自己的 furbizia（狡猾）窃喜，因为我教会鲍勃并鼓励他在任何场合都可以说的第一句警句是：Mia moglie ha sempre ragione.（我的妻子总是对的。）

我还从手绘的陶瓷烟灰缸上，学到了其他一些哲人名言——你可以在俗气的纪念品商店里找到这种烟灰缸，旁边是意大利元素印花围裙：各种形状的意大利面，或是文艺复兴时期天花板上那些带着淘气笑靥的胖乎乎的小天使。几年前，鲍勃在意大利享受学术休假期间，我们在翁布里亚的维比亚诺－韦基奥山庄附近，租用了一座拥有千年历史的古城堡，里面有一个可以追溯到两千年前的石砌瞭望塔，一个文艺复兴时期的迷宫，一个圆形剧场，一个小礼拜堂，还有一只孔雀在院子里威风凛凛地踱步。位于其气势恢宏的正厅一侧的房间，壁炉大到我们可以站在里面摆姿势拍照，还有一间用于玩纸牌和其他游戏的小凹室，数百个手绘陶瓷烟灰缸，每一个都印有不同的格言，用精辟的智慧话语覆盖了墙面。

在这些怪诞的墙体装饰的启发下，我拣选了一些句子来教鲍勃。当我们每天漫步在如明信片般完美的乡间的时候，"Il padrone sono io,"他会重复，重复，再重复，鲍勃的诸多天赋中没有快速学习语言这一项，"ma chi comanda è mia moglie."（我是一家之主，但当家的却是我的妻子。）

我从另一个烟灰缸上抄袭了一段话，准备用于 brindisi（敬酒）场合，即用于已与我们成为朋友的城堡业主们共进的最后一次晚餐。"Chi trova un amico trova un tesoro,"我说，"E qui, in questa bella casa antica, abbiamo davvero trovato un tesoro."（谁找到了一个朋友，谁就找到了一座宝藏，在这个美丽的古宅里，我们确实找到了宝藏。）

一个意大利人在表达这样的情感时，往往会掺入一两个让其他意大利人热泪盈眶或开怀大笑的方言词语。对于外国人来说，方言词语只会增加令人眼花缭乱的语言复杂性。根据你在意大利生活位置的不同，你坐的椅子可能叫 sedia、seggiola 或 seggia，你擦鼻涕的手帕可能叫 fazzoletto、pezzuolo 或 moccichino，你穿着可能叫 calzini、calzette、calze、calzettoni、calzettini 或 pedalini 的袜子。一千年前，意大利的犹太人形成了他们自己的一种混合了希伯来语的方言，现被称为 Italkian（一种犹太 - 意大利语），至今仍有大约四千名当地人在讲这种方言。一位威尼斯人把莎士比亚的剧本翻译成他自己的方言，因为在他看来，意大利语无法表达剧本中情感的复杂性。

即便是比喻，也是因地而异的。佛罗伦萨人称一个邋遢的女人为一张"未整理的床"，称一个上了年纪的骑士为一匹"疲惫的马"。长期处于贫困之中的卡拉布里亚人（Calabrians），会用"狗只咬穷人"这类谚语来哀叹他们的窘境。在厌烦无聊的时候，罗马人会抱怨他们"快被憋死了"。一个"罗马的罗马人"（Romano de Roma，*罗马方言，指的是一家几代人都生活在这座城市的罗马人*），将当地的政客形容为"罗马斗兽场里最好的猫"（*斗兽场里野猫泛滥成灾*），也就是说，在困境中表现最好的人物。

"像法尔库乔神父一样"是另一个罗马习语，意思是一个假想的丢了衣服的神父，他不得不将"一只手放在前面，另一只手放在后面"，来遮盖其裸露的私处。这是罗马人用来形容一个人陷入窘境的说法，比如，某人在偿清贷款前把车撞坏了，或是妻子发现他与情妇在一起，结果两个女人都离他而去了。

在方言中，死亡也有不同的说法。罗马人称之为"骨瘦如柴的女人"。当其他地区的意大利人去世时，人们会说：他们"去了尖尖的树下"（*指的是柏树，常见于托斯卡纳的墓地*），"为鹰嘴豆做了土壤"，"伸直了他们的腿"，"穿上了另一条裤子"（*为特殊场合准备的好裤子*）。或者，还有一种古怪的说法是：拔了知更鸟的屁。

我的指导老师亚历山德拉·卡塔尼说："我们在任何事情上都很钟楼（campanilismo）。"意思是，意大利人只忠诚于在当地钟楼上能看到的范围内的一切，即看重乡土情感。这种态度甚至让他们把旁边山头上的人也都视为外人，并在某种程度上成为他们怀疑或嘲弄的对象。北方人嘲笑南方人是 terroni，即耕种土地的农民；南方人则讽刺北方人是 polentoni——玉米粥大胃王，玉米粥曾是 popolo magro（瘦子或穷人）的标准食物。non fare il genovese，不要像热那亚人那样，我听到一个朋友在指责别人时这样说，意思是"不要太小气了"。fare alla romana（做罗马人）的意思是"去荷兰"（going Dutch，意为 AA制）。我们每次前往比萨时，总听到有人吟诵：Meglio un morto in casa che un pisano all'uscio!（家有死人好过门口有比萨人！）而比萨人的回应则是：Che dio t'accon tenti!（愿上帝让你如愿！）

　　也许，是因为这些混杂的方言让人们彼此难以理解，意大利人培育了另一种可供选择的语言：姿势语言。在意大利，肩膀一耸，手腕一甩或眉毛一扬，比一麻袋的词语（sacco di parole）更能说明问题。拳头握紧，表示生气、愤怒、恼火或恐吓；手指挤在一起，表示情况复杂或困惑；眼角一抹，意思是"要当心！"；轻拍头部，表示理解、直觉或愚蠢。

　　在某个露天广场上仔细观察几个小时之后，任何人都可以流畅地使用这种无言的意大利语。需要有人帮忙？你就双手合十，手指伸开，放在胸前，就像在祈祷一样。不在乎？你就用手指从颈部向上滑过下巴尖。这顿晚餐或这一天过得很完美？你就用手在空中画一条水平线。一位那不勒斯的服务生，用食指在自己的脸颊上旋转的动作，来提示我们菜单上味道最好的菜肴——意大利男人们在大街上见到一个从身旁经过的看起来很有品位的女孩时，都会重复这个手势。

　　正如路易吉·巴尔齐尼在《意大利人》一书中所言，这种无声的娱乐是意大利人的乐趣之一，它来自生活，即来自一个"由人创造，以人为本，衡量人的尺度"的世界。他指出：这种人造意大利语的乐趣，源于"事物不一定完全像它们看起来的那个样子，现实不一定如此枯燥与丑陋"的教导。

仅凭语言，意大利人就培养出了一种简单而积极向上的生活方式，他们能把沉闷的日子变得生趣盎然，把平凡琐事变成难忘的记忆。鲍勃和我曾步入葡萄酒商店，只为寻找一瓶好酒以佐晚餐，几个小时后，我们不仅参观了店主的地下酒窖，品尝了好几个年份的葡萄酒，还聆听了一场额外辅导，关于托斯卡纳的骄傲"桑娇维赛"（Sangiovese，红葡萄品种名）与皮埃蒙特的"内比奥罗"（Nebbiolo，有名的黑葡萄品种，皮埃蒙特葡萄酒以此酿制而成）之间的差异，内比奥罗的名字（意为"小雾"）描述了该地区的典型天气。

在这个过程中，我们总能学到一两个新的词。我们已经懂得，任何一位行家都可能会欣赏某一款好酒，但意大利人更擅于"深化"（approfondire）与"品味"（assaporare），从而让自己慢慢地发现它的醇厚。一瓶葡萄酒的"最后一滴"（la scolatura），总会让人——无论是男人还是女人——进入"自然之美"（belli di natura）。意大利人如此在乎最后几小口葡萄酒，以至于罗马的方言诗人朱塞佩·焦阿基诺·贝利曾在诗中赞美其一直品味到"最后几滴"（sgoccetto）葡萄酒的喜悦。

就像这些措辞带来的快乐一样，有关快乐本身的词语，也有各种诱人的形式。一个充满了优秀厨师和热情食客的国度，创造了一个专门的词语 goloso（源于 gola，意为"喉咙"），来形容人们对于美食的欲求，它超越了单纯的食欲、渴求或饥饿。朋友们很爽快甚至是很自豪地承认，自己是 cioccolata（巧克力）、sfogliatelle（夹心酥）或 supplì（入口即化的米饭和奶酪球）的 golosi（贪食者）。

　　一天晚上，我给一个会话小组讲了一个故事，讲的是我作为年轻记者时写的一篇题为"一个医学院学生的 24 小时"的文章。"没想到，我正与未来的卫生局局长共度良宵，"我用意大利语说，"我感到很享受。"老师是一位通晓四种语言、见多识广且老于世故的人，他凑近我小声地指出，我刚才的措辞指的只能是性关系。

　　意大利语中的 amante（恋人），可以是 amoroso（多情的）、amabile（可爱的）、amato（心爱的），或三者皆有。许多意大利男人都是 amatore——恋人，例如葡萄酒、女人或歌曲的恋人；一个意大利女人可能是个 amatrice——恋人，也许是生活中美好事物的恋人。英语中没有哪个词语能完全传达出 innamoramento 的感觉，那是一种狂热的，比迷恋更深的，远远超越了着魔、烦恼和困惑的，从头到脚的喜爱。而我就是一个 innamorata，一个被意大利语迷惑，为它的故事倾倒，被它的冒险经历捉弄，陶醉于它的发声并总渴望有更多时间与之相伴的恋人。

不可思议的粗俗语

"她们是从哪里来的？"在声名远扬的庞贝妓院前，我问大腹便便且开始谢顶的导游。他以疑惑的眼神看着我。"妓女。"我补充说，就是那些 povere donne，贫穷的女子。

"不是的，夫人，"他有些不悦地说，他坚持认为庞贝的妓女绝不是穷人。事实上，她们吃得很好，穿得很好，幸运的话还能有个罗马大兵——世界上最优秀的男人——作为她们的情人。我反驳道，无论如何，这些女子总是在出卖自己的肉体吧，导游以摇头表示不认可我的说法。

"她们会为这些待遇付出代价。"我扬起眉毛说。

"情况并非全都如此。"他坚持道。他从皮夹里翻出一张折了角的他本人的二十岁身份证照片，说自己曾是如此地 bello（英俊），以至于女人们愿意出钱与他上床。为了转移他的注意力，我指向墙上的涂鸦，那些显然不是我在高中时学过的拉丁语。

"当然不是，"他说，"这是俗语。"他以毫不掩饰的乐趣，津津有味地翻译着墙上粗鄙的感言：称赞某女的口交技巧怎么好，某女不仅服务周到还倒贴钱……堪称粗俗。

　　并不是所有的庞贝涂鸦都如此下流。在市区狭窄街道的两旁，用一种简单的 6 英寸（15 厘米）高的红色字体，涂写标语支持某党派的候选人，谴责赖账不还的人，公告在竞技场举行的下一场角斗表演将是庞贝历史上最大规模、最壮观、最精彩的一次（当然也是最后一次），以及发布一些简单直接的指令，比如"如果你必须靠在墙上，就请靠在别人墙上"。在一个高级住宅的餐厅里，张贴着一则告示，要求来访者不得以好色的眼光看着女服务生，也不得与其他客人的妻子打情骂俏，最重要的是，要保持交谈的文明。"假如你做不到，"最后一句直截了当地奉劝说，"就请回家去吧。"

　　因公元 79 年维苏威火山爆发而被掩埋的庞贝古城，似乎就是当时的拉斯维加斯。没有证据表明基督教曾突破过它的壁垒。在这个完全异教化的地方，乐趣——卧榻、餐桌、剧院及运动场的乐趣——才是真正的宗教。不过，我们应该感谢随心所欲的庞贝古城市民以及他们在墙上写字的天然本性。他们充满热情的言辞，证明了由罗马帝国的人民所创造并为其服务的傲慢自负的新贵语言的效力，也为我们提供了一个有关意大利语起源的传奇故事的合适开端。

　　拉丁语，无论是正式的还是非正式的，都是由位于罗马附近的拉齐奥部落的方言演变而来的。在半岛的其他地方，当地人讲的是各不相同的语言：在伊特鲁里亚地区（包括托斯卡纳在内的意大利中部地区），人们讲的是伊特鲁里亚语；在南部地区，人们讲的是受希腊语影响较大的语言；而在北部、东部和西部地区，人们讲的是截然不同的方言。当罗马军团征服意大利半岛，向已知世界的尽头进军时，古典拉丁语便成了政府、商业和学术研究的正式语言。从硬币到纪念碑、寺庙及墓葬，它的印记无处不在。罗马的窨井盖上仍然制有 S.P.Q.R. 字样，即 "罗马元老院及人民"（Senatus Populusque Romanus）的拉丁文缩写。（意大利人开玩笑说，它其实表达的是 Sono pazzi questi romani——"这些罗马人疯了"。）

空气中常常飘忽着各种方言——在露天剧场的呼喊声中，在大卖场的嬉闹声中，在街头淫秽表演的逗乐声中。没人知道庞贝城平民百姓所讲的俗语是什么样子，但我仿佛能够凭直觉感受到。这种直觉来源于我们入住的波西塔诺的圣彼得罗酒店——它坐落在风景壮观的阿马尔菲海岸。

我们房间的一整面墙，就建在悬崖边上，是用黑色岩石砌成的。当我们步入房间，最先注意到的就是床铺的规格。"它一定是为性狂欢准备的。"我小声地对鲍勃说。我往盥洗间里瞥了一眼，就知道我的想法没错。在一个宽敞得足以容纳半打泡沫丰富的身体的下沉式瓷砖浴缸边，耸立着一座雌雄同体的大理石雕像，唇边一抹狡黠、会心的微笑，胸脯闪亮，下身挺拔的大型器官之上还装饰着几串宝石，可兼作水龙头。

在这样的浴缸里沐浴，人就算没有彻底堕落也难免心生自我放纵之念——正如我所想象的那个说着俗语的庞贝城的样子。过去与现在一样，一种毫不掩饰的粗俗本性，贯穿于意大利的语言和文化之中。例如，在谈论重病或经过墓地时，为了避开噩运或 malocchio（毒眼），男人们在很久以前就养成了触摸生殖器的习惯。io mi tocco（我触摸自己）这个短语，仍像英语中的 knock on wood（希望我走运）一样常见。而在最近，一名来自科莫（意大利北部城市）的四十二岁男子在公共场合的实际举动，导致意大利最高法院禁止了这种"潜在的冒犯"行为，法官建议那些迷信的男人把伸手摸裤裆的动作推迟到回家不受打扰的时候。

古罗马人在讲方言时，无须顾忌任何规则。拉丁俗语本来就没有什么规则，也不分阶级或社会。因为古典拉丁语基本上是一种书面语言，所以，在日常生活中，不同阶层和地位的市民都必须讲某种方言，在床笫间或浴缸里当然更是如此。

受过教育的罗马人，可能会使用比市井小民更为文雅的语言。然而，在最重要的文体学家西塞罗写给家人和朋友的信中，却充斥了大量的俚语和草率的文法错误（类似 he did good 等），以至于文艺复兴时期的翻译家们为此震惊不已。再来看看卢卡·卡纳利和古列尔莫·卡瓦洛在《拉丁文涂鸦：写在古罗马墙上的文字》一书中记载的一位著名医生留下的不朽遗言：Apollinare, medico di Tito imperatore, in questo sito egregiamente cagò.（阿波利纳，提托皇帝的御医，曾在这个宏伟的皇宫里拉过屎。）

这位好医生的临终遗言中的词 cagò（大便），已经毫无变化地变成了当代意大利俚语——这是我从奥尔贝泰洛的一个小男孩那里学到的词语。奥尔贝泰洛是托斯卡纳地区一个充满活力的村庄，坐落在两个潟湖之间，人们经由一个依然令人难忘的罗马时期的半圆形拱门出入村庄。

"La signora è americana."（这位女士是美国人。）小男孩的祖母向他解释说，当时，我正与这位祖母讨论西瓜（南方叫 cocomero，北方叫 anguria，而在整个意大利，普遍意指侮辱性的"傻瓜"）的成熟度。

　　"Da Chi-cago?"（是从芝加哥来的？）他顽皮地问道，然后哈哈大笑。

　　"不是的。"我回答了这个意想不到的问题，看见他的奶奶有些不好意思地将小男孩推到一边。这个被逗乐的小孩子解释说，这个美国风城的名字，听起来像 ci cago（我在这里拉屎）。

　　罗马的势力与影响在公元 117 年达到了巅峰，当时的帝国扩张到了迦太基、埃及、叙利亚、马其顿、高卢、科西嘉岛、伊比利亚半岛、不列颠群岛，东至现在的伊拉克。随着罗马势力逐渐衰弱，古典拉丁语开始丧失其地位。在偏远的区域，拉丁俗语演变成了当地的方言。最终，最强大的城市——法国的巴黎、西班牙的马德里、葡萄牙的里斯本——的方言，挤掉了语言中的其他区域性差异，成为国家语言。而在意大利各城邦之间相互交战的一片混乱中，人们的书写和说话方式之间的差距，扩大成了一道鸿沟。古典拉丁语僵化成毫无生气的语言，仅适用于教堂仪式和政府公文，正如语言学家恩斯特·普尔格拉姆在其著作《意大利的语言》中所说，变成了"一具美丽的木乃伊"。

　　为了弄清楚长期以来被降格在妓院和浴室墙壁上的流氓方言如何取代了高贵的拉丁语，我特地在佛罗伦萨的但丁·阿利吉耶里协会安排了一次意大利历史的辅修课。在一个清朗的春日，我去了这所由 15 世纪修道院改建而成的学校。我的老师是热情洋溢的克里斯蒂娜·罗马内利——她在乌菲齐美术馆最近举办的一次关于意大利语言历史的展览上担任讲解员，展览名为"说 Sì 语之处"[1]（Dove Il Sì

1　Sì 为意大利俗语中的"是的"，"Sì 语"在此处指意大利俗语。——编注

Suona，典出但丁《神曲》中对他的"美丽家园"即意大利的表述）。我一看到她准备的一堆书和图片，就知道我来对地方找对人了，只是我暗自希望克里斯蒂娜最好能讲点英语。可她没有。

也许，这就是为什么克里斯蒂娜需要提供这么多的视觉教具，来帮助我理解从口头语言到书面语言逐渐转化的过程。图片 A，是公元 300 年左右一本语法书附录中的一页。这幅图画出土于罗马斗兽场附近一所学校的废墟中，表现了一位名叫普罗布斯的教师的沮丧心情。这位教师带着几乎显而易见的恼怒，找出了学生们常犯的 227 个错误——都是用街头词汇来代替正确的拉丁词汇。他训斥犯错的学生说：是 calida 而不是 calda（热的），是 aqua 而不是 acqua（水），是 tabula 而不是 tabla（桌子）。

"Povero!"（可怜！）正在我们仔细阅读这份破损的附录影印件时，克里斯蒂娜叹了口气。那位较真的教师打了一场必败之仗。正是学生们粗心大意写的错误词语——而不是老师一丝不苟更正的正确词语——在不断演变的语言中找到了一席之地。其他许多词语也是如此。testa（俚语意为"壶"，系一个古老的侮辱性词语），取代了高贵的拉丁语词 caput（头）。caballus（方言意为"老马"），抢了拉丁语词 equus（包括马、驴、斑马等马属）的风头，逐渐演变成现代意大利语词 cavallo（马），此为 cavalry（骑兵）和 cavalier（骑士）的词根。

大约在同一时代，另一股革命力量——基督教，正在改变罗马人的生活和语言。起初，教会的正式语言为希腊语，但在公元 350 年左右改变为拉丁语。然而，在此前的很长一段时间里，新的宗教观念与崇拜形式需要新的词汇，例如，方言中的 battesimo（洗礼）和

eucaristia（圣餐）等。

现存的许多拉丁语词，在基督教时代就有了新的含义。例如，massa 的意思为一块生面团，直到圣保罗用它来指代一群人。意大利语中的 parola（词语）和 parlare（说话），源于希腊语 parabole（比喻）和拉丁语 parabola（寓言，附带道德教训的故事）。公元 380 年，在狄奥多西的统治下，当基督教成为罗马帝国的官方宗教时，各阶层的信徒都会讲的"百姓语言"的声望也提高了。

从公元 5 世纪开始，野蛮人横扫了整个半岛，将规模最大、最强大和最骄傲的帝国，置于黑暗与沉寂之中。语言和宗教救不了罗马。将其有序作战方式描述为 bellum（战争）的罗马人，无法抗拒日耳曼人的无序战术，于是，日耳曼语的 werra（战争）变成了意大利语的guerra（战争），以及英语 guerrilla（游击战）的词根。

我的一位大学历史教授，把随后的一段暗淡岁月称为"不洗澡的一千年"。在这个黑暗而阴郁的时代，知识之光只在修道院和寺院中闪烁，在那里，上帝的子民们通过抄写经典著作保存了早期的西方文明。俗语不得不自生自灭。然而，尽管身处逆境，这种孤儿般的语言不仅存活了下来，还取得了胜利。

日耳曼入侵者的方言，对本地方言几乎没有显著影响，除了一些混杂的单词，包括 scherzare（开玩笑）、ricco（富有）和 russare（打鼾）等。某些外来的单词反映了野蛮人所带来的苦难 比如，gramo（可怜）、scherno（嘲笑）和 smacco（耻辱）等。另一些单词则显示了罗马人对于入侵者的蔑视。意大利人用 zanna（日耳曼语意为"牙齿"）来表示动物的尖牙，用 stalla（日耳曼语意为"房子"）来表示马厩或猪圈。但是，哥特王朝的影响却仍然随处可见。多年前，当我们在马焦雷湖一带旅游时，鲍勃曾问我："Albergo 这家伙是谁？为什么他的名字会出现在这么多的建筑物上？"我轻柔地告诉他：albergo 意为"旅店"，源自哥特语 haribergo，原义为"军人住所"。

克里斯蒂娜提出了另一个证据，证明通俗的方言一直在慢慢地侵入神圣的领地。现代早期的一个悔罪的范本如下："保佑我吧，神父，因我所犯的罪。"她解释说，尽管神职人员在主持宗教仪式时用的是拉丁语，但他们必须理解基本上没有受过教育的会众，同时也必须被会众理解。为此，公元 813 年，查理曼大帝曾下令，要求整个基督教世界的高位神职人员用当地方言布道。

为了提振教区居民的情绪，一些牧师还决定在他们的仪式中加入音乐，并创作出以方言配上流行的民歌或舞曲旋律的宗教歌曲。会众热情地唱着歌曲，歌词中不乏他们熟知的猥亵性词语。这种做法持续到 16 世纪，当时，怒不可遏的特伦托委员会[1]扬言，要彻底禁止在天主教礼拜仪式中使用音乐。

说服教会改革家们的重任，落在了乔瓦尼·皮耶路易吉·达·帕莱斯特里纳的肩上。小时候，他曾在罗马街头一边歌唱，一边叫卖父母农场的农产品，他的嗓音如此甜美，以至于马焦雷圣母堂唱诗班的一位指挥为他提供了音乐教育。他的复调弥撒《马尔切利教皇弥撒》，让教会改革家们确信教会音乐的教化价值，并在此过程中，促进了意大利古典音乐的创作。

---

1 1545 年至 1563 年间罗马天主教会设在南提洛尔的特伦托的委员会。——译注

在"黑暗时代",神职人员并不是唯一获得一些实用性拉丁语知识的人。一种新的被称为 notai 的职业抄写员,在准备与抄写公文方面发挥了不可或缺的作用,著名而珍贵的"精美的意大利式字迹"就出自他们之手(notai 不像徒有虚名的美国式公证人那样无足轻重,他们在今日意大利几乎所有的法律事务中仍然起到重要作用)。这些商业界和法律界的精明人,早已对各种奸诈行为了如指掌,为了防止那些寡廉鲜耻的阴谋者在页边空白处添加一条遗嘱附录以改变契据的目的或条款,抄写员往往会在公文的空白处填满复杂的涂鸦、怪诞的诗句或脑筋急转弯式的谜题,而所有这些都是用俗语写成的。一些人用激烈的口语化谩骂来发泄自己的愤怒,这种咒骂至今仍在褪了色的羊皮纸上冒烟。其中一例——针对一位名叫西尼奥雷·卡普罗泰斯塔(意为"山羊头先生")的人——诅咒道:乞求魔鬼把这个戴绿帽子的可怜人和他的婊子妻子打入地狱。

克里斯蒂娜提醒我,记录在书页边缘的最著名的冥思随想,可能也会让我觉得有点粗鲁。《维罗纳之谜》写于公元 8 世纪或 9 世纪,但直到 1924 年,才在一本关于礼拜仪式的书中被发现。在其中一页的上方,作者有一段神秘的描述,说的是两头公牛一边在白色的田野上拉犁前行,一边播下黑色的种子。现将这几行字以诗句的形式,重新编排翻译如下:

> 公牛在他前面走着,
> 他握一把白色的犁,
> 缓缓犁过白色土地,

播下了黑色的种子。

这些古怪而含糊的暗示性话语，到底是什么意思？它们是一首农民歌曲，抑或是某种农耕谚语？这个谜在 1925 年被解开，不是得益于某位语言考古学家，而是归功于一位意大利老奶奶。在博洛尼亚大学的一次讲座上，一位名叫利亚娜·卡尔扎的学生宣称，她认出这些诗句是小时候祖母教她的儿歌之一。目瞪口呆的教授惊讶地听着这位年轻的女士解释：这些弓着背在犁地的牲口，指的是一位作者之手的指关节，他正握着一支白色的羽毛笔，在白纸的"田野"上"播下"一股黑色墨水的溪流。

克里斯蒂娜还提供了其他一些生动活泼的方言"见闻"——呈现在战争账目、商业账簿、十字军书信中，偶尔也呈现在关于科学或哲学的严肃思考中。但是，早期意大利语的重大标志性事件，第一份含有俗语的公文，直到 960 年（被认定为意大利语诞生的年份）才出现。一个名为"卡普阿案件"（"Placito di Capua"）的法庭裁决，解决了意大利中部卡西诺山的著名本笃会修道院与邻居之间的一桩财产纠纷，邻居就一块与修道院相邻的土地主张权利。

在出具案件正式的拉丁文摘要之后，三名法官重申了裁决：根据先占的原则，将土地判给修道院。意大利学生从此记住了这些具有历史意义的文字，每位法官亲手写下了潦草的字迹，这种语言不再是拉丁语，但还不是意大利语：Sao ko kelle terre, per kelle fini qui ki contene, trenta anni le possette parte Sancti Benedicti.

"我清楚，"每一位法官都写道，"圣本笃修道院在其边界之内拥有这些土地已达三十年之久。"

"Ero molto emozionata!"（我非常激动！）克里斯蒂娜告诉我说，当她在乌菲齐美术馆关于意大利语言的展览上第一次看到修道院出借的原始手稿时，她的泪水夺眶而出。克里斯蒂娜在我眼前摊开这份特大号文档的复印件，我理解了她的泪水，从三位法官粗犷的字体和歪歪扭扭的线条中，你会感觉到一种语言的胚胎正在孕育。

"卡普阿案件"标志着意大利语的一个巨大转折。这个半岛的人民第一次清楚地认识到，他们讲的是一种有别于拉丁语的语言。这种方言后来被称为 lingua materna（母语），学生们必须上学才能学到的拉丁语，则被叫作 la grammatica（文法）。尽管拉丁语在学术、法律、医学和宗教研究等方面保持其垄断地位，但高等教育本身也激发了许多的意大利语单词，比如，università（起初定义为一个公司，然后是一群学生）、facoltà（全体教职员）和 lettura（讲座）等。

从 950 年到 1300 年，母语中被公认的词汇数量大约增加了两倍，从五千个增加到一万至一万五千个。抄写员们仿佛无中生有地抓住了音节的要害，写下了他们所听到的准确的单词发音。尽管博洛尼亚、热那亚、威尼斯、萨莱诺、巴勒莫等地的居民们，贡献了一些广泛使用的词，但足智多谋的托斯卡纳人，证明了他们在为动荡时代所需要的任何新概念、新技术、新材料和新娱乐发明新名称上是最具创造力的。

当然，意大利人首先得给自己取名字。古罗马人，比如，盖乌斯·尤利乌斯·恺撒和马库斯·图利乌斯·西塞罗，均含有三个名字：一个是基本的名字，一个是氏族的名字，还有一个是传世的姓氏。到了中世纪，后两个名字消失了，人们只知道一个名字，随着人口增长以及马里奥斯（Marios）、马里亚斯（Marias）等名字的成倍出现，这种情况变得令人晕头转向。于是，意大利人开始在他们的名字后面，添加第二个有别于他人的标签或姓氏（取自父名），有时在姓氏前加以"迪"（di），意为"某人之子"，或加以"达"（da），意为"某人的故乡"，如列奥纳多·达·芬奇（Leonardo da Vinci）。

职业也激发了诸如塔利亚布埃（Tagliabue，意为"杀牛者"或"屠夫"）和波提切利（Botticelli，意为"木桶制造者"）此类名字的出现。后来，艺术家亚历山德罗·迪·马里亚诺·迪·瓦尼·菲利佩皮，之所以获得了"木桶制造者"这个绰号，并以桑德罗·波提切利（Sandro Botticelli）之名为世人所知，是因为其兄弟就是制造木桶的。其他名字，或取之于外表，比如，Basso（矮个子），Rosso（红头发者）；或取之于个性，Benamato（讨人喜爱的），Bentaccordi（意气相投的），Benedetto（受到祝福的），Bonmarito（好丈夫）。被遗弃在教堂或修道院台阶上的不知其名的孤儿，人们给他们起了悲惨的名字：Esposito（来自拉丁语，意为"暴露在外"）、Poverelli（可怜的小孩）、Trovatelli（小弃儿）或 Orfanelli（小孤儿）。

有人拥有一个邪恶的名字，比如，圭多·贝维桑圭（Guido Bevisangue，Bevisangue 意为"嗜血者"），他以一种特别可怕的方式获得了这个绰号。故事出自一个名叫圭多的男人，他娶了美丽贤惠的拉文纳公爵的女儿为妻。他们的儿子，自封为拉文纳的领主，城里显赫家族的妻子们，都因他而堕落。当地的男人们起来造反，杀死了这位淫乱的统治者及其全家，但奶妈带着一个名字也叫圭多的婴儿出逃

在外。成年之后，圭多对拉文纳的人民进行了凶残的报复。因为他有
一个令人厌恶的习惯，就是舔受害者留在他剑上的血，所以，被人称
为"嗜血者"。

圭多有一群名字都叫圭多格拉（Guidoguerra）的孙子，坚定地
投身于一系列看似永无休止的血腥战斗中。其中一位技艺高超的勇
士，成了托斯卡纳大女伯爵玛蒂尔达的政治顾问。玛蒂尔达是一位身
穿盔甲、骑着战马的摄政王，曾统治意大利中部的大片土地。她位于
卡诺萨的城堡，在意大利语的历史中占有一席之地。德国国王亨利四
世在与教皇格里高利七世的多年冲突之后，于 1077 年冬天穿越阿尔
卑斯山，出现在卡诺萨城堡的大门外，作为一个赤脚悔罪者，向正在
玛蒂尔达家里做客的教皇寻求赦免。教皇让这位皇帝在白雪覆盖的城
堡下苦等了三天才同意接见他。直到今天，短语 andare a Canossa（前
往卡诺萨）的意思是：在纷争中要让自己保持谦恭。

要是没有受到普罗旺斯游吟诗人们浪漫歌曲的启发，方言也许只
能保持其二等语言的地位。当意大利尚未找到自己的语言的时候，这
些巡回艺人就在法国南部的宫廷间穿梭，为城堡中的女士演唱小夜曲
（很多女人的丈夫都参加了军队），用抑扬顿挫的颂歌，赞美她们美丽
与优雅。

普罗旺斯的游吟诗人，激发了意大利最早能称之为"文学"的
创作灵感，其中的《劳伦齐亚诺的节奏》，是一首被潦草地记录在一
份手稿最后一页上的二十行押韵诗，这份手稿现收藏于佛罗伦萨宏伟
的美第奇图书馆。这是典型的 12 世纪末或 13 世纪初的手迹，在手稿
中，一个游吟诗人对比萨主教大加歌颂，赞美他配得上教皇之高位，

而其别有用心的动机是，讨好主教好让他送自己一匹马。这位诗人保证说，假如比萨主教能给他一匹马，他将会向附近的沃尔泰拉主教炫耀。这样做是要让沃尔泰拉主教印象深刻，还是刻意要激怒他，我们不得而知。

在一个天主教家庭长大的我，很清楚巴结一位主教的好处，但相比之下，我觉得圣徒们丰富多彩的故事更加吸引人。孩子们最喜欢的是阿西西的圣弗朗西斯，只因为我们可以在他的节日里带上宠物一起去教堂接受祝福。不过，这位以与上帝所有造物的融洽关系而闻名的受人爱戴的圣徒，并没有走上一条神圣的道路。

阿西西一位名叫彼得罗·迪·贝尔纳多内的羊毛商人，与来自法国的妻子，生下儿子取名乔瓦尼，随后贝尔纳多内将孩子改名为弗朗切斯科（Francesco），以表达对孩子的母亲以及他最羡慕的国家（法国）的敬意。弗朗切斯科虽然体弱多病，但充满魅力，他成了一群喜欢玩乐、饮酒过度，被宠坏了的年轻人的头目。据他的第一个传记作者的说法，他的行为"要比其他人更为愚蠢"。年轻的花花公子还喜爱传入意大利的迷人的普罗旺斯香颂。

渴望冒险的弗朗切斯科，加入了阿西西的军队与邻国佩鲁贾作战。在被敌军俘虏后，他在牢房里待了将近一年，直到父亲将其赎回。这段痛苦的经历，伴随着一场严重的疾病，改变了弗朗切斯科。在接下来的几年时间里，他离开了那帮爱吵闹的朋友，隐遁山林沉思冥想，并在阿西西破旧的圣达米亚诺小教堂里祈祷。有一天，弗朗切斯科听到祭坛上方十字架上的耶稣像对他说："请修理我的房子，你看它已成废墟。"

于是，弗朗切斯科卖掉了他的马和他父亲最好的衣服，试图将收益捐给牧师。而他愤怒的父亲指控他偷窃。在阿西西主教在场的公开审理中，弗朗切斯科把变卖所得的钱，连同他自己身上穿的全部衣服，还给了他的父亲。正如这位赤身裸体的青年向主教声明的：他现在只有天父了。

弗朗切斯科献身于"他的新娘"——"神贫夫人"（Lady Poverty），他放弃了所有的世俗财产，建立了"乞讨兄弟"（begging brothers）的宗教秩序。他们在小教堂周围建造了简易的小屋，被称为 Porziuncola，意为"一块小小的土地"。如今，一座宏大的教堂矗立在这座小建筑的上方，它依然是我参观过的最神圣的地方之一。

上帝的游吟诗人们，身穿最贫穷的翁布里亚乞丐的粗糙的棕色长袍，漫步于乡间，诵唱着由弗朗切斯科用翁布里亚方言创作的赞美上帝的歌——被称为 laudes（颂歌）。他的肺腑之言，甚至感动了动物们。当一只大狼威胁古比奥城时，化缘修士们迎向这头野兽。狼向弗朗切斯科扑来，但他岿然不动，并恳求它不要吃了"驴兄弟"（Brother Ass，他指的是自己耐心承受各种苦行的身体）。于是，这只狼蜷缩在他的脚边，答应不再袭击市民，从此，市民们在城门边为狼提供食物，让其安度余生。在阿西西附近的格雷乔城，在圣诞节期间，弗朗切斯科把牛和驴带进了教堂，创造了第一个活生生的"育婴所"（crèche），即耶稣诞生的地点。

尽管有长期的健康问题，包括最终导致其失明的眼部感染，弗朗切斯科还是为自己能够成为"宇宙之子"而高兴。一位翻译家将弗朗切斯科的《万物颂歌》，描述为"意大利诗歌中第一首真正的精彩纷呈的杰作"，它以天真的好奇心，赞美太阳主人、月亮姐姐、风哥哥、水妹妹、火弟弟和大地母亲。尽管这首诗很可能是用于诵唱的，其曲调却已遗失了。然而，这样的诗句，足以表达出其优美旋律的灵魂：

> 赞美你啊，我的主，为了月亮姐姐和星星，
> 你在天堂里创造了她们，可爱、珍贵、澄明。
> 赞美你啊，我的主，为了风哥哥和空气，
> 以及各式各样的气象，多云或晴朗，
> 你给予了你所创造的生物所需的一切。
> 赞美你啊，我的主，为了水妹妹——
> 她是那么有用、宝贵、纯洁和谦逊。
> （D'Epiro and Pinkowish, *Sprezzatura*, p. 76）

　　借由这些同时代意大利人非常容易理解的原始语言创作的诗句，最卑微的圣人将这种卑微的方言提升到了天堂的高度。弗朗切斯科仿佛依然活在阿西西这座山城，我曾两度来到此地学习意大利语：一次是在 1997 年的地震毁坏了乔托及其追随者在圣弗朗切斯科大教堂创作的二十八幅系列壁画之前，另一次是在几年之后。在一个"圣周"的音乐会上，在这些得到精心修复的画作之下，我对一个看起来相当伶俐的小女孩报以微笑，因为她正说道：天花板上的天使和圣徒好像真的在歌唱。

　　如果说弗朗切斯科是中世纪意大利最著名的圣人，那么，神圣罗马帝国和西西里王国的皇帝费德里科二世，则是意大利最臭名昭著的

罪人，他不仅怀疑来世的存在，而且敢于藐视教皇。费德里科拥有火红的头发，三岁时便继承了西西里王国。最终，他将自己的版图扩展到北部、东部和西部，并宣布自己为神圣罗马帝国的皇帝，尽管教皇威胁要将其逐出教会。他的"大宫廷"（Magna Curia），游走于西西里岛和意大利南部，随行的驴拉大篷车内，总是携带着皇帝心爱的书籍。

据说，费德里科会讲六种以上的语言，被誉为"世界奇迹"（Stupor Mundi）。法国游吟诗人的押韵小诗，给他留下了如此深刻的印象，以至于他发动了一场文学革命。费德里科放弃了拉丁语的至尊地位，在他的宫廷里创建了第一所正规的方言诗歌"学院"。这个尖端沙龙调制出一种混合了许多南方方言的新的语言。其中最耀眼的明星贾科莫·达·伦蒂尼，创作出第一首十四行诗（sonetto，源自普罗旺斯的小诗 sonet），这是一种经久不衰且令人喜爱的文学形式。其最著名的诗歌始于一个令人愉悦的词语 meravellosamente（现代意大利语为 meravigliosamente，意为"美妙的"），这正是爱抓住他的方式。[1]

据 13 世纪末的《逸事集》所述，费德里科是一位慷慨的赞助人，他的宫廷吸引了"各色人等"——法官、政客、学者、音乐家、雄辩家、艺术家、格斗家、剑客和来自中东各国的脱衣舞女。费德里科对一切都充满好奇，他提出了诸如"上帝会如何坐在他的宝座上？""天使和圣徒在上帝面前会做什么？"等问题。他被认为是鸟类学之父，因为他写过《用鸟打猎的艺术》，那些训练鹰隼来狩猎的人至今仍阅

---

1   这首诗以 meravellosamente 开篇，描述一个害羞的人无法对其爱慕的人表达爱意。——编注

读与赞赏这部论著。他在那不勒斯建立了第一个国家资助的图书馆。他资助了巴勒莫和萨莱诺的医学院。他还供养着一个耗资巨大的动物园，用于动物育种研究。

但丁在其《论俗语》一文中，颂扬了费德里科及其儿子曼弗雷多的"高贵与正义"。"在他们那个时代，"他写道，"不管那些最优秀的意大利人怎么努力，他们首先都得在这些强大君主的宫廷里露面。"然而，在《地狱篇》第十篇中，但丁却诅咒费德里科，将其与那些否认死后生命之存在的异教徒一起置入烈火焚烧的棺椁之中。

作为一位自封的科学家和诗人，费德里科在语言的习得机制方面进行了最早的也是最残忍的实验。出于对婴儿在没有接触过任何语言的情况下会说哪种语言的好奇，皇帝下令几个新生儿的照料者们完全保持无声状态。婴儿因缺乏人声全部死亡。据说，在另一项令人毛骨悚然的实验中，费德里科让一名男子在一个密封的木桶中窒息而死，以观察其灵魂是否能够离开这个容器。

费德里科先后与多位教皇再三发生冲突，教皇们或将其逐出教会，或废黜他，或加以谴责，据称，还试图毒死他。他在吉伯林党（Ghibellines，皇帝党）与圭尔甫党（Guelfs，教皇党）之间展开的激烈而漫长的权力斗争，导致意大利各城邦数十年的流血冲突。1250年，费德里科因痢疾死于意大利南部。教皇英诺森四世宣告他的死讯后说："让我们欢欣雀跃吧！"会众高呼道："他下地狱去了！"根据西西里的传说，恶魔们将费德里科的灵魂经埃特纳火山带到地狱。

但与此同时，费德里科宫廷中新造的语言，向北传入佛罗伦萨，拉丁名意为"繁荣"（flourish），而佛罗伦萨正朝着这个方向发展。

13 世纪，这个欣欣向荣的新兴都市，发展成中世纪世界的经济与文化中心，欧洲最大的金融市场，其人口和地位仅次于巴黎。这个文化温床中的市民，将创造出文艺复兴，正如玛丽·麦卡锡所言："也就是说，他们创造了现代世界。"

几个世纪以来，生性易怒的佛罗伦萨人在内部展开了最激烈的战争。好斗的部族经常在街角互相残杀，夷平彼此的房屋和防御塔楼。繁荣要求结束这种相互杀戮，这迫使佛罗伦萨人——被当时的一位历史学家描述为"受过教育"（colti）、"富有"（benestanti）和"好争讼的"（litigiosi）——将他们的敌意转化到不那么殊死的争斗形式上，比如公开辩论和私人诉讼。12 世纪的一次人口普查记录显示，在佛罗伦萨，律师和公证人（notai）的从业人数，是普通医生和外科医生的十倍之多。

从黎明到夜晚，佛罗伦萨狭窄的街道上人声鼎沸：马背上的传令官们宣布各种法令和死刑判决，商贩们叫卖商品，街头公告员们吆喝着招聘奶妈和劳工，游吟诗人们在演唱，修道士们在歌颂上帝，机智灵敏的市民们把日常对话变成了口头对决，权利受到不法侵害的市民在市政厅（Palazzo Vecchio）前的"演讲台"上发泄他们的不满。

从中东进口丝绸、香料、盐和其他贵重物品的商人们，把各种货币带到佛罗伦萨兑换。随着业务发展，当地货币兑换商的交易从摆桌设摊的方式提升到所谓的"柜台"方式——banchi，该词即"银行"（bank）一词的起源。1250 年，别名"菲奥里诺先生"（Messer Fiorino）的城市币弗洛林（florin）成为整个欧洲的货币，硬币的一面印有施洗者约翰的守护圣徒形象。那些佛罗伦萨银行的创始者家族，向教皇、国王以及权贵提供了数以百万计的弗洛林贷款，后来都成为中世纪的大财主。

佛罗伦萨的手工艺人们，组成了名为 arti（工艺）的行会，为创新和工艺制定了新的标准。佛罗伦萨的羊毛和丝绸织品深受欧洲宫廷青睐。这座城市繁荣的商业门类，可从其街道名称窥见一斑：Calzaioli，因制造尖头鞋（出现在文艺复兴时期的绘画中）得名；Cardatori，羊毛制品之街；Caldaie，用大桶染布；Ariento，因制作奢华织物中的银线得名；Conce，制革之街；Fibbiai，制造搭扣的街；Chiucchiurlaia，嘈杂之街，因木工得名，尽管其他许多街道也都很嘈杂。

直到今天，"佛罗伦萨"（fiorentinità）仍代表着格调、品质及世界上最好的皮制品和物品，例如我收集的一个镶嵌有木头、金属和石头的纯手工制盒子。我新近购置的一件宝物，是一个黄色的锡耶纳大理石铰链盒，盒上以"硬石镶嵌"（pietra dura，其字面意思为"硬石头"）[1]工艺装饰有各色矿石，购自罗马内利画廊。罗马内利画廊从1860年开业至今，现任店主的祖父，雕塑家福尔科·罗马内利，雕刻了另一位雕塑家本韦努托·切利尼的半身像，该雕像坐落在韦基奥桥头，夏日夜晚，我和我的女儿朱莉娅常常在此驻足，欣赏即兴演出的音乐会。

在罗马内利画廊，我和店员用意大利语交谈了一会儿之后，切换到用我们的母语英语（我讲的是美式英语，她讲的则是英式英语）聊

1　一种结合了雕塑和镶嵌的装饰工艺，将不同颜色的石头和宝石精细切割成不同的形状，镶嵌在石材上，通常组成各种几何图案和花卉。——编注

天。我告诉她写书的计划，她则把当地的语言比作托斯卡纳的面包：简单且不加盐，因此，它能吸收各种丰富而辛辣的调味汁。当我离开的时候，她还对我补充说，要是我也能看到五十年前的佛罗伦萨就好了，那时她第一次来到此地，而"所有有趣的人都还活着"。

当我穿过河流来到"地狱之路"（Via dell'Inferno）与"炼狱之路"（Via del Purgatorio）的交叉口时，我想了解她哀叹的那些熟人在当前的位置。这两条路名并不是来自但丁的《神曲》，而是来自两个相互竞争的葡萄酒商店或客栈的名字：一个叫"地狱"，另一个叫"炼狱"。过去，在去往这些超脱尘世的目的地的途中，死刑犯们在头戴面罩的"黑衣布道会"（Compagnia dei Neri）[1] 成员的陪伴下，沿着"不满之路"（Via dei Malcontenti），穿过"正义之门"（Porta alla Giustizia），走向断头台。

佛罗伦萨最古老的一条街道布雷拉街（Via Burella），其历史可以上溯到罗马时代，当时在街道的地下室里，关押着用来在当地竞技场上相互厮杀的囚犯和野生动物。但丁在《神曲》中以"布雷拉"（burella）来形容一个黑暗的牢房："地面凹凸，光线阴暗。"在中世纪，布雷拉街头布满了廉价的酒窖和妓院。消费层次较高的寻欢作乐者，会晃悠到"美丽女人街"（Via delle Belle Donne），在那里，风情万种的美女正展示着她们的魅力。

毫不奇怪，一个有着诸多如此响亮的街道名字的城市，在欧洲

---

1 英文直译为 Company of the Blacks，一种宗教团体，负责为被判处死刑的人提供宗教上的安慰，并陪伴死刑犯走完最后的路程。他们通常穿着一件从头（包括面部）包裹到脚的黑色连帽长袍。——编注

拥有最高的识字率。约有 30% 的佛罗伦萨男人能读写拉丁文。然而，这座城市里的傲慢的年轻作家们，更喜欢玩弄他们充满活力的方言。佛罗伦萨人受到西西里人的抒情诗句——在向北传播时被抄写员们"托斯卡纳化"了——的启发，完善了爱情诗歌的一种温柔新诗体（dolce stil nuovo）。他们当中唯一的女性，名为科姆皮乌塔·唐泽拉（几乎可以肯定是笔名），留下了一首哀伤的诗歌，哀叹被迫嫁给了一个她不爱的男人：

> 我的父亲，他让我倍感委屈……
> 把我嫁给一个不如意的丈夫。
> 我对此不抱丝毫希冀或欲望，
> 无时不在莫大的痛苦中度过，
> 所以，无论花开花落，
> 都不能让我感到快乐。
> （Kay, *The Penguin Book of Italian Verse*, p. 52）

尽管这些追求优美而独特风格的诗人，主要探寻的是爱情的精神与心理的本质，但充满生机的托斯卡纳男人无法抗拒更为粗俗的主题，比如下面的几行诗句：

> 当你发现自己和她在一起时，
> 就不顾一切地将她拥入怀中，
> 显示你有多强壮，有多坚固，

然后，便把那短棒猛插进去。

(Usher, "Origins and Duecento," p. 7)

有人猜测，这首淫秽诗歌的作者，正是年轻时的但丁·阿利吉耶里，他挥笔能像舞剑一样赋予其攻击性。在类似现代网络论战那样充满了火药味的中世纪，他那些机智敏捷的同时代人互相嘲弄与奚落，其激烈程度足以引发长期的争斗。在实际战斗之后，他们就散布那些侮辱手下败将的诗句，有时还把对手失败的惨状表演出来。在赢得坎帕尔迪诺战役后（*但丁也参与其中*），佛罗伦萨人把三十个戴着主教冠的死公驴——代表着阿雷佐城参战的几位神职人员——扔出了城墙。

中年时，为了一项更加雄心勃勃的使命，但丁被迫离开了朋友、家人和佛罗伦萨，并放弃了喧闹的诗歌创作。他有意识地着手打造一种既灿烂又有启示性的"辉煌"语言，在这个满目疮痍的半岛上，要说有什么东西可以配得上一个伟大的朝廷和政府的话，那就是这种语言。但丁以他的《神曲》达到了自己的目的。这位语言的炼金术士，将意大利充满生机、活泼热闹且长期受到贬抑的俗语，铸造成了文学黄金：在力度与深度上，这都是一种无与伦比、熠熠发光的新语言。

但我觉得，与我个人关系最为密切的中世纪诗人，要算是锡耶纳的切科·安焦列里，他完成了一桩曾令我早前的许多意大利语老师深感挫败的成就：教会我意大利语中的"假设性"句式所需的难以捉摸的两种时态组合。尽管克里斯蒂娜最初向我介绍切科的诗歌纯粹是出于历史原因，但她特别提到，有一首诗歌可以作为假设性句式的入

门。它以令人难忘的一句话（Se i' fosse foco, arderei il mondo）开始，
翻译过来是：

> 假如我是火，我会燃烧整个世界。
> 假如我是风，我会席卷整个世界。
> 假如我是水，我会淹没整个世界。
> 假如我是上帝，我会把世界抛入深渊。

　　在这一连串的"假如"（if-onlys）中宣泄了愤怒的情绪之后，安
焦列里突然话锋一转，给人一个意想不到的结束：

> 假如我是切科，过去如此，现在也如此，
> 我将拥抱所有年轻、美艳的女子，
> 把衰老、丑陋的留给别的男人。
> （Kay, *The Penguin Book of Italian Verse*, p. 70）

　　为了向切科积极进取的精神致敬，我教给我的丈夫鲍勃一个
看似简单的假设性语句，实际上，它也需要一定的语法功底：Se io
studiassi di più l'italiano, lo parlerei meglio.

　　"假如我多学点意大利语，我的意大利语就会讲得更好。"每当他
流畅地说出这句纠结拗口的话时，意大利人几乎都会起立为他鼓掌，
我置身其中也默默鞠了一躬，想起了切科：他以他的诗句，点燃了整
个世界。

跟随但丁上天入地

初看之下，但丁·阿利吉耶里并不惹人喜爱。所有关于他的事情，都曾让我望而却步。按照艺术家的传统描述，这位中世纪诗人似乎是个性情乖戾的家伙，有一个硕大的鹰钩鼻，外突的下巴，耷拉的双眼，脸上带着一抹不羁的讥讽。在意大利，他那幽怨的脸无处不在：在教室、博物馆、市政大厅中；在罗马我租住的公寓里，他现身于舒适客厅里的一块挂毯之上；在佛罗伦萨一间以他的缪斯女神贝雅特丽奇命名的酒店套房，他又浮现在立柱基座上。不管我去到哪里，他都对我怒目而视。虽然诸如威廉·布莱克（英国作家）这样的作家学会意大利语只为读懂但丁，但我并非如此。对我而言，《神曲》所代表的，是看上去太令人生畏、太遥远、太可怕的 14 世纪。

然而，在佛罗伦萨出生的保拉·森西－伊索拉尼——加利福尼亚州莫拉加圣玛丽学院的文学教授，给了我她在八岁时读的人生第一本《神曲》（改编本）：一本过时的迪斯尼风格的意大利漫画书，书中主角是米老鼠（代表但丁）和米妮（代表但丁敬爱的贝雅特丽奇）。骑自行车的高飞代表的是伟大的罗马诗人维吉尔——他引领但丁穿越了地狱的危险。在漫画书的最后一页，米奇、米妮和唐老鸭，以"神兵天降"般的姿态，从天堂的云端发出喜悦的光芒。

这种对一个扣人心弦的冒险故事异想天开的处理方式，让我意识到我对但丁的看法可能是错误的，而我不是唯一一个有错误看法的人。长期以来，所谓的"但丁学家"（dantisti）对这位七百多岁作家的许多假设（包括他的特征鹰钩鼻），都被证明是错误的。几年前，博洛尼亚大学的研究人员根据图示、其头骨的实际测量数据和三维计算机技术，对但丁的面貌进行了细致的重建。根据他们的计算，但丁为相貌平平之人，大大的眼睛，圆圆的下巴，粗短的鼻子——很可能被人打断过鼻梁。

我决定，在佛罗伦萨的法官和公证人艺术宫内别致的餐厅阿莱－穆拉泰预订一张桌子，以便直接观察这个特征显著的"大鼻子"（nasone）。在这个从前是会议厅的墙壁上，修补者发现了大片的壁画，其中一幅描绘了年轻时的但丁与其他受尊敬的作家在一起的场景。我女儿和我曾在课间听过一段录音，讲述发现这位诗人的已知最古老画像的经过。晚饭后，我们爬上楼梯，几乎与但丁的画像鼻子贴着鼻子站着。确实，他的鹰钩鼻——大概是预打孔的——又长又平滑。不过，即使在这里，但丁的脸上也毫无笑容。正如他死后的面部模型照片显示的那样，这位大诗人死后与活着一样紧锁眉头。他是有充分理由的。

学者们对但丁一生中的许多事实争论不休，比如，他的出生年份（目前的共识是 1265 年），他的名字（他的受洗名是杜兰特 [Durante]，是的，就是个像吉米 [Jimmy] 一样普通的名字），以及母亲的早逝和父亲的再婚是否让他陷入不幸的童年。学者们甚至认为，但丁的缪斯女神贝雅特丽奇（Beatrice，这个名字的意思是"受上帝祝福的人"或"带来祝福的人"），是一种幻想或世上恩典的象征。但她是真实存在的，她是显赫的波尔蒂纳里家族的一个女儿。但丁第一次见到她，是在巴迪亚小教堂——这是佛罗伦萨最甜美的小教堂，在那里，恋人们仍在贝雅特丽奇的墓前留下鲜花与便笺。

尽管但丁矢志不渝地迷恋着她，但两人难得见面，也很少说话。两人均为包办婚姻。但丁的妻子杰玛给他生了至少三个孩子，但无论是杰玛还是孩子，都没有在他的作品中被提及。在贝雅特丽奇死后（很可能死于1290年分娩时），但丁发誓"要用别人从未写过的语言来描写她"。他确实做到了这一点：将女性的文学形象，从邪恶的妖妇转换为心地善良的灵魂救赎者。

但是，但丁也会用言辞来伤害人。他曾发表过十四行诗，声称一个朋友的妻子在教堂里不停地咳嗽，是因为朋友在床笫间无法满足她。作为回应，愤怒的丈夫谴责但丁是一个可怜的懦夫，面对家族敌人时只会在裤子里拉屎，其量大到"连两匹马都驮不动"。他们的"低级趣味"之争，是意大利文学争论方式"对诗"（tenzone）的典型代表，在对诗中，两位作者轮流辱骂对方。这一传统始于中世纪，一直延续到今日。

鉴于佛罗伦萨纷乱的政治氛围，但丁放弃了家族的贵族诉求，而加入了药剂师行会（作家们莫名其妙地可以加入这个行会，可能因为使用墨水）。圭尔甫派——教皇的支持者们，曾将亲帝国党人吉伯林派赶出了意大利，但后来，圭尔甫派又分裂成两个派别：黑派和白派。作为一个白派教皇党人，但丁担任了市政工程的专员。他否决的项目如此之多，以至于同行称他为 Nihil Fiat——"不予批准"，拉丁语意为"无所事事"——这是他的标准建议。

1301 年，在但丁担任市议员期间，内战撕裂了佛罗伦萨。黑派追捕并杀害白派的领袖。由于在罗马执行教皇的任务，但丁躲过了大屠杀，却面临滥用公共资金的捏造指控。黑派判处但丁以及其他三百五十名白派成员（*党派的知识精英*）终身流放，并将他们的房屋夷为平地，佛罗伦萨市中心也被化为灰烬。他的政敌后来宣布：假如但丁再回来，就将被烧死，他的儿子们到了十五岁也将被烧死。

但丁为之奋斗而得来的一切——尊严、安全、舒适、尊重和影响力，一夜之间化为乌有。三十六岁时，他身无分文，无权无势，众叛亲离，无家可归，用他自己的话来说，他像"一条没有帆与舵的船，被凄厉的风吹向各个港口和海滩，不得不在贫困的绝境中挣扎"。

但丁浪迹于充满敌意的乡村，他常常会把帽子挂在所到城头的钉子上，为人提供服务以换取一顿饭和一夜住宿，哪怕住在畜棚或马厩。有一段时间，但丁曾与其他白派圭尔甫党人一起密谋复仇，最终又公然声明自己独立于任何党派。他不仅痛骂各种各样的政客，而且嘲笑他的同胞们是肮脏的猪。

约在 1307 年，但丁开始创作他所谓的《喜剧》（*La Commedia*），之所以称为喜剧，是因为它以悲伤开始，以喜乐结束。无论此前还是此后，没人完成过可与之比肩的文学巨著。"当我教高中生的时候，会通过谈论摇滚乐手的艺术手法，他们快速狂暴地演奏如此之多的音符的惊人能力，来让学生们对但丁产生兴趣，"锡耶纳 - 阿雷佐大学的意大利语言史教授朱塞佩·帕托塔说，"但丁写诗的方式好比摇滚明星弹吉他。"

这位中世纪的艺术大师，创作出了 14233 行 11 个音节的诗句，它们被分成 3 卷（共 100 篇）：《地狱篇》《炼狱篇》和《天堂篇》。但丁拒绝接受拉丁语过于精英化和方言表达（包括他的母语托斯卡纳语）存在局限性的观念，打造出一种光辉的新方言，描绘了一个从地狱深渊到天堂之巅的奇异世界。但丁生造的一个词最能描述他的写作方式：sovramagnificentissimamente，一种非常、非常、非常宏大的方式。

在但丁编织的韵律格式（terza rima，即三行诗节押韵法）中，诗歌三行为一节，每节的第一、三行押韵，每节的第二行与下一节的第一、三行押韵。作为最后的一笔，他在每卷最后一篇的最后一行，都以同一个词语结尾：stelle（星星）。也许，最了不起的是，但丁在把羽毛笔落在羊皮纸手稿上之前，就从头到尾构想好了这部超过十万字的恢宏史诗。在这部杰作中，无国籍、无母亲的意大利人，找到了一位父亲。

我意识到，如果我真的想想理解意大利语和意大利人，就必须理解但丁。虽然很想从当代卡通改编本入手，但我还是买了一本《神曲》的英文译本——事实上，我买了好几本，而我偏爱的是约翰·恰尔迪的版本。我的反应出乎意料：哇！就像现代读者被哈利·波特的魔法世界迷惑一样，我坠入一个完全是想象出来的异世界。一个情节异彩纷呈，令人肾上腺素飙升、忘记呼吸的狂欢冒险故事，从书页上一跃而起，进入了鲜活、翻腾、富有脉动的生活之中。

"Certo,"（当然啦，）在罗马会面时，电影制片人詹弗兰科·安杰卢奇对我说道，"但丁是天生的电影编剧。要是他今天还活着，他的作品拍出的电影，将比好莱坞曾创造出的任何一部电影都精彩得多。"安杰卢奇曾与最具但丁风格的当代导演费里尼合作过电影剧本。

只要看看《喜剧》（一位威尼斯出版商后来为书名 La Commedia 加上了形容词 divina，"神圣的"）的基本情节：故事始于 1300 年的耶稣受难日（复活节前的星期五）前夕，但丁，或称之为"朝圣者"（即学者们说的第一人称叙事者），在黑暗的森林里迷了路，走向地球的深处，误入了一个以九层同心圆盘旋下行直达冰冷中心的漏斗状地狱。在地狱门口，有一条恶名昭彰的欢迎标语，上面写着：进入此地的所有人，请放弃希望吧。

在这个黑暗与恐慌的深渊，朝圣者看到和提到了 128 个罪人的名字（他与其中 37 人进行了交谈），遇到了 30 头怪兽，经历了两趟令人毛骨悚然的船渡，昏厥过两次，目睹了永受地狱之苦者的可怕场面：他们或被鞭笞，或被击打，或被钉上十字架，或被焚烧，或被屠宰，或因怪病致残，或变作灌木和蛇，或活埋于烈火熊熊的墓茔，或被用烤肉叉子钉在岩石地面，或被冻结成冰，或埋于泥土、粪便、沸腾的血液或焦油之中。

他的冒险经历，让他的所有感官备受冲击。朝圣者穿越了陡峭的山坡和雷鸣般的瀑布，忍受着极度的炎热、酷寒和永不停歇的暴雨。他看到了惊人的景象：一条血河运载着暴力者的躯体，半人马正把箭射向那些敢于抬头者。他从冥河（Styx）沼泽令人作呕的恶臭中退缩了，在那里，那些濒死者正张着满是污秽泥浆的嘴巴，没完没了地哀号着。

地狱的"工作人员"阵容强大，其中包括巨人族、鹰身女妖、杂种以及那些具有超级邪恶名字的魔鬼：斯卡米里奥内（Scarmiglione）、卡尔卡勃利纳（Calcabrina）和德拉吉尼亚佐（Draghignazzo）……意大利的小学生们，仍然津津乐道于但丁所描述的马拉科达（Malacoda，*在但丁的《地狱篇》中出场的魔鬼，此名的意大利语意思是"腐烂的尾巴"*）纯粹顽皮的快乐。马拉科达是一群恶魔的野蛮首领，他以"把自己的屁股当号角"著称，用放屁来召集自己可怜的军队去作战。但在《地狱篇》中，这个"臭气熏天的野兽"是一个骗人的东西，他长着一张友善的男人脸，身体的上部是带有翅膀的、毛茸茸的哺乳动物，下部则是带有长长尾巴、末端为蝎子毒刺的爬行动物。

即使是今天的电影奇才，也无法超越但丁有关比萨的乌格里诺伯爵那令人发指的描写。乌格里诺因背叛了他的城市被判入第九层地狱。他认出了但丁的名字，并告诉但丁：你不知道的是，"我的死是多么痛苦啊"。乌格里诺用似乎发自灵魂深处的话语，讲述了自己和年幼的儿子们被锁在一座塔楼里的情景。一天早晨，他们听到那扇为他们提供食物的小门被砰然关闭。

> 我在悲痛欲绝中咬着双手，
> 儿子们以为我饿了要吃手，
> 便突然站起身来哭诉着说：
> "父亲，不如把我们吃了，
> 我们的痛苦也许会少得多！
> 你把这可怜的皮囊附在我们身上，

现在该是你将其剥下的时候！"

（第三十三篇，第 58—63 行）

慢慢地，痛苦地，到了第四天，男孩们开始饿死。其中一个儿子倒在乌格里诺的脚边，用尽最后一口气说："爸爸，你为什么不帮帮我啊？"虚弱、失明、半疯的乌格里诺，又硬撑了两天多，然后进入绝望的顶点，"极度的饥饿让他做出了原本不可想象的可怕事情"，但丁虽没有详述乌格里诺到底做了什么，但我们发现，他正站在地狱深处结冰的湖中，极其凶猛地咬住（他的牙齿"像可以嚼碎肉骨头的狗牙那般坚硬"）比萨大主教的头，因为正是他下令对乌格里诺进行残酷的惩罚。

食同类者最终要吞食他的行刑者，这体现了但丁的"报应律"（contrappasso）精神——在这种律法中，每种惩罚都与所犯的罪行完全对等。比如，"全是臭屎"的奉承者和马屁精，终究要在他们自己的粪便中跋涉。因为巫师和假先知们总是向后扭头，所以，他们只能看到后面，而看不到前面。宁录——那个违抗上帝建造通天塔的巨人，只能喋喋不休地说着只有自己才能听懂的胡言乱语。

最怪诞的是，在地狱最深处的洞穴里，潜伏着三头魔鬼路西法——他拥有石头般冰冷的"黑暗之心"。但丁在看到他时，甚至无法描述他是多么地"混沌与冷酷"。路西法用三张贪婪的嘴巴，永久地咀嚼着三个最大的罪人（上帝和罗马的背叛者）——犹大、布鲁图斯（罗马政治家）和卡西乌斯（罗马共和国末期的将领），他扇动其蝙蝠般的羽翼，冻结了他在咀嚼背叛者时流出的眼泪之河。

他的六只眼睛都在流泪，三张嘴边，

流下了如注的泪滴和血淋淋的口沫。

他在其每张嘴里分别嚼碎一个罪人，

他那锋利的牙齿，仿佛就是研磨机，

如此这般，他让三个罪人永受酷刑。

（第三十四篇，第53—57行）

为了逃离地狱，但丁和维吉尔顺着路西法毛茸茸的小腿，滑到"大腿的旋转处，也就是髋关节"，然后沿着一条地下小路往上爬，直到从一个小洞口瞥见了"天空中的美好事物。我们从那里出来，再一次看到了天上的星星"。

但是，朝圣者的旅程还没有就此结束。隐现在但丁面前的是"炼狱山"（Mount Purgatory），一座巨大的岛屿从海洋（但丁那个时代的人认为的南半球）中升起。在岛屿的前滩上，滞留着一批玩忽职守的王公贵族、被逐出教会的人和最后一刻的悔过自新者，他们在此开始其不相称灵魂的净化过程。

在炼狱里，罪人们按照罪行的严重程度降序排列，分别进入七层台阶来净化自己的傲慢、嫉妒、愤怒、懒惰、贪财、贪食和淫欲。傲慢的人，被巨石压弯了腰；嫉妒的人，眼睛被缝上了线；懒惰的人，必须不停地奔跑。但丁向同道诗人们表达了敬意，其中包括游吟诗人阿尔诺·丹尼尔（丹尼尔使用的是普罗旺斯语，这是但丁认可的另一种有价值的民族方言）和博洛尼亚诗人圭多·圭尼泽利（他开创了后来被但丁所完善的"温柔新诗体"）。为了接近心爱的缪斯贝雅特丽奇，但丁必须穿过一堵火焰墙——这是对所有荒淫者的惩罚。正当朝圣者在（亚当和夏娃因罪而失去的）伊甸园里聊作歇息时，他看到了壮观的游行队伍——代表着教会的历史。

最后，贝雅特丽奇乘着战车凯旋而来，她痛斥但丁在她死后对她记忆的不忠。她责备他，不仅世俗的旁骛使他的灵魂处于危险境地，而且他的思想可能已转移到了另一个女人身上——这是但丁很容易忘记的。就像任何知道自己已将事情搞砸了的男人一样，他向自己挚爱的女人表达了万分的抱歉。也如任何爱着一个不完美男人的女人一样，贝雅特丽奇原谅了他。但丁离开了炼狱，"纯净地，准备跃上星星"。

贝雅特丽奇用光芒四射的眼睛，目送朝圣者进入天堂。沿途，他遇到了他的祖先—— 一位信仰的殉道者，卡恰圭达。卡恰圭达向但丁描绘了流放生活的悲惨境遇，我们从这些话语中可以洞悉但丁在自己的逃亡生活中感受到的苦难："你会发现别人的面包是多么地咸"（因为托斯卡纳人偏爱无盐面包），"爬下或爬上另一个阶梯是多么艰难"。

在《神曲》的末尾篇中，但丁努力传达了上帝不可言说的本质。他以一本书的文学隐喻，将像飘零的书页一样散落在宇宙间的所有形式的知识、真理和美汇集在一起。但丁的作品在 T. S. 艾略特所描述的"诗歌已经达到或能够达到的至高点"宣告结束。它的最后一行写着：这样的爱，感动了太阳和其他的星星。

1313 年或 1314 年，当《地狱篇》版面变小而便于携带时，它开始流传。其最初版本大约有 10 英寸（25 厘米）厚度，很可能是由付费雇用的抄写员们将文字抄写在廉价的纸张上而成书的。这种纸张是用旧内衣、动物部位和麻类植物等，先在一个大锅里熬煮，然后晾干制成的——这是一种合适的媒介，正适用于这种粗俗的，往往也是残忍的绝世之作。

根据他的第一个传记作家薄伽丘的说法，但丁通常每次完成六到八篇，然后寄给他的出版商，由出版商安排人手抄写。但在但丁意外死于疟疾时，他尚未把《天堂篇》的所有章节都寄出去，他的儿子们寻找数月而不得。一个叫雅各布的人做了一个梦，梦到但丁似乎在说，他过着一种真实的生活——不属于这个世界的生活。此人还精确地指出了但丁存放这些章节的方位：在他卧室炉灶背后的壁龛里。那正是他们发现这些诗篇的地方。

但丁的史诗立即引起轰动，他的名声迅速传遍整个半岛和更远处。《神曲》的感染力是世界性的。在但丁的超脱尘世的国度中，不仅居住着古典的历史人物，而且居住着他的同时代人（少数人当时还在世）。尽管他们遭受残暴的折磨和野蛮的惩罚，但这些自负、粗野、吝啬、懒惰、贪婪、腐败、虚伪的罪人，作为永恒的人类，依然存在于我们当今的世界。而同样令人叹服且至关重要的，是但丁的语言。

画家通过调制各种颜料创造出新的颜色，尝试不同技巧，但丁则通过开发文字，在其巨大的画布上尽情泼洒来自人类思想与体验的各个领域的辞藻。除了精选的托斯卡纳语之外，但丁还混合了36种（据他统计）意大利方言中的少量语言，以及拉丁语和少许希腊语。在他的《神曲》中，不仅包含了中晚期的拉丁语，而且还出现了像mamma（妈妈）和babbo（爸爸）这样的家庭用语。成语典故和华丽的措辞与粗鄙的咒骂兼容，科学术语与街头和马厩的声响并蓄。在一行诗中，但丁诗意地描述了世上被愤怒主宰的人们，"在阳光照耀下的甜美空气中郁郁寡欢"。在另一行诗中，他粗鲁地描绘了淫秽的希腊妓女塔伊思，用"满是粪便的指甲"抓挠自己的画面。

但丁词汇的丰富性和广博性证明了，作为一种诗歌语言，这种新的方言（他从未予以命名），即使不能胜过拉丁语或其他任何语言，至少也能与之相媲美。在阿西西的弗朗切斯科写出那部光芒四射的圣歌不到一个世纪后，随着第一部重要文学作品《神曲》的问世，意大利方言趋于成熟。

在但丁诞生的七个多世纪后，他的作品仍然震撼世人。歌手布鲁斯·斯普林斯廷和帕蒂·史密斯，以及电台司令乐队和涅槃乐队等，都将但丁视为灵感之源泉。他们加入了由著名的拥趸——包括威廉·莎士比亚、约翰·弥尔顿、威廉·巴特勒·叶芝、詹姆斯·乔伊斯、塞缪尔·贝克特、埃兹拉·庞德和西格蒙德·弗洛伊德等人——组成的一个显赫的歌队。没有其他任何一个文学作品，能够引发如此之多的研究、分析、评论、解释或改编——所有这些仍以"惊人的速度"不断涌现，《剑桥意大利文学史》如是说。

直到在意大利待了相当长的时间之后，我才意识到，但丁不仅对文学产生了深远影响，而且还对意大利语和意大利人产生了深远影响。几乎每天，我都能听到他的话语的回音。一位罗马人将这座城市在圣诞节期间的狂乱喧闹，描述为 bolgia infernale，用但丁的话来说，这是地狱深处的一个"邪恶之囊"，里面装满了诸如暴乱煽动者、伪君子和小偷等无赖。在一位朋友的家中，我听到一个男孩化用《地狱篇》第八篇中的一行诗，来戏弄他的兄弟："Ma tu chi se', che sì se' tanto brutto?"（你是谁，竟然长得这么丑陋？）

　　我对意大利人越熟悉，但丁就越会挤进我们的谈话。我的朋友罗伯托在描述他一生中的两大热爱（医学和漂亮的妻子）时，引用了但丁关于强烈爱情的表述："爱不容被爱者没有回报。"[1]当我表示不是很理解这句话的意思时，他送给我一张卡片，在上面写下这行字：amor, che nullo amato amar perdona. 这张卡片现在还留在我的桌面上。我的辅导老师亚历山德拉在罗马遇到的第一个求婚者也使用了《地狱篇》第五篇中的这同一行诗，当时她才十三岁。

　　"你们的'加列奥托'是什么？"在一次晚餐的时候，我们的朋友马里奥问我和丈夫。看到我们的困惑，他冲到他的车里取来一本翻烂了的《神曲》，为我们朗读了弗兰切斯卡·达·里米尼的完整故事，美丽的年轻女子弗兰切斯卡被迫或被骗嫁给了粗野的吉安乔托·马拉泰斯塔。丈夫把她留给英俊的弟弟保罗照顾，两个人一起阅读骑士兰斯洛特（亚瑟王圆桌骑士中的第一位勇士）与王后圭尼维尔（亚瑟王的妻子）之间的浪漫故事，不禁"陶醉在时光之中"。最初把这两个不幸的恋人撮合在一起的人是兰斯洛特的朋友加列奥托（Galeotto，法语版译为 Gallehaute），这本书也充当了保罗与弗兰切斯卡之间的"加列奥托"。当他们读到兰斯洛特与圭尼维尔分享的第一个吻时，保罗也在弗兰切斯卡热情的嘴唇上体味着"他亲吻时的微颤"。直到今天，Galeotto 依然意味着恋爱的怂恿者、中间人或诱惑的计谋。

　　在另一个著名的篇章中，但丁写到尤利西斯通过提示将士们拥有高贵血统，来激励他们超越自己在行军中已达到的人类体能极限：

1　本句译文参考《神曲·地狱篇》第 5 章 103 行，王军译，浙江大学出版社，2022年。——编注

"你们生来就不像畜生那样地活着。"墨索里尼渴望恢复昔日罗马的荣耀，在其夸夸其谈的训词中，就借用了这句话："fatti non foste a viver come bruti."当疲乏的学生们问道：为什么要这么辛苦地从一座博物馆跑到另一座博物馆？我听到老师用这句话来回答。朋友们也用这句话来为他们冲动地逃到蓬扎岛或卡普里岛去"恢复灵魂"做辩解。

从意大利人口中说出的这些话之所以听起来会如此自然，是因为但丁的语言是用来说的。"《神曲》不是为了浏览书页以及解释字面意义的这种阅读而写的。"加利福尼亚大学伯克利分校的但丁学家史蒂文·博特里尔说，"在一种绝大多数人都是功能性文盲的文化中，它是写来让人大声朗诵的。"通过选用地方方言，但丁刻意把目标对准那些既看不懂拉丁文，可能也看不懂意大利文的群体——妇女、泥瓦匠、手艺人、农民、面包师和磨坊主等。

但丁不仅为眼睛而且也为耳朵而书写，他必须创造一个引人入胜的传奇，让听众为之着迷。他做到了。在整个意大利乡村，人们聚集在中心广场上朗读《神曲》。农民背诵旋律优美的诗句，并在田间劳作时与人分享。1371年，佛罗伦萨——这座曾经如此可耻地驱逐了自己土生土长的儿子的城市，聘请薄伽丘作为但丁作品的第一位专业评论家和解读人。

聆听但丁作品的悠久传统，一直延续至今。演员罗伯托·贝尼尼表演《神曲》数十年，最近，多达五分之一的意大利人收看他在国家电视台上朗读《神曲》精选篇章。"你能想象五六千万美国人盯着电视看伍迪·艾伦朗读莎士比亚的情景吗？"一位移居美国的意大利人问道。

我确信，我必须聆听但丁才能领悟他的全部力量，我听了磁带录音和"在线翻译"，仍觉得这些媒介无法捕获其中的魔力。所以，我决定，要像意大利人一样，在意大利，与意大利人一起聆听但丁。在4月的罗马，一个雾蒙蒙的晚上，我设法买到了一张门票，观看一场由贝尼尼表演的几乎满座的独角戏《话说但丁》。

在一个宁静的罗马街区广场上，搭建起一个巨大的深蓝色帐篷，演出就在其中进行，这给人以全然的意大利体验。观众五花八门，有学生、政要、名人，利用看演出机会约会的年轻情侣，还有整个家庭——父母、祖父母和学龄儿童。如果人群中还有其他国家的侨民，那么，他们讲的一定也是意大利语。这是我在整个晚上听到的唯一语言。

"假如你不来观看的话，"宣传该节目的户外广告牌上写道，"那你就是一个 coglione。"这是一个常见的粗俗字眼，其字面意思是"睾丸"，但更普遍的意思是"笨蛋"或"傻瓜"。我准备好洗耳恭听贝尼尼表演的独角戏，他满嘴的猥亵语言，将会像子弹般从我头上飞过。但我开始听到的，却是"我认识一个很懒的男人，他娶了一个怀孕的女人"这样的台词，听起来像"红菜汤带"（borscht belt）[1]的滑稽段子。我责备自己白白浪费了一个晚上的时间：我原本期待的是但丁，

1　命名方式与美国"锈带"相似。红菜汤由阿什肯纳齐犹太人（Ashkenazi Jewish）和斯拉夫移民带入美国，"红菜汤带"则位于纽约州北部卡茨基尔山脉，是20世纪20至60年代盛极一时的犹太人度假区，该地区曾有发达的娱乐业，许多知名喜剧演员由此起家。"红菜汤带"式喜剧风格影响至今，其特点是短小且充满自嘲。——编注

却似乎被意大利的杰基·梅森[1]给困住了。

然而，极度活跃的贝尼尼的出场，开始给大家上一堂振奋人心的语言课，他对《地狱篇》第五篇——现在大家都熟悉的弗兰切斯卡·达·里米尼的故事——逐字逐句加以评述。"听听但丁是怎么描述地狱的黑暗的，"他惊叹道，"光线寂静无声——che bello（多美啊）！"他慢条斯理地讲述着弗兰切斯卡发出的感悟：在悲惨的时刻回想起欢乐的时光，再没有比这更大的痛苦了。他还特别指出：她那动人的话语如何让但丁感动得几乎流泪。"然而我在做什么呢？"贝尼尼自问自答，"用我的话语讲解但丁，犹如拿着手电筒去照太阳。"

他稍作停顿，再次变换方式，声情并茂地开始直接朗诵这一精彩篇章。最后，观众陷于片刻的寂静之中——除了抽泣的声音。我看向左边的那对少年情侣，两人均已泪流满面。我又瞥了一眼右边的一家子人，夫妻俩的眼里噙满了泪水，祖母大声擤着鼻子。剧场里的每一个人都起立为贝尼尼热烈鼓掌。

但丁不仅能唤起意大利人的强烈情感，而且也能唤起外国人的强烈共鸣。玛丽·安妮·埃文斯——其更广为人知的笔名是乔治·艾略特，在威尼斯蜜月旅行的时候，与比她年轻二十岁的丈夫一起研究但丁。根据一些记载，在读到保罗与弗兰切斯卡的激情恋爱之后，年届六旬且相貌平平的埃文斯建议，不妨将他们二人最初的柏拉图式婚姻发展到肉体层面。据传闻，她那受到惊吓的新郎，从住处的阳台一跃而下——不过，他和他们的婚姻都幸存了下来。

[1] 美国单口喜剧演员，其创作和表演获得过包括艾美奖在内的多个奖项。曾在"红菜汤带"度假村当服务员。——编注

珀西·比希·雪莱的情况，就不那么好了。1817 年，但丁激励着这位英国诗人离开伦敦追随流亡诗人的脚步。雪莱包租了一条船，着手其前往莱里奇的海上航程。无视大海及水手们的警告，雪莱坚持让船长把船全速驶进风暴。船沉没了，雪莱的尸体飘到了意大利的海滩，在那里，一个朋友将他的心脏挖了出来，装在一个桃花心木的箱子里，在英国领事官邸的酒窖里保存了好几个月（毫无疑问，但丁会欣赏这个细节）。

但丁如何浸润到追随者的灵魂深处？"如果《神曲》是一支乐曲，那么，但丁会在每个乐章的开头，注入感人至深的（commosso）音符，而不是庄严雄伟（maestoso）或生气勃勃的（animato）音符。"在表演中与观众一同欢笑与哭泣的贝尼尼说，"但丁的天才，在于他能在一切事物甚至是粪便中发现并创造诗意。他没有说你应该避免生活中的邪恶——这是不可能的——但你应该每天去面对它，因为在这场斗争中，每一个人都有可能变得伟大，成为宇宙的一个奇迹。"

但丁，不同于莎士比亚或塞万提斯等其他伟大作家，他不仅是一位文学巨匠，而且是意大利最重要的民族英雄。没有人能比他更深刻地把握意大利的灵魂。贝尼尼解释说："在像英国和西班牙这样的国家，民族是第一位的，然后才是文化的发展。"他将《神曲》形容为赠予意大利人的一份伟大礼物。就像美国人颂扬乔治·华盛顿为国家之父一样，意大利人珍视但丁，因为但丁不只为意大利人奠定了文化根基，还给了他们一个国家统一的梦想。

然而，在佛罗伦萨的圣十字大教堂——意大利最伟大的艺术家和作家的安息之所，但丁墓地的华丽表象呈现的一切，却让我感到似是而非。最先会注意到也最重要的是，那里并没有但丁的任何遗骸。其次，甚至教堂的官方旅游指南，也将这座由斯特凡诺·里奇于 1829 年完成的墓碑，描述为"一件令人不快的作品"。他墓碑上的颂词写着：Onorate l'altissimo poeta. 向最伟大的诗人致敬。这是《神曲》中但丁本人的话。在这座空墓的顶部有一块纪念碑，它是为纪念葬在别处的人而竖立的，诗人的雕像端坐于墓上，被描绘成一个沉思的、袒露着胸膛的壮汉。在但丁坟墓的左边，就像旅游指南上说的那样，是一座象征着"诗歌"的忧郁的人物雕像：正在哀悼"伟大的游吟诗人"，意大利语的至高大师的逝去。

但丁虽然被埋葬在他一直居住的拉文纳的弗拉蒂 - 米诺里教堂，但他并没得到安息。在某些时刻，佛罗伦萨看似最热爱它的市民了，特别是在市民死了之后。但丁死后，佛罗伦萨立即要求得到他的遗体。而拉文纳宣称，这位广受赞誉的诗人在生前曾受到拉文纳的保护与供养，所以，在其死后，市民们理应赢得拥有但丁的权利。

一个半世纪后，佛罗伦萨第一家族——美第奇家族——的后裔，以教皇利奥十世的身份登上了教皇宝座，他要求拉文纳交出但丁的遗骨。"请来取吧。"拉文纳方面回答说。当佛罗伦萨的使节到达这座城市时，却发现墓室空空如也。拉文纳声称，这些遗骨要么被人偷走了，要么被但丁本人收回了——以便他在死后继续流浪。

1865 年，在建国初期急需英雄的时候，意大利准备为但丁举办六百岁诞辰庆典。一名工人在拉文纳教堂内的两座小礼拜堂之间挖洞时，偶然发现了一个被湿气腐蚀过半的木箱子。里面存放着一具几乎完整的骨骼，以及从前的修道院院长留下的一份正式声明，证明了它是但丁的遗骨，院长把它隐藏起来，是为了保护它免受傲慢的佛罗伦萨人和美第奇教皇的伤害。但丁的遗骸，如今埋葬在拉文纳一座小型的大理石圣寺里。在这位诗人逝世的每个周年纪念日，佛罗伦萨市政厅都会送去取自托斯卡纳山脉的油料，点亮悬挂在他的墓穴上方的"奉献灯"。

　　然而，对这位意大利最伟大的诗人的真正纪念，潜藏于其同胞们的内心与思想深处。意大利的重要作家普里莫·莱维，在回忆录中记叙了他在第二次世界大战期间被囚禁在奥斯维辛集中营的经历：他曾凭记忆为一位渴望学习意大利语的年轻人背诵了《神曲》中的一个章节。当莱维念出诗人的诗句时，他感觉到自己和年轻人一样，第一次听见这些诗句："像吹响的号角，像上帝的声音。一时间，我忘记了我们是谁，我们在哪里。"奇迹般地，但丁把美丽的光芒照进了一个万分阴森的"地狱之环"。

　　我所认识的每一个意大利人，都能背诵《神曲》中的一些诗句。在过去，生活在各阶层的人们，都把大段大段的内容牢记在心。森西·伊索拉尼教授用第二次世界大战中的另一件逸事来说明这一点：在托斯卡纳地区，一名游击队长受命射杀任何不能确证自己意大利身份的人；一天晚上宵禁后，游击队长拦下了一位正骑车到比萨城外的教授，在没有任何身份证明文件的情况下，他要求这位教授背诵《地狱篇》中的第十七篇来证明自己的身份，教授背到了第117行，其余的记不住了，于是，游击队长替他背完了这一篇。

　　在最后一次前往佛罗伦萨的旅途中，我在但丁故居待了好几个小时，这是一处重建的中世纪住宅，此住宅可能是，也可能不是这位诗人真正的出生处。这些展品——包括一间当时典型的卧室，一个与阿雷佐城交战场面（但丁参与其中）的塑料模型，但丁流亡期间留下的大量文档，以及一些受到《神曲》启发的艺术复制品等——只能给人留下对这个人及其生平的一种模糊的感觉。但在顶楼，我发现了一套连续播放的多媒体展示系统，结合了朗读精选章节的磁带录音，以及由古斯塔夫·多雷在 19 世纪为《神曲》创作的奇异插图的幻灯片。

我一个人坐在那里，阳光透过狭窄的窗户照了进来，我不再试图翻译但丁的诗句，而是臣服于其激起的汹涌浪涛——这是一种能将生命的悸动赋予语言的力量。我的眼前，不停地闪现着受罚的罪人们和圣洁的圣徒们栩栩如生的影像，而但丁那富有韵律的意大利语直抵我的心灵深处。我不知道我在那里坐了多久，但在《天堂篇》激扬的结尾之处，我觉得自己真的曾被打入地狱，然后又回来了。描述我此刻感受的唯一词语，当然，来自但丁：imparadisata，升入天堂。

意大利的文学巨匠

多年来，我几乎没有望过一眼那些意大利伟人（grandi）的白色大理石半身像，它们排列在罗马平乔公园的林荫小道旁，公园位于人民广场上方。但在一次晨跑中途，我在但丁那严峻的面容前停了下来。在与其相邻的雕像中，我认出了其他意大利文学大师的名字。过去我只从纸面阅读中认识的作家，突然变成了三维的。

"原来你真的很胖！"我看到了薄伽丘狡黠的笑容和胖乎乎的脸。彼特拉克，正如我猜想的那般自鸣得意，头上戴着主要靠其恬不知耻地自我推销而得来的诗人桂冠。莱昂·巴蒂斯塔·阿尔贝蒂一头自然卷发，颧骨饱满，肩膀结实，可谓文艺复兴时期的一个完美男人，他显然有资格成为这批人物中的性感美男子。而洛伦佐·德·美第奇那十分壮观的鼻子令人印象深刻。

我怀着真切的情感，开始把这些文坛巨子视为"我的伙计"（我还没发现有哪个女人坐在平乔公园的基座上）。他们在罗马曾被粗暴对待。破坏文化遗产者时常折断平乔雕像的鼻子，以至于（据报道）需要一位本地雕刻家全职工作来修复它们。污染物和鸽子玷污了它们的基座。愚蠢的黑色胡须、犄角（对意大利人来说，这是戴绿帽子的标志），令人毛骨悚然的纳粹党标记等涂鸦，在大多数雕像的脸上留下了伤痕。我最后一次去罗马的时候，看到洛伦佐的头上被涂上了一层血红的颜料，正从脖子上滴流下来。

我的伙计们本不该受到如此的"礼遇"。这些意大利历史上的英雄，不仅仅改变了他们的同胞说话和写作的方式，而且在两个世纪的时间里，他们还通过弥合中世纪与现代之间的鸿沟，永久地改变了整个世界的思维方式。

意大利人把最受他们尊敬的三位作家，称为"三皇冠"（le tre corone），他们分别是：至高无上的天才但丁，引人入胜的讲故事者乔瓦尼·薄伽丘和诗歌纯粹主义者弗朗切斯科·彼特拉尔卡（我们称之为彼特拉克）。由这三人的才华组合造就的 14 世纪意大利文学的黄金时代，至今依然熠熠生辉。"一座城市诞生了这样的三个人，半个世纪见证了他们的相继成功，这构成了佛罗伦萨的巨大荣耀，"历史学家约翰·阿丁顿·西蒙兹在《文艺复兴在意大利》一书中写道，"这也是天才史上最引人注目的一个事实。"

假如我不得不和这些作家中的一位一起被困暴风雪中，那么，我会毫不犹豫地选择薄伽丘。因为没有人能比他纺出更好的纱线。自他之后，从乔叟，到莎士比亚，到狄更斯，再到马克·吐温，每一个擅长讲故事的人都受惠于这位魔性纺织工。

一听到薄伽丘那悠闲的昵称 ——乔瓦尼·德拉·特兰吉里塔（Giovanni della Tranquillità，Tranquillità 意大利语意为"宁静"），我就立刻喜欢上逍遥自在的他了。薄伽丘出生于 1313 年，即《地狱篇》问世的那年，他是但丁的第一位传记作者、评论家和公众读者。与但丁不同的是，薄伽丘出身于一个古老而显赫的家族，他是一个商人的私生子，这个商人是佛罗伦萨的新暴发户之一。富有的父亲把这个男孩带进了自己的家庭，并安排他在自己银行的那不勒斯分行当学徒。

对薄伽丘来说，这份职业是个灾难，和我一样，他完全不适合做与会计相关的工作（这也是我与他有缘的另一个证明）。后来，在父亲的敦促下，他转行做了律师，结果发现，这又是一个与其气质与才能不匹配的职业。薄伽丘渴望的是：写作、美食（他一辈子都是一个大食客）和追逐女人。他在那不勒斯和拉文纳分别生下了两个私生子。但他苦苦追逐而不得的那个女人菲亚梅塔（Fiammetta，意为"小火焰"），则是他早期作品的灵感来源。

薄伽丘原本可以无忧无虑地安度一生，命运却让他遭遇了不幸。他父亲的银行倒闭了。"小火焰"菲亚梅塔伤透了他的心。1348 年，大瘟疫杀死了佛罗伦萨四分之一的居民，其中包括他的继母和许多朋友。尽管薄伽丘从未寻求过这份工作，但他还是成了佛罗伦萨瘟疫年代里最重要的编年史家。

这种致命疾病的袭击，来得如此迅速而猛烈，他记述道：强壮的年轻男女清晨还在家与父母一起吃早餐，夜晚便和祖先们在天国里一道用晚餐了。医生和牧师与他们正在照料的病人一同死去。为了节省费用，挖墓者（becchini，即现在的殡葬人员）往往会把孩子的尸体叠在其父母的尸体上面，一起搬走埋进坑里，甚至连最后的祝福都没有。许多人认为，这场灾难预示着世界的末日。

薄伽丘那充满想象、生动有趣、反抗死亡的文学作品，成了世人对待日常恐怖的解毒剂。在意大利第一部伟大的散文式小说《十日谈》中，七名年轻女子和三名年轻男子躲在一座乡间别墅，相互交换了一百个关于爱情、淫欲、恶作剧和背叛的故事，被称为 novelle（新闻或新鲜事）。正如薄伽丘在《快乐之旅》一文中描述的那样，无处不在的死亡威胁，增强了人们对于生命的热爱（在一场小组交谈会上，我的老师就是选用此文作为交流内容的，当时的气氛特别活跃与融洽）。

2001 年，鲍勃整个夏天在意大利休假，我开始阅读《十日谈》的一个译本。我们从一个村庄漫步到另一个村庄，当我在一个广场上环顾四周时，仿佛能直接看到他书中的人物：狡猾的商人、腐败的政客、精明的妻子、惧内的丈夫和笨手笨脚的傻子等。

我发现，在每个城镇，都有像卡兰德里诺这样不幸的傻瓜。在《十日谈》中，薄伽丘的两个恶作剧者——布鲁诺和布法尔马科——让卡兰德里诺相信，自己发现了一块被他们称作 heliotrope（也是一种开紫色花朵的植物的名称）的魔法石，可以让人隐形。然后，他们随意地在"隐形人"卡兰德里诺站着的地方乱扔一气鹅卵石。在另一个恶作剧中，他们把卡兰德里诺灌醉，偷走了他的猪，同时，他们还精心为卡兰德里诺设计了一场测谎，不仅要他为试验付费，而且还要证明他是小偷。两人让这个傻子相信自己已经怀孕，他责怪妻子泰莎在与他做爱时坚持要在上位，于是，卡兰德里诺出让了最近继承的所有遗产，用以堕胎。最后，恶作剧者让泰莎找到了正在干草堆里与一个年轻女孩偷情的卡兰德里诺，这让他和泰莎闹得不可开交。

在《神曲》中，所有的罪都受到了惩罚，但我很高兴地看到，在薄伽丘的笔下，许多性情暴躁的人物犯了事，却在挤眉与嬉笑之间不了了之。就拿菲莉帕来说吧，她的丈夫在普拉托抓到她与情人通奸，普拉托城要将通奸者处以火刑。在受审讯时，她责问丈夫，她是否曾经拒绝过他的性要求。他承认没有。

"那我该如何处理过剩的欲望呢，难道用它来喂狗吗？"她坚持道，"让一个爱我胜过爱他自己的高贵绅士得到它，而不是丢弃或浪费它，岂不是更好吗？"市民们哄堂大笑，于是，废除了他们严厉的法令。在另一个故事中，一位女修道院院长逮到了一个正在偷情的修女。而年轻的修女发现，女修道院院长也在偷情，因为她在匆忙穿衣时，竟误将其情人（一位教士）的黑色内裤而不是面纱，戴在了自己的头上。于是，尴尬的院长不得不宽容了修女的行为。

像大多数意大利人一样，薄伽丘——至少在年轻的时候——有一种浪漫的气质，这在他关于费德里戈及其猎鹰的最甜蜜的故事中表现出来。这个年轻的佛罗伦萨人，渴望赢得一个富有的已婚女人——善良的莫娜·乔瓦娜——的心，为此倾其所有。乔瓦娜的丈夫死后，这位新寡妇的小儿子得了重病，他哀求母亲，认为费德里戈珍爱的猎鹰能治好自己的病。无奈之下，莫娜·乔瓦娜只好去向费德里戈乞讨猎鹰。在一个预示着欧·亨利《麦琪的礼物》式的感人转折点上，乔瓦娜在午餐时间来到费德里戈的家，他在不能为她提供食物的尴尬中杀了他心爱的猎鹰，并把它在烤叉上烤熟了来招待客人。乔瓦娜的儿子虽然死了，但她被费德里戈的无私行为感动——她嫁给了他，让他变得富有。她的决定是："需要财富的男人，要比需要男人的财富强。"

薄伽丘散文的触角，从意大利的最高阶层延伸到最低阶层，可与但丁的诗歌相媲美。在每个故事之前，均配以花式字体的极其典雅的引子，作为《十日谈》的基本框架（cornici）。与人们的普遍看法相反，在他的故事中，只有大约四分之一的主题是淫秽的，而即便是这些主题，也闪耀着朴实的生命力。意大利人创造了 boccaccesco（薄伽丘风格）这个词，来描述一种辛辣的故事体裁。

直到用意大利语读到"第三天的第十个故事"时，我才完全领悟了这种体裁。我突然想到了美国最高法院法官波特·斯图尔特说过的那句名言——虽然他可能无法定义色情作品，但当看到它时，他就明白了。我不能确定，boccaccesco 到底意味什么，但我肯定体会到了它的辛辣风格——到最后，我终于明白了伴随着"把魔鬼放进地狱"的意大利笑话而来的那种会意的挤眉弄眼。在这个轻松愉快的故事中，一个年轻的隐士让一个美丽而天真的女孩确信：她对上帝的最好事奉，就是把"恶魔"（他勃起的阴茎）放进"地狱"（她黑暗而温暖的阴道）。这个女孩如此专心于这种崇拜形式，以至于她将这个可怜的男人弄得精疲力竭。这是一个典型的 boccaccesco 例子。

薄伽丘那风味十足的故事，就像传染病一样迅速传播。然而，作者本人却开始鄙视它们，连同意大利方言，转而选用拉丁文来写作浮夸臃肿的大部头。他的腰围越来越大，健康也每况愈下。在经历过两次婚姻和数不清的风流韵事之后，他的爱情生活变得如此糟糕，以至于薄伽丘在一篇"厌女论"中对所有的女人加以嘲笑。也许是受到了宗教极端者的影响，他对自己的文学价值感到绝望，打算烧毁自己的作品和藏书室。彼特拉克拦住了他。

我们感激彼特拉克，并不仅仅是因为他的这一举动。他是一位备受推崇的思想家和作家，被誉为第一人文主义者、文艺复兴之父和第一现代人。他的父亲为佛罗伦萨人，是但丁的盟友，同样遭到白派教皇党人的政治清洗而流亡。彼特拉克 1304 年出生于阿雷佐，在阿维尼翁（法国东南部城市，罗马教皇在 1309 年至 1377 年流亡期间的所在之地）附近生活多年，父亲和他本人都在那里的教会担任不同的职务。

在被吸引到意大利之前，我和鲍勃经常去阿维尼翁周围的乡村度假，阿维尼翁给我留下一种国际化且儒雅的深刻印象。彼特拉克显然也是如此。尽管他立下神职誓言永不结婚，但他至少有两个孩子。作为一个世界性的人物，他游历与研究了整个欧洲，在早期就对古代手稿产生了浓厚的兴趣，并与任何值得认识与被认识的人建立了友谊。将自己的一生编织成了一个传奇的彼特拉克，成为欧洲最早的文学名人。这位身高六英尺（约 1.83 米）的杰出人物，谙熟古典时代的伟人们，以至于他给他们写信（并出版）。

彼特拉克记录了他攀登旺图山的过程，并被誉为高山攀登之父。在地位显赫的朋友们的帮助下，他还于 1341 年登上了罗马卡皮托利尼山的台阶，接受了一个月桂花环——自古代以来，这是第一个授予优秀诗人的桂冠。在获奖感言中，彼特拉克以其特有的不谦虚宣称：只有皇帝和诗人才配得上这样的荣耀。这种情怀为他在文艺复兴时期的创作巅峰播下了种子。

要不是费鲁乔，我不知道要到什么时候才会关注彼特拉克，也许永远也不会读他的诗歌。费鲁乔是一位在埃尔科莱港包租海上旅行特许船只的水手和船长。埃尔科莱港，是托斯卡纳半岛一个被称为“阿尔真塔里奥”（Argentario，意为“银色”，因其拥有银矿石而得名）的古雅的港口。虽然这是旅行指南上的介绍，但我更喜欢费鲁乔那极具诗意的观点：满月的光辉将大海染成银色，才是这个港口名称的灵感来源。

十多年来，我们与费鲁乔一道出入于阿尔真塔里奥港，在第勒尼安海上航行。我从他那里了解到，意大利语中用专门的词 mozzo 来称谓船上的男侍（鲍勃以此自称），用 cambuso 来称谓准备船上食物的人——这是他的副船长伊拉斯谟的职责之一。在驶向意大利诸多迷人岛屿的途中——撒丁岛、厄尔巴岛、蓬扎岛和卡普里岛等——我们度过了漫长的金色夏日和许多银光闪闪的月夜，谈论各种各样的事情，其中包括费鲁乔最喜爱的诗人——彼特拉克。

"没有人，黛安娜，"他用低沉沙哑的声音说道，"比他更浪漫。"是的，但也不是。1327 年 4 月 6 日，在阿维尼翁的一座教堂里，彼特拉克见到了他所见过的最美丽的女子。他对这位十九岁的已婚美人如此着迷，以至于开始用文字来表达其"无可救药的无尽的爱"。他的《抒情诗集》收录了三百六十六首十四行诗以及其他的诗篇，这些诗作是闰年的献礼，全部献给了他称之为劳拉的女人，由此开创了意大利情诗的样式。

然而，肉欲之爱几乎与此无关。"你无法想象劳拉的腿长成什么样，或甚至连她有没有腿你都不知道。"朱塞佩·帕托塔教授指出。帕托塔教授与瓦莱里娅·德拉·瓦莱教授共同著有语言史著作《意大利语》。彼特拉克及其一长串的后继者，更倾心于爱的语言，而不是爱本身。在劳拉死后，他似乎如释重负，称自己无须再为"一段无法抗拒但又纯洁无瑕的爱情"而挣扎。不过，彼特拉克终其一生，都在不断地完善他所不屑一顾的所谓"小情歌"（little songs），把它们打磨成了文学的瑰宝。

彼特拉克是一位语言完美主义者，他为诗歌铸造了一种新的高雅的语言。他没有从现实生活中捡拾那些脏兮兮的、污渍斑斑的音节，而是用意味深长的词句编织出了动人的诗篇，从而把水变成了"液体水晶"，把他心爱的人（"坦诚的玫瑰，环绕着荆棘"）变成了一个虚无缥缈的崇拜对象，例如，在以下诗句中所赞美的：

> 他徒劳地寻找神圣的美人，
> 一位未曾见过的曼妙姑娘，
> 她顾盼生姿，温柔又甜美，
> 她的言谈为何会这样亲切，
> 她的微笑为何会这样迷人，
> 连她的叹息也是如此生动，
> 他为此神魂颠倒不知所以，
> 这该是爱的仙丹还是毒酒？
>
> （Kay, *The Penguin Book of Italian Verse*, p. 120）

尽管对于现代人的趣味来说，彼特拉克的诗句可能显得过于甜腻，但却被赞为"纯粹的语言氧气"。它们以羽毛笔所能承载的最快速度传播，让整个欧洲都为之疯狂，用一位历史学家的话来说："十四行诗疯了。"最终，彼特拉克以其纯净的语言启发了文艺复兴时期的诗人们，他们创造了另一项意大利文学样式——歌剧剧本（参见本书《乘着金色的翅膀》一章）。

我认为，彼特拉克至少要对意大利语书面词汇与口语词汇之间那令人不安的隔阂的形成负有部分责任。备受欢迎的意大利记者兼作家贝佩·塞韦尔尼尼，称这种意大利人常常用于书写但很少用于言说（除了公开演说），且过于考究的语言为"意大利语平行体"（l'italiano parallelo）。同胞们仿佛听到彼特拉克的声音在耳边响起，他们用 autoveicolo 而不是 macchina 来表示"车"，用 precipitazione 而不是 pioggia 来表示"雨"，用 capo 而不是 testa 来表示"头"。

这种做法，让像我这样的外国人感到困惑，他们必须学习三个不同的单词来表示诸如"脸"这样平常的事物：faccia、viso 和 volto。我花了很多年才弄明白它们是不可互换的：faccia 是你早上要洗的脸；viso 出现在化妆品广告中，以及诸如 far buon viso a cattiva sorte（面对逆境保持微笑）等表述中；直到在我的朋友卢多维卡·塞布雷贡迪处看到他的高雅艺术书《基督的面容》时，我才掌握了 volto 的正确用法。这是五千欧元一套的限量版大部头书，里面的艺术复制图极为珍贵，读者被建议要戴上手套才能翻书。难怪，当我问意大利人是否 sbaffo sul mio volto（我面容上有污迹）时，他们都会咯咯发笑。

当我用了高雅的 ventre（腹部）而不是日常的 pancia（腹部），来评论青少年把牛仔裤穿得这么低以至于露出了肚子时，他们也在一旁窃笑。"别太在意，"一个朋友说，"我的祖母一直在抱怨她的 estremità（下肢）痛而不是 piede（脚）痛。"这位祖母可谓是彼特拉克的心灵契合者。

不过，相比幻想的爱情和甜蜜的文字，彼特拉克更加热衷的是那些从破败的罗马废墟和中世纪修道院中解救出来的古代手稿。通过翻译与思考西塞罗和其他拉丁语作家的作品，彼特拉克改变了人们对于生活本身的看法。他主张更充分地欣赏人类生命的尊严与潜能——这是人文主义的基本原则，而不是中世纪的那种认为存在只是通往永恒之路上的一个中转站的观点。随着名声增长，彼特拉克专注于古典研究，并进入他的学术生涯。他在著书立说中死去。彼特拉克在临死前为贫穷的薄伽丘留下了一笔钱，让他去买一件暖和的过冬便袍。

彼特拉克对古典理想的追求，引发了人们对于一切古老事物的迷恋，并在语言学上带来了不曾预料到的结果：拉丁语出人意料地卷土重来。文人们重新颂扬古典语言的优越性，方言再度沦为势利歧视的牺牲品。

当我第一次读到对我所采纳的语言的批判性攻击时，我把它们当成了针对我个人的攻击。尖刻而狂妄的亲拉丁语者洛伦佐·瓦拉，几乎蔑视所有的人和物，他竟敢说意大利语纯粹是一种功能性交流工具，它缺乏规则与规范，没有文学价值。我无法理解他的偏执断言。他甚至认为，他的同时代人但丁，也是一个"无知的人"，但丁之所以使用意大利语或他自己版本的意大利语，是因为他没有掌握拉丁语。

我很高兴地告诉大家，纯化论者最终把自己搞得精疲力竭。为了将中世纪的变体从古典拉丁语中清除出去，他们编造了一种更加人为做作的语言，这样的语言只有他们自己这个死气沉沉的圈子里最有教养的人才能理解（或者至少假装能理解）。拉丁语虽然是富人和特权阶层的专属领域，但方言也在不断地取得进展——哪怕只是为了清理混乱。

费鲁乔——这位热爱彼特拉克的水手，也有助于增进我对于古老方言的理解。几个世纪以前，锡耶纳人曾拥有并殖民了离阿尔真塔里奥港不远的峭壁丛生的吉利奥岛，该岛后来先后被意大利和外国的统治者占领。小时候，费鲁乔经常与他的祖父母一起来到这个岛上度过夏天，他们讲着岛上的方言。当费鲁乔在锡耶纳上大学时，让本地同学大为惊讶的是，他对他们家乡的语言了如指掌。他们认为，在意大利的其他地方，一个女同胞可被称为 sorella、suora、suore、sorore、serocchia、sirocchia 或 sorocchia；而只有在锡耶纳，她才被称为 suoro——事实上，这个词就出自吉利奥岛。

被称为 italiano、toscano 或 fiorentino 的意大利文学方言的命运，取决于佛罗伦萨的命运，当时的佛罗伦萨正进入所谓的"卡米洛特"（Camelot）时代。作为世界的金融中心，佛罗伦萨已经成为欧洲最富有的城市，生产总值超过了在伟大的伊丽莎白一世统治下的英格兰。佛罗伦萨的家族银行，发明了支票、信用证和债券，并向欧洲的国王们提供（以有利可图的利率）数百万弗洛林的资金。

其中最成功的，就是美第奇家族。他们之所以被称为"上帝的银行家"，是因为他们代表教会向欧洲每个国家募集资金，他们以君王的权力而不仅仅是君王的头衔，统治了 15 世纪的佛罗伦萨。"美第奇效应"，以其对创造性事业的慷慨资助而闻名天下，因而吸引了艺术和知识领域中最优秀、最聪明的人才涌入佛罗伦萨。他们的"柏拉图学院"的人文主义理想，催生了被称为"文艺复兴"的伟大成果。然而，赋予其名称（rinascita，"复兴"）并成为其生命之源的语言，乃是意大利语。

这些有着悦耳名字的新的"方言人文主义者"，比如，马尔西利奥·菲奇诺和皮科·德拉·米兰多拉等，均为有学识、有修养、有气质的人物，而且外貌英俊，甚至连最枯燥乏味的评论家也忍不住要提及菲奇诺那讨人喜欢的脸或米兰多拉那诱人的金发。这些对于男人的某个维度的赞美，也是充满性感的。正如 J. H. 普拉姆在《意大利的文艺复兴》一书中所言，毕竟，性是"男人个体的最出色的表现"。

希腊人和罗马人一直都知道这一点。他们的众神不加掩饰地展现健壮，他们的诗歌直言不讳地表达色情。这并不是说，"方言人文主义者"在提倡堕落（那种将在 16 世纪初随着彼得罗·阿雷蒂诺及其赤裸裸的色情作品出现的堕落），而是说，他们将性作为人类体验的核心加以认知与接受。

在某些情况下，性的表达往往太过中心化。乌菲齐美术馆中一幅皮科·德拉·米兰多拉的肖像画，激起了我对这位金发青年——被誉为文艺复兴时期佛罗伦萨最帅的男人——的好奇心。他是一位才华横溢的哲学家，被称为"天才之凤凰"，他无所不知，记忆力超人，可将整本书倒背如流（我猜想是顺背如流）。这个被人们叫作"皮科"的人，在二十三岁时，就写出了九百来篇关于宗教、哲学、魔法以及其他知识领域的文论，并提出，愿就相关的议题与所有人在罗马进行讨论。

在这种知识的角逐中，皮科止步于阿雷佐，因为他卷入了与洛伦佐·德·美第奇一个堂兄弟的妻子之间的风流韵事，其结果对每个相

关者都很不利，尤其是对他本人。他试图和那个女人私奔，却被她的
丈夫逮获、打伤并囚禁。后在洛伦佐本人的干预下，他才被释放。皮
科最出名的意大利语作品，是他的情诗，而他对于柏拉图和古典哲学
更为深奥的拉丁语沉思，则使其惹上异端邪说的嫌疑——这是一种严
重的犯罪。他逃到法国后被逮捕，并被拘押在佛罗伦萨的监狱里，然
后再一次在洛伦佐的关照下被释放。

皮科本可以像另一位英俊的人文主义者莱昂·巴蒂斯塔·阿尔贝
蒂——文艺复兴时期的非凡人物，建筑师、数学家、画家、诗人、艺
术评论家和作家——那样功成名就。阿尔贝蒂对他钟爱的方言做出了
宝贵的贡献。为了把他的语言提升到拉丁语和希腊语的高度，他在第
一部关于意大利语语法的书中阐明了他的原则与规则，事实上，这些
原则与规则也适用于任何一种欧洲语言的语法。

阿尔贝蒂深信，如果培养得当，意大利语完全可以表达最高贵的
概念，于是，他组织了一场"皇冠之争"（certame coronario）活动。
1441 年 10 月 22 日，八名参赛者朗诵了以真挚友情为主题的意大利语
诗歌。当保守且有拉丁语倾向的法官们决定，没有人可以获得银质桂
冠时，阿尔贝蒂表示强烈抗议，并用意大利语写作了一本关于意大利
基本习俗的专著，即他最著名的作品《文艺复兴时期佛罗伦萨的家
庭》，来证明自己的观点。

在书中，这位明智而敏锐的作者合乎情理地忠告绅士们说："让
一个男人娶一个妻子，有两大理由：其一，可以生育子女来传宗接
代；其二，有一个关系稳定的终身伴侣。因此，你必须找一个能生儿
育女、讨人喜欢的女人做你永久的伴侣。"

尽管有些尴尬，他甚至还大胆地提出了生育孩子的实际建议。首先，"丈夫不应该在妻子心情焦虑不安或被恐惧或其他类似情绪困扰的时候与其结合，因为这些情绪……将会干扰与影响那些之后必然产生人的形象的生命种子"。他给男人的另一条建议是："要让女人对你有强烈的欲望。"

1460 年左右，印刷机传到了意大利，博学多才的阿尔贝蒂立即对德国人的这项新发明倍感兴趣。"有了这二十六名'士兵'（指字母的金属字体），"它的发明者约翰内斯·谷登堡断言，"我将征服世界。"他的"军队"把意大利语带到整个半岛和欧洲大陆越来越多的受众面前。

在像威尼斯这样的印刷中心，一批新的专家应运而生，他们可以把手稿订正得十分清晰、连贯和明白易懂。在这些编辑的监督下，一种书面语言所具备的规范性在意大利语中成形了，其中包括更加统一的拼写方式。然而，正如语言学家布鲁诺·米廖里尼于 1960 年写的第一本关于意大利语言历史的著述中所说的，标点符号依然是个问题，"缺乏而且捉摸不定"，一些作家根本不用标点符号，其他人则随意在某处加上"句号"、逗号或冒号。

不过，尽管意大利语在公共和私人的文本中已取代了拉丁语，但它仍然缺乏只有该国最高权力的认可才能赋予的声誉。这份礼物要拜意大利光荣的"白衣骑士"洛伦佐·德·美第奇所赐，他是当时举世瞩目的公众人物。我视他为意大利的"白马王子"（Principe Azzuro）。作为一名政治家和学者，他资助认购了佛罗伦萨的第一台印刷机，为佛罗伦萨大学慷慨捐款，并为不断扩展的美第奇图书馆购买书籍和珍贵手稿。

　　与美第奇家族联系最紧密的一个词是 palle（球），这是家族的标志，根据各种说法，它代表着药丸（"美第奇"一词的意思是"医生"）、当铺老板的单据或拜占庭的硬币——这个标志出现在其家族所属的货币兑换商协会的徽章上。在危急时刻，美第奇家族就高呼"Palle! Palle! Palle!"，来召集他们的支持者。

　　洛伦佐是一位极具个人魅力的美第奇家族成员，尽管他长相粗犷，还有一个硕大的鼻子，但他对男人、女人和大众都很有吸引力。十六岁时，他爱上了卢克雷齐娅·多纳蒂，他的第一个传记作者写道，这个女孩"美丽无比，为人诚实，出身高贵"。洛伦佐用托斯卡纳方言，写下了赞美她的"极其优雅的诗句"。虽然他会用语言来表达对这位美丽姑娘的爱慕之情，但他未必会与其他女性保持距离。家族历史学家尼科洛·马基雅维利，称洛伦佐"令人惊讶地卷入了各种风流韵事"。另一位佛罗伦萨历史学家弗朗切斯科·圭恰尔迪尼，形容他"放荡不羁，异常多情"。

　　当洛伦佐追求爱情和情人时，他的母亲卢克雷齐娅·托尔纳博尼（一个名不见经传的诗人），开始为他张罗找一位妻子。身为体弱多病的痛风者皮耶罗·德·美第奇的配偶，她把身体健康和生育潜力作为孩子择偶的首要标准。罗马公主克拉丽切·奥尔西尼，不仅身体健康，而且富有、高贵，对一个虽无皇室之名却有皇室之实的家族来说，这才是一个门当户对的选择。

　　为了庆祝他的订婚，洛伦佐安排了一场马术比赛，这是佛罗伦萨共和政体历史上的第一次马术比赛。这个概念看上去是如此陌生，以至于马基雅维利觉得要主动给出一个定义："马背上男人的一场混战。"批评者们抨击说，这位美第奇家族的继承人，不仅娶了一位外邦的贵族女子，还装出了一副君王的派头。

洛伦佐骑着一匹白色的战马，身披一件镶着猩红色花边的白色丝绸斗篷，头戴一顶嵌有红宝石和一颗大钻石的黑色天鹅绒帽子。他享有特权，在盾牌上挂着法国鸢尾花，在旗帜上挂着红色的美第奇家族徽章（*以及他的已婚情妇的围巾*）。这位年轻而技艺高超的骑手，击败了所有的对手。洛伦佐不仅赢得了当天的胜利，还赢得了同胞们的心，他们在他奢华的订婚庆典上欢呼得更加响亮了，正如马基雅维利所言："这是与这个男人相称，盛况空前的华丽场面。"在那个时代，虽然每个领主都被冠以"权贵"（Magnifico）的头衔，但洛伦佐是所有权贵中最显赫的人物。

这种壮观景象，感染了意大利人。洛伦佐受过良好的教育，二十岁时继承了父亲的事业，能很好地读写古代语言。然而，他却选择了只讲他在小时候学会的那种简单而优美的语言，而且在餐桌上只允许讲意大利语——他著名的"柏拉图学院"的成员们，以及年轻的米开朗琪罗和其他艺术家们，都是他在餐桌上交谈的对象。

"在洛伦佐的宫廷里，"英德罗·蒙塔内利和罗伯托·杰尔瓦索在《黄金世纪的意大利》一书中写道，"语言得到了最后的润色，得以成为最丰富、最精练、最甜美的语言——不仅在整个意大利，而且在那个时代的整个世界。"

洛伦佐和他的人文主义导师波利齐亚诺编纂了两本文集，成了托斯卡纳方言的宣言书。在第一本《阿拉贡诗集》中，洛伦佐编辑了由托斯卡纳作家们（从但丁到他本人）创作的诗歌——这是送给阿拉贡皇室的一个礼物。在献词中，他称赞当地的方言是半岛上最先进的语言，因为两个世纪以来，杰出的诗人们都在使用这种方言。

洛伦佐在《十四行诗评》中主张，在创作"高雅"文学方面，方言即使不比拉丁语更好，至少也能和拉丁语一样好。他为这一相当大胆的宣言（人文主义鼎盛时期）而辩护，通过引证体现在早期托斯卡纳"温柔新诗体"诗人们（代表人物有被但丁称作"第一个朋友"的圭多·卡瓦尔坎蒂）的作品以及"三皇冠"作品中的丰富性（copia），来说明一种未受过教育的民众所讲的日常语言，完全可用以应对高尚的主题。洛伦佐得出结论：正如"佛罗伦萨帝国"主宰着整个半岛，佛罗伦萨的语言也应如此。

佛罗伦萨俨然成了一个文学实验室，作家们可以在这里尝试各种各样的体裁。洛伦佐本人也创作了情诗、歌谣和节日歌曲（canti carnascialeschi），其中一些作品后来被宗教裁判所的审查员们谴责为过分淫秽。他的作品颂扬了青年、妇女、放鹰狩猎者和宁静的托斯卡纳乡民的快乐。

"谁想快乐，就让他快乐吧，"洛伦佐在其最著名的诗句中写道，"谁知道明天将会如何。"（Chi vuol esser lieto sia, del doman non v'è certezza.）这位贵族诗人带着这种及时行乐的精神，用化装舞会、狂欢活动、露天表演和宗教游行来娱乐这座城市。洛伦佐将"狂欢节"（carnascialismo）几乎提升到了艺术的程度。一位评论者写道："如果说历史给人带来了快乐，那就在那时。"

对于洛伦佐统治来说，1478年4月26日是一个最灰暗的日子。

帕齐家族，一个与罗马教皇相互勾结的敌对家族，策划了一场天大的阴谋。在复活节弥撒期间的圣餐仪式上，正当佛罗伦萨大教堂中的会众们低头虔诚祷告时，阴谋者行刺了洛伦佐及其弟弟朱利亚诺，后者不治而亡。只是轻微受伤的洛伦佐，被波利齐亚诺和其他朋友拉进了教堂的法衣室，闩上门加以保护。帕齐家族希望佛罗伦萨人支持他们的反叛事业。但相反地，人群却高呼"Palle! Palle!"拥护美第奇家族。

洛伦佐的复仇是迅速而无情的。谋反的两名头目，其中包括一位大主教，被处以绞刑。年轻的列奥纳多·达·芬奇用素描画下了他们悬挂在绞刑架上的躯体。数十名同谋者被剥光衣服拖过大街，最后被处决。帕齐家族的掌门人被杀后，先被塞进了一个洞穴，后又被挖出来，扔进了阿尔诺河。

根据时俗，波提切利在巴尔杰洛博物馆的墙壁上，画下了绳子套在脖子上的帕齐家族谋反者们的肖像，在每幅肖像下方，都配有由洛伦佐创作的押韵的墓志铭。他废除了帕齐家族的姓氏，甚至禁止任何人提及它。帕齐家族的徽章被永久抹去，他们的财产被没收。在当代意大利语中，"帕齐"（pazzi）指的是行为疯狂的人，这可能不仅仅是语言上的巧合。

这场未遂的政变以及诸多后果，挑战了洛伦佐的统治地位。美第奇家族庞大的金融产业，因管理不善和不良贷款而垮掉。在四十岁出头的时候，洛伦佐开始遭受痛风并发症的折磨——这种疾病曾夺去他父亲的生命。正如波利齐亚诺的记载，一种可能由弥漫性感染引起的缓慢发烧，"不仅侵害了动脉和静脉，还侵害了四肢、肠道、神经、骨骼和骨髓"。无奈之下，医生们想出了一剂希望能够治愈疾病的药方：一种由珍珠粉和其他宝石粉合成的调制物。此药方很可能加速了他的死亡，他死于 1492 年，年仅四十三岁。

两年后，洛伦佐的儿子皮耶罗——缺乏其父亲的魅力和政治敏锐性，逃离了这座城市。那一年，在米兰公爵的怂恿下，法国人侵入这个半岛，并进军佛罗伦萨。但是，当法国国王查理八世勒索一笔款项时，佛罗伦萨人拒绝支付全部金额。当他威胁要吹响号角召集他的军队进行武力征服时，一位地方行政长官振臂高呼："假如你要吹响号角，我们就会敲响钟声！"（Se suonerete le vostre trombe, noi suoneremo le nostre campane!）此言成了当地的一句谚语。

不久，对于外国入侵者的憎恨，让半岛上的城邦、公国和教皇势力结成了空前的联盟。操着十多种方言的军队，为了"意大利的自由"而集结——仿佛"意大利"真的存在一样。"圣约翰骑士团"（Knights of Saint John）的口号更为具体：他们要为"意大利语"而战斗。1495 年 7 月 6 日，福尔诺沃的决定性战役，标志着意大利的灾难性转折点。在那血腥的一天里，死去的士兵中有三分之二为意大利人，法国人逃跑了。这场溃败，开启了意大利近四百年被外国军事占领的历史。

在随后的黑暗日子里，佛罗伦萨处于狂热的修道士吉罗拉莫·萨沃纳罗拉的支配之下。萨沃纳罗拉行使话语就像挥动鞭子一样，他声称自己可与上帝私下对话，他那慷慨激昂的布道，令其追随者们陷入疯狂，批评者们嘲笑这些追随者为"哭泣者"和"哀嚎者"（piagnoni）。他们常常涌上街头，高唱"疯狂！为耶稣而疯狂！"之类的歌词。在臭名昭著的"虚荣之火"（Bonfire of the Vanities）行动中，这些人围成一圈，焚烧各种图书、华丽的衣服、精美的家具、珠宝、赌桌、乐器、诗集、镜子、化妆品和艺术品（包括波提切利亲手将自己的画作扔到火堆中）。

1498 年，萨沃纳罗拉的反对者们——被称为"愤怒者"(Arrabbiati)，把这个被指控为异端的"疯眼"僧侣从修道院里拽了出来。仿佛死一次还不能让人过瘾，佛罗伦萨人觉得，直接弄死他那是便宜了他，于是对他进行了三天的残酷折磨（他身上的每根骨头几乎都被打断，只剩下他的手指需要用以签署认罪书），然后把他绞死，他的尸体再在一堆巨大的火焰中被焚烧了好几个小时，焚烧地点选在西尼奥里亚广场——这正是他烧毁他人作品的现场。

几年前，我在佛罗伦萨学习意大利历史期间，一天，从帕什科夫斯基协奏曲咖啡馆吃完晚饭回来的路上，我路过了一块记载着萨沃纳罗拉最后一次焚烧行动的牌匾。这个位于共和国广场上的咖啡馆，是著名的作家时常光顾的地方，也是我最喜欢的去处。在这个寒冷、多雾的夜晚，当我怀着崇敬之情从但丁、薄伽丘、彼特拉克以及其他意大利艺术和文学大师的雕像旁经过时，听见附近有一个年轻人正在演奏一首欢快的小提琴曲，其美妙的音乐在佛罗伦萨的乌菲齐广场上回荡。

所有的意大利城市都有幽灵，但对我来说，佛罗伦萨似乎总在无尽地诉说着。当仔细琢磨这些巨人的话语时，我意识到，我在披肩下的双手会不知不觉地动弹，正像我在讲意大利语时出现的情形一样。我是在讲意大利语——自言自语！我的老师们曾预言，在某一天，一个重大的转折时刻终会到来：我将开始用意大利语来思索、回应，甚至做梦。我原本不相信他们，然而，就在此时此刻，在这个语言的摇篮里，在意大利"三皇冠"的身旁，我穿越了某种无形的迷雾，进入了一个既熟悉又陌生的世界。意大利语蓦然在我的脑海中活跃起来，并经由我的指尖飘洒而出。

烘焙出来的杰作

　　他的鼻子不复存在，他的眼睛是两个空洞，他的嘴巴剩下一条粗糙的裂缝。大约在 16 世纪之交，工人们在罗马的一个街区铺路时，发现了这尊破损的古老雕像，他们把它挖出来，竖立在纳沃纳广场附近一个热闹的街角上。1501 年 4 月 25 日，为了庆祝圣马可节，一位红衣主教将一件长袍披在雕像没有手臂的躯干上，并在其底座写上了拉丁文警句。诙谐的罗马人纷纷效仿，在这个非正式的社区"公告栏"上，写满了挖苦教会和城邦的匿名讽刺语。

　　这座被称为"帕斯奎诺"（Pasquino）的"会说话的雕像"，自那以后就一直没有清静过，是罗马历史上最悠久的社会与政治"评论员"。meno male（谢天谢地）——看在意大利语的分儿上。"帕斯奎诺"公告栏上精妙的讽刺性诗文，被抄写在一种叫作 cartelli 的纸片上到处流传，它们成为全世界谈论意大利人、意大利语以及命运多舛的整个 16 世纪意大利艺术（Cinquecento）的素材。在我们称之为 16 世纪之交的那些岁月里，诸侯交战、外邦入侵和瘟疫暴发，几乎摧毁了这个半岛以及它的人民和语言。最终的恐怖事件发生在 1527 年：罗马遭到了西班牙军队及其德国雇佣军空前的蹂躏与洗劫。"事实上，"

荷兰人文主义者伊拉斯莫斯写道，"与其说这是一座城市的沦陷，不如说是一个世界的坍塌。"

一天晚上，我与两位朋友卡拉和罗伯托·塞拉菲尼在去往他们最喜欢的比萨店的路上，他们向我介绍了"帕斯奎诺"——这个罗马最好时代与最差时代的石头幸存者。但是，当罗伯托谈到自己很想知道当时的 il grillo parlante（其字面意思为"会说话的蟋蟀"）到底说了些什么时，我却感到困惑了。

"会说话的蟋蟀？"我问。

罗伯托解释说，许多罗马人在"帕斯奎诺"公告栏上张贴讽刺诗（常常是罗马方言韵文）时，都使用 il grillo parlante 这个笔名。他把它喻为 piccolo ma spiritoso（娇小而机智）的人，"Come te."（像你一样。）他揶揄道。那天晚上，我们在聊着"帕斯奎诺"雕像时，聊出了这样一个主题：将平等的政治和法律权利扩大到未婚配偶（包括同性恋者）。这个话题引发了我们各种各样的双关语和滑稽的模仿，很多都是极其下流的，以至于罗伯托这位绅士拒绝将它们翻译出来。

"他们是些阿雷蒂诺式的人物。"罗伯托说。他指的是那些彼得罗·阿雷蒂诺的追随者。阿雷蒂诺是讽刺诗作者中最出名、最浮夸的，他是一个阿雷佐市民，他的名字被翻译为彼得。这个以"无赖"自称的人，创建了今天的八卦专栏和名流杂志的雏形。

阿雷蒂诺是一个制鞋匠的私生子，他喜欢说自己生来就具有"国王精神"。他没有家庭、财富，也没受过正规的教育，却是利用语言获得关注、喝彩和财富的先驱。在游历了托斯卡纳和翁布里亚之后，他于 1517 年在罗马定居，并招募了一些不知名的讽刺诗作者作为他

的才能的完美衬托。他那刻薄的笔——可供银行家、红衣主教、贵族
和教皇们租用，能把粗俗的讽刺诗"帕斯奎诺"变成一种异常锋利的
武器。1514 年，教皇利奥十世的宠物大象汉诺死了，阿雷蒂诺创作
了《大象汉诺的最后遗嘱》。这份虚构的文件，巧妙地嘲讽了罗马主
要的政治和宗教人物，开启了他的"诽谤性的"文学生涯。

另一方面，阿雷蒂诺对教皇选举会议花了这么长的时间（1521—
1522）才选出一位新教皇并不感到惊讶。他鄙夷地说，毕竟，此一位
红衣主教有妻室，彼一位红衣主教无法把他的手从男孩身上移开，其
余的则是异教徒、小偷、卖国贼、造假者或间谍。而且，阿雷蒂诺还
是指名道姓的——除非有人付钱不让他这么做。他明目张胆地指控红
衣主教亚历山德罗·法尔内塞，将自己的妹妹作为与博尔吉亚家族的
教皇亚历山大六世进行性交易的筹码，以换取一个教会"王子"所拥
有的高贵的深红色帽子和长袍。

有时，阿雷蒂诺实在是做得太过分了。在《淫荡的十四行诗》
中，他给一位艺术家创作的男女交媾的雕刻作品配上了下流的对话。
这个作品在整个欧洲引发轰动，并激起了教会的愤怒。教会将这位
艺术家投入监狱，阿雷蒂诺则丧失了教皇的赞助与庇护。他以犀利
的才智（或以给人戴绿帽子的方式）害人不少，终于，一位受害者雇
用了一个杀手，刺伤了这位先锋色情文学作家，并把他扔在台伯河
岸等死。

阿雷蒂诺虽然幸免于难，但在袭击中失去了两根手指。于是，他
重新落脚于一个较为热情友好的地方：威尼斯。他深情地称威尼斯为
"万恶之源"。因为在接下来的差不多三十年里，在迷宫般的街道和朦

胧的水域中，阿雷蒂诺沉迷于骄奢淫逸的生活，他豢养了一帮情妇、秘书、男孩、寄生虫、仆人和狂热的追随者。尽管（或许正是因为）他臭名昭著，他却在国际关系中和政治影响力上取得了非同一般的地位。皇帝查理五世封他为爵士，教皇授予他教会方面的荣誉（尽管不可能授予他所奢望的红衣主教的高贵头衔）。"阿雷蒂诺"变成从穆拉诺岛的玻璃制品到马匹等无数商品的品牌名称。

"我靠墨水瓶的汗水生活。"这位随心所欲的自由作家宣称。他受那些渴望得到奉承与名望的虚荣贵族委托，炮制了大量诗歌、随笔和史诗。多年来，当阿雷蒂诺绞尽脑汁为贡扎加公爵创作一部传记颂歌时，后者一直为前者的奢华生活埋单。法国和西班牙的要人们，分别都雇他来散布针对他人的各种毁谤性的恶言。

以"世界的秘书"自诩的阿雷蒂诺，具备成为他那个时代的重要作家的天赋，但他缺乏自律，也缺乏愿望。"我是一个自由的人，"他写道，"我不必成为彼特拉克或薄伽丘的复制品。我有我自己的天才，这就够了。让别人为他们自己的风格去忧虑吧，这样就不再是他们自己了。没有主人，没有模式，没有向导，没有技巧，我就为工作，为谋生，为快乐，为名声。我最需要的是什么呢？那就是，用一支上好的羽毛笔和几张纸，去嘲弄世界。"

阿雷蒂诺忍不住嘲笑柏拉图式的人文主义者以及他们关于爱情和语言的论述。他将自己的一个拙劣的模仿剧放在一家妓院上演，一个老妓女分别扮演妻子、修女和妓女三重角色，在剧中惟妙惟肖地表现了文艺复兴时期这三种女人的淫荡行为。这个连薄伽丘都会自叹不如的极其下流的淫秽作品，却在整个欧洲广受欢迎，并激发了整个粗俗的文学体裁。

　　文艺复兴时期的诗人卢多维科·阿里奥斯托称阿雷蒂诺为"王公贵族之祸患"，因为他会源源不断地向他们发去信件，信中流露出恬不知耻的阿谀奉承和遮遮掩掩的封口费要求。19 世纪的历史学家雅各布·布尔克哈特写道，阿雷蒂诺"让意大利所有的著名人物都处于一种被围攻的状态"，他谴责阿雷蒂诺的作品是"行乞般低俗的敲诈勒索"。但是，即使是受过他虐待的名流，也禁不住要一睹他的作品为快。阿雷蒂诺是第一位以方言出版信件的欧洲作家，信件约有三千封，合集成六卷，每卷出版都立即获得成功。

　　当时有名的艺术家自然成为阿雷蒂诺关注的目标。他恶意影射达·芬奇，为什么要花好几年的时间，才完成他迷人的《蒙娜丽莎》这幅标志性肖像画——画中女人是一位比画家年老得多且非常富有的男人的第三任妻子。一直以来，阿雷蒂诺奴颜婢膝地向米开朗琪罗索要画作，均被拒绝，正如这位雕塑家所言，"世上的国王有许多，但米开朗琪罗只有一个"。米开朗琪罗还拒绝了阿雷蒂诺对他在西斯廷教堂的画作《最后的审判》主动提出的建议，并指出：热衷于传播流言蜚语的人在描述世界末日时，就好像他已经亲眼看见了一样。有人从米开朗琪罗的画作《圣经启示录》中的圣巴塞洛缪的外表上，看出了阿雷蒂诺的相貌。

　　画家提香曾三次画过阿雷蒂诺，其中最著名的一幅肖像，现悬挂于佛罗伦萨的皮蒂宫。阿雷蒂诺身材高大，大腹便便，胡须蓬乱，身穿华丽的天鹅绒长袍。他的脖子上戴着法国国王送给他的一根粗大的金项链，上面刻有一句拉丁语格言，其意为：他的舌头总是用来说假话。

阿雷蒂诺六十四岁时死于中风，但据一个广为流传的说法，这位放荡不羁的老浪子死于最后一笑：他添油加醋地讲述一个有趣的故事，在大笑中忘乎所以把头往后一仰，就不省人事了。他的死来得还正是时候。三年后，宗教裁判所将他的全集列入禁书目录。他的秘书尼科洛·弗兰科——他的作品更为放肆与颓废——则遭受了更加残酷的命运：宗教裁判所将他处以绞刑。

阿雷蒂诺代表了一种新的文学与社会现象。随着出版业的繁荣，尤其是在威尼斯，因多重天赋而被称为 poligrafi 的"精英人才"，可以以作家、编辑、翻译家和文选编纂者的身份谋生。由于他们努力使方言标准化，所以，到了 16 世纪末，读者不再需要根据某个意大利作家的语言来识别其归属地了，标点符号也或多或少地呈现出了现代的形式。意大利语中还诞生了热情的感叹号，当时的一位编纂者称之为"一种富有情感的符号"（un punto affettuoso）。这是一个充满情感的时期。

在整个半岛，拉丁语与意大利语仍然同床异梦。通信者用意大利语写信，却用拉丁语写页眉、地址和日期。律师们用意大利语审问证人，而在法庭记录中夹杂着拉丁语和方言。小学和技术学校中使用的是意大利语课本，但大学依然是拉丁语的堡垒——不采用意大利语教学。一种以意大利乡村面食 macaronic 命名的新的混合语言喜剧风格，通过诗歌的形式（这种诗歌虽然看上去像正统的拉丁语，却充满了意大利语或方言的粗俗表达或粗话），公开讽刺那些华而不实的学究的"蛮横的拉丁语性"。

随着 16 世纪意大利文艺的展现，语言成为一个更加严肃的问题。

由于没有自己的国王、朝廷或宪法，讲意大利语的人无比珍惜他们岌岌可危的语言。"与西班牙人一起生活，与西班牙人一同旋转（*也就是随着他们的节奏跳舞*），"一位作家伤感地观察到，"几乎消解了我的语言。"其他的意大利人，则假装对他们的外国统治者毫不在乎。正如一句轻蔑的俗语所言："不管你是法国人还是西班牙人，只要我有饭吃就好了。"但是，一种共同文化归属的意识，像酵母一样开始冒泡，随之而来的，是对于意大利语作为一个民族文化的载体的一种新认知。

尽管意大利语作为一种文学语言的地位已被明晰确立，文艺复兴时期的作家们还是每天都会面临使用何种语言的困境。如果他们是佛罗伦萨人，那么，他们既可以使用在大街上所讲的那种生动活泼的方言，也可以使用贵族和宫廷中那种更为造作或正式的语言，也可以使用由但丁、彼特拉克和薄伽丘等人在 14 世纪打造的经典的佛罗伦萨语。

对于非佛罗伦萨的作家们来说，一个不太实际的选择就是：可以用他们自己的方言来写作。费拉拉的诗人卢多维科·阿里奥斯托，就用自己的方言创作了意大利文艺复兴时期最伟大的骑士史诗《疯狂的罗兰》。这部宏大的传奇，以查理曼大帝与撒拉逊入侵者之间的战争为背景，讲述了主人公对一位异教公主发狂的单相思故事。因为很少有人能读懂阿里奥斯托的当地方言，于是，他决定用托斯卡纳语来重写整个故事——这个决定让他的生活变成了一场疯狂的爱情剧。

在佛罗伦萨，阿里奥斯托偶遇了一位名叫亚历山德拉·迪·弗朗切斯科·贝图奇的女人。这个女人的出现让他目眩神迷，以至于他在城里不知道东南西北。"所有的事情我都忘乎所以，也不在乎，"他在一封充满激情的信中写道，"我只留下了永生不忘的记忆，在这个美丽的城市里，我没见过比你更迷人的……在美貌、谦虚、礼貌和高贵的气质上，没有人可与你媲美，更不用说超过你了。"

不幸的是，亚历山德拉当时已嫁给了费拉拉宫廷的一位贵族蒂托·迪·莱奥纳尔多·斯特罗齐。但最后，阿里奥斯托却得到了一个完满的结局：他重写的浪漫故事，赢得了广泛的好评；而且，在亚历山德拉的丈夫死后，他终于在 1528 年娶到了她。

一位更为重要但不太出名的意大利语支持者（sostenitore），是名叫彼得罗·本博的古怪家伙，他是一个威尼斯贵族的儿子，受过良好的教育，如今主要以一种用他的名字命名的衬线字体而为人所知。这位人文主义学者，完全被彼特拉克及其高雅的写作方式所打动。15至 16 世纪之交，本博为彼特拉克的诗作特别出版了一种便于携带的小开本书（petrarchino，一位作家称之为"世俗文化的祈祷书"），这是文艺复兴时期最早一本深受贵族子弟与贵妇喜爱的袖珍书。本博的小书原件，再现了彼特拉克的最后一本意大利语作品手抄本的风格（这是一本无价的手稿，是本博最珍贵的财产，现存于梵蒂冈图书馆）。

在我和鲍勃参观了威尼托迷人的小镇阿索洛后，我开始了解本博，他喜欢无助地、无望地、疯狂地坠入爱河。本博曾在阿索洛度过部分职业生涯。在我们第一次拜访这个小镇的时候，鲍勃在找停车位时不见了，我告诉奇普里亚诺山庄酒店的门房说：我的丈夫不见了。"别担心，夫人，"他微笑着说，"我们会给你再找一个的。"

本博就是这种快速换人的一把好手。在恋上一位威尼斯女孩时，本博在写给他所欣赏的朋友们的信中，温柔地叙述了他的渴望与挫败的恐惧（spasimo）。后来，他迷上了卢克雷齐娅·波吉亚，她是堕落的波吉亚家族的教皇亚历山大六世娇生惯养的女儿，同时也是费拉拉公爵阿方索·德斯特的妻子。她的一次来访（当时本博正发着高烧），激发本博写出了充满文学典故的色情诗篇，这些典故包含了各种出版物中不同的情侣关系，比如，埃涅阿斯与狄多、特里斯坦与伊索尔德、兰斯洛特与圭尼维尔等。然而，本博谨慎提防卢克雷齐娅生活中那些嫉妒而警觉的人，他把自己的激情仅限于纸笔之上。

一位评论家形容本博的书信，是"见多识广、彬彬有礼、朦胧晦涩的，是关于爱、美丽、上帝和女性的一种心灵流露，而对女性来说，几乎又是难以理解的"。但他的书信却引起了塞浦路斯国王的遗孀的注意，她在阿索洛主持了一个常常被描述为"诱人而滑稽"的"音乐喜剧宫廷"，本博成了其中的一个常客，并创作了他最著名的赞美这里市民的作品《阿索洛人》，此作品为他赢得了评论家们所给予的"爱的大祭司"的称号。

本博具有一种使自己进入（或摆脱）微妙情境的真技巧。在乌尔比诺，在伊丽莎白·贡扎加那书香十足的宫廷里，他往往扮演着爱神维纳斯的使者的角色，对爱情大放厥词。当他获得了威尼斯驻佛罗伦萨大使的合法外交职位时，他成为一名"骑士侍从"（cavaliere servente，文艺复兴时期负责护送已婚女士的"步行者"），并明目张胆地向用雪花石膏制成的已经剥落的吉内薇拉·德班琪雕像大表爱意——此女人是达·芬奇创作的著名作品《女性肖像》（现存于华盛顿特区国家美术馆）的主题。本博还得到了教皇秘书的职位，最后在罗马定居，并找到了一份新的不正当的爱情，生下了三个孩子。尽管本博拥有好几个非婚生子女，他还是赢得了红衣主教的高贵长袍。

然而，本博一生中真正热爱的，还是意大利语。在少年时代一次前往佛罗伦萨的旅行中，他迷上了托斯卡纳人的说话方式，成年后他也受到了这种方式的影响。为了保存与颂扬他所采用的方言——尽管有人说这主要是因为想给他的一个情妇留下深刻印象，本博创造了用意大利语写作的最早的语法规则。语言学家认为，他于 1525 年出版的《俗语散文》，是意大利语言史上的一个分水岭。

本博认为，每一位文学作家都应该为了后代而写作，因此，应该选择最好的可用语言。正如彼特拉克以拉丁语和希腊语古典作品作为自己的模本，本博也试图以最具启示意义的意大利语范本——没有受到拉丁语或方言污染的薄伽丘的散文和彼特拉克的诗歌——来"净化部落的语言"。本博蔑视但丁的"粗糙和不光彩的言辞"，而只赞成其在《天堂篇》中使用的较为文雅的措辞。

本博影响了文艺复兴时期的好几位女性诗人，其中包括维多利亚·科隆纳，她的《天使之歌》是意大利第一本由女性创作并出版的诗集。如今，维多利亚·科隆纳在意大利之外几乎无人知晓，但在当年，她却和米开朗琪罗（米开朗琪罗是她的忠实崇拜者）一样无人不晓，也同样是被八卦、被请愿、被奉迎、被密谋反对的对象。侯爵夫人出身于罗马最古老、最有权势的贵族家族之一，生活在当时政治、知识和艺术的中心。当然，她也是阿雷蒂诺频频写信献媚的对象。

另一位女性伊莎贝拉·德斯特，被称为"文艺复兴时期的第一夫人"，她吸引了黄金时代最杰出的人才来到她在曼托瓦的宫廷。她痴迷于书籍，热衷于收集初版和豪华的手绘本，并委托首印了彼特拉克和其他诗人的作品。在她的坚持下，印刷商在这些书卷中加上了新东西——页码。

伊莎贝拉的"坚持"，着实令人敬畏。在其丈夫弗朗切斯科（同时代人形容他"矮个子，爆眼珠，塌鼻子，特勇敢"）被囚禁于威尼斯期间，伊莎贝拉的坚定——尤其表现在对付残暴的恺撒·波吉亚时——让曼托瓦免遭入侵。其丈夫在被释放后，不仅不怎么感激她，反而宣称自己"为总被一个作为妻子的女人的头脑所控制的命运而感到羞耻"。在弗朗切斯科 1519 年死于从妓女那里传染的梅毒之后，伊莎贝拉重新走到台前，统治了曼托瓦二十年。

不过，尽管文艺复兴时期的女性才华横溢，但在很大程度上，文学生活仍然属于一个老男孩们的俱乐部，在佛罗伦萨尤其如此。1541 年，科西莫公爵一世——"高贵的洛伦佐"（Lorenzo il Magnifico）的远房表亲和继承人——授予佛罗伦萨学院"正式编纂托斯卡纳语规则的权威、荣誉和特权"。那些虽然卓越但是古板的学者，以越来越深奥的言辞与论述，对方言高谈阔论。而两种典型的意大利激情——语言和美食，将方言从学者们致命的讨论中拯救了出来。

我花了足够的时间，在佛罗伦萨的咖啡馆、餐馆和广场等场合，一边观察一群群年轻人闹哄哄地谈天说地，一边想象着文艺复兴晚期的年轻人是如何以一种半开玩笑的方式来面对语言问题的。当时，一项出乎意料有效的发明，正在改变意大利的农业：il frullone。这是一种过滤装置，它可将小麦从麦壳中分离出来生产面粉。在这片长久以来以面条和面包支撑人们生活的土地上，这种装置是一个类似于印刷机一样重大的突破。

"只有猪才啥都吃。"佛罗伦萨的一帮知识青年宣称。人类为什么不能是一种过滤器，把文学的"面粉"（fior di farina）从小麦的壳子（crusca）里分离出来呢？他们在一个如今成了"爱尔兰酒吧"的屋子里聚首，自称为"秕糠帮"（Brigata dei Crusconi）。觉得好玩，其成员分别给自己起了与农业、烹饪、烘焙和面包有关的名字，比如，Lievito（酵母）、Macinato（面粉）、Sollo（土壤）和 Grattugiato（磨碎）等。

秕糠帮的每个成员，都选择了一个相关的象征符号，比如一个筛子或一捆小麦，它被用鲜艳的颜色压印在一个木制铲子（pala）上，即面包师用来将面包从烤箱里滑动出来的那种铲子。秕糠帮称他们这种轻松愉快的聚会为"秕糠会"（cruscate），他们正儿八经地坐在那种用面粉桶改制的椅子上，海阔天空地谈论一些如面包屑一般无关紧要的有趣话题。

假如没有雄心勃勃的莱奥纳尔多·萨尔维亚蒂的到来（意大利语言学教授朱塞佩·帕托塔称他为 cervellone，即"大脑"），那么秕糠帮可能就不会有什么实质性的意义。萨尔维亚蒂的秕糠帮别名为"裹着一层面粉"（L'Infarinato），他曾因对薄伽丘的《十日谈》进行"重新排序"（rassettatura）的作品——相当于其他画家在米开朗琪罗的裸体作品上加上腰布——而获得了令人半信半疑的名声。1571 年，教会的审查官们首次对薄伽丘的作品进行了删节，结果是灾难性的。科西莫公爵一世在教皇的支持下，让萨尔维亚蒂介入工作以减少损失。最终，较少残缺的新版本，于 1582 年问世。

一年后，萨尔维亚蒂加入了秕糠帮，并将其改组为"秕糠学会"（L'Accademia della Crusca）——这是迄今为止欧洲最古老的学术性机构。其使命是创造出从未有人创造过的东西——第一部官方认可的欧洲语言大词典。尽管有人指责萨尔维亚蒂主要是为了讨好教皇，但他的文字爱好者同伴们却接受了挑战，并在他去世后（1589 年）继续这个项目。

他们的学术冒险并非枯燥无味。法国人也许因其拥有法兰西学院"不朽的"高贵灵魂，而让他们引以为傲的语言遗产受到了保护，但意大利的"语言警察"（language police）总是充满更多的乐趣。在秕糠学会的档案室里，充满了大量的菜谱、小品、戏剧、双关语、笑话和狂热的颂歌等资料，可供其成员利用。

秕糠学会的传统之一，是一年一度的 stravizzo 聚会，成员们将这个术语轻描淡写地定义为"一边吃东西，一边愉快地交谈"。现代词典对其动词形态 straviziare 的定义可能更为准确，straviziare 是由 vizio（恶习）一词衍生而来的，其意思是"满足或放纵"。一份 stravizzo 聚会时的菜单，显示了令人惊叹的丰盛菜肴，其中包括小牛肉、牛舌头、熏火腿、鸽子肉、鸡肉、阉鸡、羊肉、肉卷、汤、各种意大利面、洋蓟、帕尔马奶酪、草莓、梨子、桃子、意大利脆饼，此外还有牙签（stuzzicadenti）。秕糠学会贪婪的追求目标是 abbofarsi，即把他们的肚子撑到爆炸点。

虽然秕糠学会谈笑风生且暴饮暴食，这些创始兄弟对待他们的使命却是毫不马虎。经过了几十年的研究、讨论和辩论，他们创造完成了《秕糠学会辞典》，并于 1612 年 1 月 20 日在威尼斯的一家印刷厂付印出版。这是所有语言中的第一个大汇编，整书厚达 960 页，只要符合"美丽，重要，对我们有用"（belle, significanti e dell'uso nostro）之标准的词汇均被入册（*这些词主要出自"三皇冠"以及其他佛罗伦萨作家之手*）。

与之前的词典不同的是，《秕糠学会辞典》对词进行了定义（*而不是列出同义词*），并通过引用散文和诗歌（*主要出自 14 世纪语言大师们的作品*）来追溯它们的起源与历史。尽管有批评者指责说，这些词的选择太过托斯卡纳化和陈旧过时，但《秕糠学会辞典》给国际学者留下了深刻的印象，法国、英国和德国也开始着手编写类似的汇编。对于意大利人来说，《秕糠学会辞典》就像但丁的《神曲》一样，成了代表一个统一的政治国家的另一部"伟大的国书"（gran libro della nazione）。

秕糠学会正在进行的扩展与美化语言的工作，吸引了当时伟大的思想家们，其中包括伽利略·伽利莱。作为最著名的现代科学的奠基人，这位才华横溢的学者还写过诗歌以及关于但丁和彼特拉克的学术评论。尽管他那个时代的学者们还继续在用拉丁语写作，但伽利略致力于向所有人传播知识，刻意选择了生动易懂的托斯卡纳方言来写作。

伽利略在其著作中，将宇宙比作"一本巨大的书"（un grandissimo libro）：只有当你懂得书写宇宙的语言——数学——时，你才能阅读与理解这本书。语言学家瓦莱里娅·德拉·瓦莱和朱塞佩·帕托塔在他们有关语言历史的著述《意大利语》中指出："虽然已在四个世纪之后，但无论是他的观念，还是他的托斯卡纳的写作方式，似乎都与我们相去不远。"当伽利略被迫驳斥自己所谓的"异端论断"（即地球绕着太阳转）时，他用意大利语低声咕哝着他最著名的陈述——"Eppur si muove"（但它依然在运动）。

一位不太知名但同样活跃的科学家弗朗切斯科·雷迪——美第奇大公的御医，却给越来越出名的秕糠学会带来了一点丑闻。他最著名的科学贡献是，通过研究推翻了腐肉自然产生蛆虫的理论。在实验（最早运用现代科学控制的实验）中，雷迪把一种物质，比如，大块的死鱼或生牛肉，放进两组罐子进行对比研究。他用细纱布封住其中一组罐子的口子，只有空气可以流通；另一组罐子的口子则是敞开的。几天之后，蛆虫在敞开容器里的物质上出现，而没有在用细纱布封口的容器里出现，这表明，这种寄生虫是由飞进罐子的苍蝇产下的小卵生长出来的。

在指定为《秕糠学会辞典》添加科学术语的工作任务中，雷迪并没有那么尽心尽责。几个世纪之后，研究者发现，他为新词汇所提交的许多实例与引文，均来自他本人的著述，而不是来自那些他声称拥有其手稿的作者。也许，他在另一个领域的研究影响了他的想法。雷迪最著名的作品，是他的《托斯卡纳的酒神》，这是一首贬斥水而歌颂托斯卡纳葡萄酒的诗作：

光喝水的人，
我不得不说，
别想从我这里得到什么；

他可能因喝了它而饿死。

不管是井水、泉水，还是

冒着白色泡沫而来的山水，

我都不赞美它，

也从不渴望它……

葡萄酒啊，葡萄酒，

才是你唯一的饮品！

（www.elfinspell.com）

随着外国势力夺取了对意大利的控制权，秕糠学会无法再继续从事一个没有主权的国家的语言研究。而一个被大多数人认为是法国人的意大利人——拿破仑·波拿巴，最终拯救了意大利语。拿破仑的父母是意大利科西嘉人，他出生于科西嘉岛被法国人吞并的一年之后。这位伟大的军事和政治领袖，一生都操着带有意大利口音的法语，而且从未很好地掌握法语的拼写。1800 年，拿破仑在马伦戈（意大利西部村镇）的一场战役中击败了奥地利人，自封为"语言故乡"的国王。

1809 年，拿破仑认识到了佛罗伦萨市民最珍视的事情，允许他们除了法语之外，还有权使用他们自己的语言。他设立了一个年度奖项，以奖励那些"为维护意大利语的纯正性而做出了最大贡献"的作家。1811 年，拿破仑重新开放了秕糠学会，并为学会的学者们支付薪酬。秕糠学会再度兴盛起来，直到墨索里尼的"宣传机器"掌管了语言的治安权。学者们几十年来一直致力于汇编的第五版《秕糠

学会辞典》，最终止于"o"。这部未竟的巨作的最后一个词是 ozono
（臭氧）。

　　1955 年，秕糠学会重新恢复，现在的总部（sede）设在简朴优雅
的美第奇城堡庄园——这是"高贵的洛伦佐"最喜爱的住所。16 世
纪，那里悬挂着波提切利的名画《春》和《维纳斯之诞生》。周围的
花园修建于 1540 年，至今仍是意大利最著名的花园。

　　在我整个的意大利语朝圣之旅中，秕糠学会是我的"麦加"。提
前好几个月，我就计划好了 2005 年的首次访问。在朋友斯特凡尼
娅·斯科蒂的帮助下，我写了一份极其谦恭的请求，希望采访该学会
的会长。"Chiarissimo Professor Sabatini"，她让我在萨巴蒂尼教授的
名字前加上敬语，Chiarissimo 的字面意思为"最清楚的"，但翻译过
来的意思是"杰出的"。秕糠学会的新闻官迅速做出回复，确定了会
面的日期与时间。

　　"秕糠学会?"我的意大利朋友问道，他们对我胆敢进入他们语
言的堡垒感到震惊，这是大多数意大利人都不敢开口说话的一个地
方。我开始认为他们是对的。我提心吊胆地分别准备了一份英语（为
自己）和一份意大利语（为采访）的问题清单，穿着黑色的职业装，
裹着我那"魔力披肩"。当我最后一次检查我的笔记时，我的手都在
颤抖。在那座历史悠久的庄园里，我在一条狭窄的楼梯上滑了一跤，
一只高跟鞋飞到了空中。那位腼腆的年轻新闻官，殷勤地为我捡起鞋
子，将它穿回我的脚上。

　　"我感觉自己像是灰姑娘。"我用英语说道，然后才想起自己正站
在（噢，此刻是坐在）意大利最神圣的地方。"La Cenerentola."我用

意大利语翻译道，他笑了。

走进"烘焙铲子"（Sala delle Pale）大厅，我感觉到了秕糠学会那些充满活力的创始人的精神。就像装饰着纹章的盾牌，那些颜色鲜艳的铲子在墙上隐约闪光。他们礼仪性的座椅和装满正式文件的被称为 sacchi 的陈列柜，让我感到惊讶。一幅让秕糠学会"大脑"萨尔维亚蒂永垂不朽的大型油画，悬挂在两幅迷人的美女画之间：一幅代表秕糠学会，另一幅则代表佛罗伦萨艺术与设计学院。

更令人印象深刻的，是其带有拱顶的宁静的图书馆——一座名副其实的藏书大教堂，收藏了超过 13.8 万册可以追溯到 16 世纪之交的意大利语图书。这里保存着意大利语的基因图谱，由为取悦耳朵、眼睛和灵魂而特意选择的词语构成。正如秕糠学会的座右铭所描述的，它们是语言中"最可爱的花朵"。

当见到第一版的《秕糠学会辞典》时，我带着崇敬之情，轻轻翻开了它那僵硬、干燥的书页。我意识到，就像奢侈品牌葆蝶家（Bottega）的艺术家通过辛勤劳作创作出了惊人美丽的时装精品一样，文艺复兴时期秕糠学会的语言"面包师"，煞费苦心地创作出了一部活生生的杰作。我终于明白，对意大利人来说，为什么他们的语言有着如此特别的意义。

几个世纪以来，外来征服者们掠取了意大利人创造的大量财富，皇帝和国王们把绘画、雕塑和珠宝等物品打包装走，这种行径一直延续到 20 世纪，纳粹分子在火车车厢里装满了意大利艺术品。但他们无法从意大利人那里夺走最宝贵的语言财富——秕糠学会已将其提升为一种生活的艺术。14 世纪的佛罗伦萨方言，通过秕糠学会的不懈努力（*修改语法并增加词汇*），走进了意大利的教室、办公室、商店和餐馆。

"假如但丁今天出现在这个大厅里，你也可以与他一起交流。"秕糠学会会长弗朗切斯科·萨巴蒂尼—— 一位银色头发、鹰钩鼻、乡绅派头的学者——向我保证道。

"我无法想象我该说些什么。"我回答。我会害怕和他说话的。

"但我能猜到他要对你说些什么！"萨巴蒂尼教授用他那圣父般深沉的声音说，"请想象一下，在他活了七百多年之后，有一个女人，来自一个他从不知晓其存在的大陆，她虽然有自己的国家和语言，却想要学习他所说过与写过的语言……"

他停了下来，思索着我这次长途跋涉的意义，然后俯身向前，脸上挂着灿烂的微笑，乌黑的眼睛里闪烁着光芒，说道："È un miracolo!"（*这是一个奇迹！*）

我对意大利语的热爱，是个奇迹吗？是但丁本人使之变得更富诗意吗？

意大利人如何教化西方社会

"鲁杰罗是一位完美的意大利绅士。"这位绅士曾任加利福尼亚大学伯克利分校意大利研究系的教授，他的同事们怂恿我有机会一定要去拜访这位极具魅力、富于教养的但丁学者（和讨女人喜欢的男人）。从教职退休后，鲁杰罗·斯特凡尼尼回到了其位于佛罗伦萨北部的家乡，写诗度日。后来，他被诊断出患有晚期胃癌。"只是我有时会感到有些虚弱，"他在电子邮件中建议我说，"要来就趁早。"

当我在3月一个寒冷的早晨到达鲁杰罗的家时，见他脸色苍白而憔悴，比他在美国的朋友想象的要羸弱得多。他一边痛苦地做了个鬼脸，一边在座椅上挪动了一下身子，将一只手搭在另一只手上，试图让它停止颤抖。我本想缩短我的采访时间，他却坚持请我去他最喜欢的小餐馆，还为我点了当地的特色午餐。

用餐之后，我们漫步在潮湿的街道上，他谈到"语言就是（他的）生活"。关于但丁，他说："作为一名作家，我钦佩他；而作为一个男人，我并不钦佩他。"关于他为什么要选择英语来创作他的一首诗歌，他说："我非常爱恋一位美国女子，而在意大利语中，却找不出哪个词来表达我想表达的'亲密无间'。"关于意大利语，他说，它比任何其他语言或文学都更能教会我们"如何生活"。

当我们道别时，他赠予我一本他的诗集，并在扉页上题写了一句我无法立即理解的话语。在返回佛罗伦萨的公交车上，我译出了这句话的意思：你是我这辈子都见不到了的春天的气息。几周后，我得知了他的死讯，我感觉到，他为我上了一堂关于如何死亡的课程。

鲁杰罗的风范，体现了一个定义意大利人品格的概念："美形主义"（fare bella figura）。外国人错误地以为，他们可以把这个术语简单地翻译成"给人留下美好的印象"或"维持美好的形象"这样的短语。然而，"美形主义"远远超越了这些表面的东西，彰显了意大利人教给世界的一种优雅的行为准则。

人文主义，一场光耀人类潜能的知识运动，在意大利兴起，并使其成为"基督教世界中最富丽、最耀眼、最有教养、最不惧权威、最聪明的国家"，路易吉·巴尔齐尼在《意大利人》一书中写道，"意大利人已改变了宇宙，或至少已改变了人类对宇宙以及人类在宇宙中之地位的看法"。人们不再视圣人为楷模，而将崇拜对象转向古典罗马的继承者和文艺复兴的发动者，借以展示他们所向往的生活方式。

当时和现在一样，"意大利精神"（italianità）的本质在于语言。"在我们这个时代，"1551 年佛罗伦萨剧作家焦万·巴蒂斯塔·杰利说，"和在意大利国内一样，在意大利之外，很多有才智有教养的人为学习与研究我们的语言付出了极大的努力，他们除了热爱，没有其他的原因。"在这些热衷者中，有英国的伊丽莎白一世、法国的弗朗西斯一世和皇帝查理五世。查理五世曾宣称："我对上帝讲西班牙语，对女人讲意大利语，对男人讲法语，对我的马讲德语。"

约翰·弥尔顿以及其他英国诗人，均用意大利语写作十四行诗。威廉·莎士比亚作品中的许多情节，都是根据意大利的中篇小说改编的，他的四十部戏剧有十二部以意大利为背景。前往其他国家的意大利工匠和艺术家们，留下了他们的抒情语言的词汇与短语，为世人创作了画作、建筑和雕塑，被美国当代小说家玛丽·麦卡锡誉为"掉落的巧夺天工的手帕"。掌握意大利语成为一个富于教养者的标志——也是任何想要获得这种地位之人的先决条件。19 世纪的历史学家雅各布·布尔克哈特说："在每一项高尚的体能训练上，在良好社会的习惯与礼仪上，无论是在理论上还是实践上，意大利人都把整个欧洲变成了他们的学生。"

社交礼仪历来是意大利文化的有机组成部分。即便是爽朗的意大利语 ciao——兼具"你好"和"再见"的双重功能，也反映了几个世纪以来的"美形主义"，这是在我首次来到最宁静的城市威尼斯旅行时发现的。在我每天去喝咖啡并端坐其中观赏圣马可广场上空飞来飞去的鸽子的那家咖啡馆里，一个服务生取笑我说的 ciao 听起来"过于托斯卡纳化"了。

他教我威尼斯发音，并解释说，这个词本身就是当地的一个发明。在威尼斯共和国（La Serenissima）鼎盛时期，人们通信时往往会以 Il Suo schiavo（你的奴隶）签署信件。熟人在街上相遇时，往往会相互鞠躬，并重复同样的逢迎对方的话语。然而，威尼斯方言软化了 sch（在其他地区发 sk）的生硬发音，而使之变成了柔和的 sh（如在 show 中的发音），于是，Suo schiavo 变成了 sciao，而当 sciao 传到意大利的其他地区后，又渐渐地变成了 ciao。

当我去南方旅行时，发现那不勒斯人更加情感横溢，他们能让菜单变得像音乐一样动听。"我是你最不起眼的仆人的制服上的最后一颗纽扣。"当一位油腔滑调的侯爵告辞时会这样吟咏道。正确的回答是："我最不起眼的仆人的制服上的最后那颗扣子却是一枚钻石。"

意大利文艺复兴时期的作家们，教会了世界如何以同样时尚的优雅与风格来行事——必要时，还需要机巧。16 世纪欧洲最广泛的阅读书籍，是我们所说的自助手册。尼科洛·马基雅维利的《君主论》，是那些渴望权力者的基本读物，也是那些试图抓住权力不放手者的生存手册。巴尔达萨雷·卡斯蒂廖内的《朝臣之书》，教导绅士及其夫人们言谈举止和社交的方式，以便提升他们的社会地位。乔瓦尼·德拉·卡萨的《礼仪》（ *Il Galateo* ），是第一本面向大众的礼仪书，它教导新兴的中产阶级和商人阶层：良好的礼仪即使不比金钱更好，但也与金钱一样能对他们有所裨益。这三部作品的影响力是如此之大，以至于西班牙皇帝查理五世把马基雅维利的《君主论》和卡斯蒂廖内的《朝臣之书》与《圣经》一起放在自己的床边。带小写 g 的 galateo 一词，在意大利语中一直是礼仪的同义词。

我希望，这三部作品应成为今人的必读之书。"你是否意识到，如果乔治·布什读过马基雅维利的著作，那么，我们就不会结束伊拉克战争？"几年前，我曾对略感惊讶的丈夫说。在《君主论》中，马基雅维利明确地指出：假如一个统治者想要入侵外国，那么，他最好准备派遣一支庞大的军队，本人要在那里定居下来，或者，建立一个拥有精良装备的永久殖民地，以便控制当地人。

很少有作家的名字能像马基雅维利那样深刻地渗入全球词汇中，

马基雅维利是政治手腕与实用主义相结合的国际代名词。然而，正如
T. S. 艾略特所言，没有人"会比马基雅维利更不像马基雅维利了"。
修士萨沃纳罗拉于 1498 年被推翻之后，在佛罗伦萨共和政体掌权的
十四年间，马基雅维利担任过各种外交和行政职务，包括国防部长，
这些经历给了他关于权力的第一手体验。当美第奇家族于 1512 年回
国时，他们的支持者以谋反罪对马基雅维利加以指控、审判、拷打，
并流放了这位共和爱国者。

　　遭遇挫败之后，马基雅维利最后被迫退隐到了他那简朴的乡间住
所，着手《君主论》的写作。当时美第奇家族的教皇利奥十世（"高
贵的洛伦佐"的儿子）和他的兄弟朱利亚诺，似乎很有可能形成一个
意大利联盟，甚至可能是一个民族国家。马基雅维利说，美第奇教皇
（或君主）若能听从他的建议，就可给意大利带来更美好的未来，甚
至可以拿起武器，把半岛从"野蛮人"的入侵中解放出来——这是一
个早于事实近三百五十年的统一愿景。更加现实的是，马基雅维利指
望以这本具有独到见解而言简意赅的策略手册，作为一份展示其政治
智慧并能在美第奇政府中谋得一个职位的求职申请。

　　马基雅维利的梦想均成泡影，无论是个人的，还是政治的。他
死在他的杰作问世之前——他死于"过多的失败"，一位历史学家如
是说。但是，通过对逻辑性与客观性的把握以及对国家事务的冷静分
析，马基雅维利不仅仅创造了一部经典之作。正如许多教授喜欢嘲讽
的那样：他把科学融入了政治学。在他看来，应该有可能制定出关于
政治活动的通用规则，因为同样的欲望与恐惧驱动着所有地方的所有
人。正如弗朗西斯·培根所言，马基雅维利教导人们"做什么，而不

是他们应该做什么"。

马基雅维利的时代已过去了五个世纪，而《君主论》仍然能让读者们感到震惊，究其原因有二：作者说了什么以及他是如何说的。马基雅维利说："一个君主如果要保住权力，他就有必要了解不做好人之道，并且知道何时有必要，何时无必要使用此道。"传统美德如慷慨、仁慈和守信等，可能会削弱他的权力，而那些看似邪恶的品质，对于他的生存则可能至关重要。

如果一个无情的君主失去了人民的爱戴怎么办？马基雅维利耸耸肩膀说：被人畏惧总比被人爱戴好。他注意到，由于人们往往是忘恩负义、优柔寡断、胆小怯懦和贪心不足的，他们还可能会把自己的灵魂托付给一位君主，但又会抛弃或背叛他，因为爱戴是变幻无常的，而畏惧则不是。马基雅维利从未为最终目的是否能证明手段的正当性而苦恼。但他确信，它会的。

马基雅维利列举了冷酷的切萨雷·波吉亚——因其拥有瓦伦蒂诺的公爵头衔而被称为瓦伦蒂诺。当他的贪图享乐而投机取巧的父亲，以亚历山大六世的身份窃取教皇宝座时，两人便共谋控制了意大利中部的大部分地区。马基雅维利冷静地描述了波吉亚如何雇用了一个"残忍而能干"的走狗，赋予其完全的权力，可以做任何必要的事情来维护强加的秩序，从而制服了不受管束的"充满了偷盗、打架和其他各种无礼行为"的罗马涅大区。

这个地区被平定之后，波吉亚便向怨声载道的民众声明，出现过的任何形式的残忍行为，都不能怪罪于他，而应怪罪于他手下的残酷本性。于是，一天早晨，当地市民醒来后发现他们所憎恨的统治者走狗"被劈成两半陈尸于广场，旁边放着一块木头和一把带血的剑"。波吉亚巧妙地完成了他的目标。马基雅维利写道："如此残暴的场面，让这些人既感到满意，又感到震惊。"当亚历山大六世突然病倒——也许是因为中毒——并死去时，波吉亚野心勃勃的计划破灭了。他丧失了一切，最后变成了一个喋喋不休的疯子，在三十岁出头便归天了。

与《君主论》彻头彻尾的实用主义一样引人注目的是他的语言。有人认为，马基雅维利是意大利文艺复兴时期最杰出的文体学家之一，他采用的是干净而犀利的方言，与本土佛伦萨人的日常用语相呼应（包括在其他一些较为粗俗的作品中的粗陋语言）。

马基雅维利对自己的方言如此引以为傲，以至于在他的一篇不太为人所知的散文中，他"复活"了但丁。在一场想象力丰富的辩论中，诗人承认《神曲》的语言实际上就是佛罗伦萨语。如果它只从其他来源汲取了少量非佛罗伦萨词语，马基雅维利问道，为什么还要把它叫成别的语言呢？

作为一个热爱祖国的佛罗伦萨人，正如一位传记作家所说的，马基雅维利"觉得意大利就像一个创伤一样让他感到耻辱"，他为自己的祖国悲哀不已——"群龙无首，无法无天，受人蹂躏，被人掠夺，任人宰割，其所遭遇的一切都令人痛心疾首"，他渴望有机会创造历史，而不仅仅是书写历史。当佛罗伦萨共和政体于 1527 年重新掌权时，马基雅维利申请担任其原来的职务，但遭到了拒绝。

同一年，在去世前不久，这位心力交瘁的政治战略家在给一位朋友的信中写道："我爱我的国家，胜过爱我的灵魂。"他的国家在其生前忽视了他，在其死后也不知道该如何评价他是好。他被埋葬在圣十字大教堂，意大利的历史巨人们的安息之地，其永恒陵墓的墓碑上这样简单地写道："对于一个如此伟大的名字，任何墓志铭都无法做到公正。"

马基雅维利的讽刺剧《曼德拉草》，至今仍在世界各地上演，他在剧中嘲笑了那些暴发户的自命不凡。他以自己的美丑标准，讲述了一个名叫卡斯特鲁乔的人的故事：一位来自意大利西北部城市卢卡的男人，邀请他到自家用餐（男人最近发了一笔横财，刚刚极尽奢华地重新装修过家）。用餐之时，卡斯特鲁乔突然朝主人的脸上吐了一口唾沫，他没有道歉，而是解释说，他实在不知道还能把痰吐在哪儿，才不至于损害这么些个值钱的东西。

我能想象得出马基雅维利讲述这个故事时傻笑的表情。在他的肖像中，你可以看到他嘴角边的那些愤世嫉俗的小皱纹，与其狡黠的眼神形成了对照。凭我的直觉，他那冷嘲热讽的习性，为他的失败起到了一定的作用。然而，无懈可击的巴尔达萨雷·卡斯蒂廖内，在《朝臣之书》中描绘了一种完美的朝臣角色，绝不至于忘乎所以于这种危险的自我表现。

君王以刀剑求生存，朝臣则以言辞求生存。不像中世纪那些可以在战场杀戮中证明自己的骑士，文艺复兴时期宫廷里的男男女女，不得不在更为险恶的宫廷阴谋与权力游戏中巧加周旋。被冠以"东方三博士"之一或"智者"之名的卡斯蒂廖内伯爵，在其中却能得心应手。

就像彼特拉克及其赞赏者本博曾经说过的那样，卡斯蒂廖内的生活方式，超越了平凡生活的凌乱与平庸，处在一个更高的层面上。1504年，在为曼托瓦公爵服务之后，卡斯蒂廖内搬到了被他称作"快乐之所"的乌尔比诺宫，此处曾是艺术家拉斐尔和布拉曼特的居所，也是文艺复兴时期的一处开明之地。

当时的公爵费德里戈·达·蒙泰费尔特罗，是一位集学者、勇士和艺术赞助人身份于一身的统治者，在文艺复兴时期被视为君王之典范（其保存在乌菲齐美术馆的那幅短小鼻子的侧面肖像最为出名）。他病弱的妻子伊丽莎白·贡扎加公爵夫人，成了卡斯蒂廖内偶像化、理想化的柏拉图式灵感。他把她的肖像以及她所创作的诗篇，藏在自己房间的镜子后面。"想到她总会令人落泪，"多年后，他在表达自己的真实情感时写道，"公爵夫人也离开人世了！"同样浪漫的威廉·巴特勒·叶芝也声称："（这句话）常常让我感动得两眼模糊。"

卡斯蒂廖内仅凭他创造的一个单词便可深得我心，那就是，他用来描述宫廷行为之精髓的 sprezzatura——其意为"刻意为之的若无其事"，这是"一种掩藏艺术，即把所说和所做的一切，都表现为一种几乎无须费力、无须思考就能实现的事情"。与之最近义的英语词是 nonchalance（淡定），即让人无法捕捉到隐藏在背后的准备活动与艰难操作，而这些正是完成"精妙而出彩的事业"——无论是对决、争辩还是跳舞——的能力的基础，在看似轻松自如的"表演"中，却激发出了"最大的奇迹"。这就是"美形主义"之精要：在世人的眼中"扮演"的是一个绅士角色，而真实却被掩藏在外观的迷雾之中。

卡斯蒂廖内根据自己的经验与观察，在一系列的对话与论述中，丰满了他理想中的绅士形象，仿佛在绘制一幅肖像：必须具备男子气概，体格强健，精通武器和马术，在战斗中英勇无畏，而最重要的是，他必须是一个无论做什么事都有优雅风度的人。然而，卡斯蒂廖内并不主张朝臣们只为自我利益的虚情假意或投机取巧。他强调，通过尽可能地给人留下最好的印象，他们更有可能获得成功，并成为君王们的得力幕僚。

虽然卡斯蒂廖内要求朝臣们在文学、音乐和美术等方面具备极好的素养，但他又告诫他们不要过分地追求卓越，以免招致嫉妒。卡斯蒂廖内建议，一个朝臣在战斗中虽然要英勇无畏，但只有在他主人的眼皮底下表现，他的勇气才能得到适当的认可。这一点，他与马基雅维利一样精明。最重要的是，他告诫绅士们，要在言辞方面狠下功夫，避免任何语言上的矫揉造作，而以风趣的言辞、文雅的故事和机智的笑话来取悦他人。

卡斯蒂廖内指出，宫廷女性必须维护自己的美德与声誉，避免不适宜的活动（比如，体育活动），培养一种甜美而温柔的气质，"让她永远看起来像一个女人，而不像一个男人"。卡斯蒂廖内毫不讳言地说，女人的外表极为重要，"女人缺少美貌，乃是极大的不足"。但他评论道，任何女人都可以学会可爱迷人、活泼热情与和蔼可亲，"不要假装正经，更不可水性杨花或淫荡下流"。

三十八岁的卡斯蒂廖内，在漂亮的十五岁贵族女子伊波丽塔·托雷利身上发现了所有这些理想的品质。她成了他的妻子，并给他生了三个孩子，但他深爱的妻子在四年后便离开了人世。悲痛欲绝的卡斯蒂廖内放弃了宫廷生活，进入了神职行列。1524年，教皇克莱门特七世派遣这位能言善辩的老于世故者，去西班牙皇帝查理五世的宫廷当大使。

　　三年后，皇帝的雇佣兵入侵并洗劫了罗马。被困在圣安杰洛城堡的教皇对卡斯蒂廖内大发雷霆，指责他与皇帝有着"特殊的情谊"，并谴责他未能避免这场灾难。而查理五世的朝廷却将罗马的不幸合理化，认为这是神对其神职人员的诸多罪行的惩罚。夹在中间的卡斯蒂廖内，陷入了虚弱的抑郁状态。通过雄辩的书信，他最终重新赢得了教皇和皇帝的宠爱，但他的精神已经崩溃。

　　虽然卡斯蒂廖内将自己的手稿与尊敬的朋友们一起分享，但要不是女诗人维多利亚·科隆纳将《朝臣之书》广泛传阅（尽管他要求她不要这样做），卡斯蒂廖内不一定会在 1528 年允许出版这本书。这位公爵夫人用含糊其词的恭维话来搪塞他的抗议。"我并不惊叹你已成为一位完美的朝臣了，"她轻声细语地说道，"因为你只要面对镜子，把你看到的形象反映出来就行了。"

　　1529 年，卡斯蒂廖内精疲力竭，意志消沉，这位被誉为"每个宫廷的装饰品"的人，在西班牙的托莱多城去世，人们以极为隆重的仪式将他安葬在富丽堂皇的托莱多大教堂——当时基督教世界最华丽的教堂。"世界上最好的一位绅士死了。"查理五世对他的侍臣们说。最终，卡斯蒂廖内的家人们把他的遗骸运回了意大利，安葬于曼托瓦的家族小教堂中，他妻子的身旁。

　　卡斯蒂廖内关于优雅举止的"圣经"，有了自己的生命力。该书旋即被翻译成西班牙语、德语、法语和英语等，并在 1528 年至 1616 年出版了一百零八个版本（当然，彼得罗·阿雷蒂诺也创作了一部拙劣的模仿作品《朝臣》）。卡斯蒂廖内的读者们如饥似渴地阅读他的书，不得不让教皇感到惊恐，据说，乌尔比诺的一位贵妇是如此痴迷于《朝臣之书》，她一遍又一遍地阅读，以至于来不及接受临终仪式就去世了。叶芝用诗句来称赞这种理想化的宫廷，是"优雅礼仪的文法学校／在那里才能学到智慧与美丽"。塞缪尔·约翰逊告诉博斯韦尔说：《朝臣之书》是"有史以来关于良好教养的最精彩的书"。

etichetta 一词在意大利的社会生存中很重要，可同时被译为"礼仪"和"标签"。直到如今，你在意大利展现自己的方式，仍然是甚至在你开口说话之前就给你打上了某种标记，这是不可穿 T 恤和短裤在意大利城市闲逛的另一个理由。

然而，没有什么词语比 maleducato 听上去或看上去更 brutta figura（不成体统）了。外国人经常把这个词语误认为"受教育程度很低"，但其翻译过来的意思为"缺乏教养"或"粗鲁无礼"。几年前，我要坐的一趟从罗马来的航班机票超售，我的行程被耽搁了，这个词对我很有帮助。票务员对我不表丝毫的同情，气得我说那个职员很粗鲁无礼。"Maleducato!"他惊恐地重复道。接下来，我预订了一家酒店过夜，而我第二天早上的航班座位得到了升级。

意大利人在看到无礼行为时，更有可能会说冒犯者"不懂 galateo"。galateo（意为"礼仪"）指的是由乔瓦尼·德拉·卡萨撰写的第一本礼仪指南书。这位崇拜彼特拉克并与本博成了朋友的佛罗伦萨贵族，为了追求一种绅士诗人优雅闲适的生活，于 1528 年搬到了罗马。

本着佛罗伦萨秕糠学会的精神，德拉·卡萨与他的那些风趣机智的朋友一道，创立了"葡萄园学院"。除了十四行诗以外，他还发表了一些灵巧精致（*后来让他颇感后悔*）、赶时髦的淫秽诗篇，以及一篇关于绅士是否应该娶妻的论述。就绅士是否应该娶妻的议题而言，他以厌恶女性的滑稽口吻，响亮地回答道："不该。"尤其是假如这个男人还有学术或政治抱负的话。

　　而德拉·卡萨是一个两者兼具的男人。和他那个时代许多才华横溢的人一样，他成为神职人员完全是为了获得职业机会。他巧于辞令，人脉广博，由于他热心地接受那些不那么雄心勃勃的神职人员可能会回避的任务，他在神职队伍中迅速得到了晋升。而作为一名教皇税务官，德拉·卡萨积极地从佛罗伦萨的所有区域征收什一税。他在下一个职位上建立了宗教裁判所的威尼斯分部，并大力起诉异端分子，其中包括一位主教——此人曾在其令人讨厌的早期作品中奚落过他。回到罗马后，他起草了该市的第一份"禁书目录"，书目中包括马基雅维利的《君主论》。

　　这位雄心勃勃的高位神职者，似乎注定要获得荣耀，以至于在其声名最显赫的时候，他的朋友，诗人本博，把后来被证明是其最后一首的十四行诗（*他的编辑称此诗为"洒脱地告别诗歌与人生"的作品*），献给了这位被他封为自己的文学继承者的人。诗歌以德拉·卡萨的名字开头：卡萨（*之家*），美德的显赫居所。本博以一种夸张的风格，表达了他的道德诚意，赞扬了他们过去的成就，并预言了他们的辉煌未来。"一对夫妇还能期待什么更有价值的命运呢？"他问道。

　　德拉·卡萨希望有朝一日能穿上红衣主教的深红色长袍，他的渴望是如此强烈，以至于他写了很多关于这种高贵颜色的诗句。但他年轻时的不雅诗歌以及一个私生子（*不算什么大问题*），阻碍了他的升迁。随着一位新教皇经选举产生，德拉·卡萨失去了原有的恩庇，于 1552 年退隐到一个乡村修道院。直到死后，随着他的诗歌出版，他才获得了生前所强烈渴望的赞誉。有人认为，他是那个世纪最出色的诗歌文体学家。

德拉·卡萨最著名且最有影响力的作品为《礼仪》（原书名 *Il Galateo, Ovvero de' Costumi*，其意为"加拉泰奥，或关于礼仪"），此书名在意大利语中成为永恒（galateo 成为"礼仪"的同义词），它源自他的朋友加莱亚佐·弗洛里蒙特主教（Galeazzo Florimonte）的名字，此主教曾敦促他撰写一本基于体贴、礼貌和愉悦的行为规范的手册。手册中的第一个单词 conciossiacosachè，是一个矫揉造作的文学术语（其意为"自从"），后跻身意大利文学中最令人难以启齿的词汇之列。一位著名的意大利剧作家见到这个绕口令般拗口的词就大为光火，甚至随手把这本小册子扔到窗外。这也使得许多人相信，他的这篇论述是迂腐而无聊的。

但这本关于礼仪规范的小书并非如此不堪。德拉·卡萨以一个白痴、一个无知老人的形象，用饶有风味的民间俗语，给年轻人提出了睿智、风趣且恒久的指导性建议：打哈欠时不要像驴叫，走路时不要摇晃、跺脚或像孔雀摆动尾巴那样抖动屁股，交谈时不要喋喋不休地谈论自己那些毫无意义的梦想或可爱的孩子，交谈时不要打岔、撒谎、说人坏话、拍马、吹牛、剔牙、当众搔痒或取笑残疾人。

美国"礼仪女王"艾米莉·波斯特给出的建议，也未必比德拉·卡萨高明多少："当你擤完鼻涕后，请不要打开手帕往里面看，好像珍珠或红宝石会从你的大脑中流落出来一样。这是一种令人恶心的习惯，它不会让任何人喜欢上你，即使有人喜欢你，也很可能就此作罢。"当然，任何一个曾于"一美元之夜"在肋排店用过餐的人，都会认出那些贪婪的食客，德拉·卡萨形容他们"完全忘乎自己的存在，把手伸进面前的食物里不肯抬起，就像猪把鼻子拱在泔水里，决不抬起它的脸和眼睛"。

《礼仪》于1558年出版之后，德拉·卡萨这本关于礼仪规范的小书，成了所有有志于提升自己社会地位者的必读书。它的定期更新的版本，依然是应对当今困境必备的自助指南。最新的版本劝诫两性不要参与在线争吵（用了拟声词 battibecco）；提醒女性染发时要染到发根；指示男性裸体时要脱掉黑袜子，不要把脚放在桌子上，仿佛得克萨斯的石油工人（petroliere texano）。我已把以下这条体贴周到的建议牢记于心：千万不要在客人离开后马上关上前门，而是要像有教养的意大利人一样，等待客人走远或驾车远去后再将门关上。

我意外发现，德拉·卡萨被安葬于圣安德鲁兄弟会大教堂，位于我居住的罗马公寓对面。每当我把贴身内衣挂在可以俯瞰这座教堂的阳台上晾干的时候，我便会想起他，并担心他会介意我这种有点不合礼仪的展示。

关于"礼貌"（le buone maniere），我尚能得到意大利的礼仪小姐等人的指点，但没有人可以帮助我解决我认为是意大利语中最令人困惑的问题：如何称呼另一人。在英语中，"你"永远是 you，不论年龄、性别、级别或数量；而在意大利语中，"你"可能要区分 tu、Lei、voi 或 Ella（假如你恰巧是皇室成员或教皇）。作为直接或间接的对象，"你"又区分为 te、ti、La、Le 或 vi。虽然其他语言中的正式称谓与非正式称谓之间的区分，也会给讲英语者造成问题，但只有意大利语中的第二人称选择，才能体现出"美形"与"丑形"之间的差别。

在语言学家瓦莱里娅·德拉·瓦莱雅致公寓的客厅里——可眺望台伯河远处的波波洛广场，我问她，意大利人为什么会让对话这一简单的事情变得如此麻烦？她告诉我，这不能怪罪罗马人。他们用 tu a tutti，即用非正式的 tu（你）来称呼所有的人，从奴隶到皇帝。到了中世纪，他们的意大利后人为了对更有价值的人表示特别的尊重，便开始用复数的 voi 来表示某人具有两个次要的 tu 的价值。

但丁提供了一些很好的例子。在《神曲》中，他的朝圣者几乎用非正式的 tu（dà del tu）来称呼每一个人。例外的是一些非常重要的人物，比如，他的诗人朋友卡瓦尔坎蒂的父亲，还有知识分子布鲁内托·拉蒂尼——尽管但丁谴责他，但但丁还是认为他是自己的"艺术大师"（maestro）。当朝圣者在地狱里遇到拉蒂尼与鸡奸者们在一起时，他表现出极大的惊讶，遂用复数形式的"你"问道：Siete voi qui, ser Brunetto?（你在这儿啊，布鲁内托先生？）到 20 世纪，子女或孙子女在与其父母或祖父母交谈时，出于尊重会说 voi。许多起源可以追溯到中世纪的意大利南部方言，仍然使用 voi 作为一种礼貌的称呼形式。

在 16 世纪的某个时候，可能是在当时金碧辉煌的宫廷里，voi 让位于 Lei（她）。与意大利人的一个普遍假定相违的是，Lei 并不是源自西班牙语（后者用 usted 来表示正式的"你"），而是"一种意大利语形式"（una forma italianissima）。德拉·瓦莱教授说，它代表的是"阁下"（la Sua eccellenza），一个阴性名词。因此，就像她说的，当你与一位不怎么熟悉的人交谈时，你以女性来称呼他或她，用的是第三人称而不是第二人称的动词形式。

　　要是连这个解释都觉得很复杂的话，那么，想象一下，每天数十次，要为你所遇到的每一个人搞清楚这些称呼在社交上和语法上的细微差别，会是个什么状况。但愿你在意大利不会口渴！我的一本语法书，列出了 16 种 [1] 要一杯水（bicchiere d'acqua）的表达方式！ *

　　所有这些都是表达想要喝水的愿望，但它们的使用取决于你在哪里以及你在问谁。Le sarei grato se avesse la cortesia di darmi un bicchiere d'acqua（若您好心给我一杯水，我将不胜感激），这一表述或许会让你赢得与一位公爵共进晚餐的邀请。Ohè, questo bicchiere d'acqua, me lo porti（嘿，这杯水，给我拿过来），这一表述可能会让你被扔出门外。

　　许多年前，当我第一次开始学习意大利语的时候，我决定通过直接学习礼貌的 Lei 的称呼形式来避免在正式场合出现难堪。坦白地说，我估计，我不会有机会与人深交到需要用到 il tu（令人高兴的是，事实并非如此）。

　　一天，当我在托斯卡纳地区的一条乡间小路上慢跑时，一位焦灼不安的男人跑到我面前，解释说，他的狗被困在了一个陡峭的沟壑里。他固然可以从狗的身后将其推出来，但或许我也能在狗的身前用话语唤它出来。当然，他对我说话时，用的是礼貌的 Lei 的称呼形式。我也不认识别的什么人，就只能对着这条狗说人话了。那人听到

1　原书表述为 16 种，但实际为 15 种，原书中 Vorrei un bicchiere d'acqua（我想要一杯水）出现了两次。——编注

我如此有礼地唤狗，几乎笑得晕过去了，那话语的意思是："狗先生，拜托了，请到我这儿来好吗？"

墨索里尼为其对意大利民族的狂妄理想，寻求一种更为阳刚的语言，他用同志般的 voi（复数的"你们大家"）代替了 Lei。在整个法西斯时代，人们在学校、办事机构、电影、广播和公共仪式中，都必须使用 voi。不使用 voi 将被视为一种不爱国的行为，并可能遭到最受法西斯分子青睐的恐吓：被强行灌下大剂量的蓖麻油（会导致腹泻），这能够卑鄙地摧毁任何"漂亮的外表"。这种无耻的做法，普遍认为是由诗人、小说家和自诩为"超人"的邓南遮发明的。战后，作为对一个人的称呼形式的 il voi，仅存于美国电影明星的口中。多亏了意大利本土的配音演员们，不然，加里·格兰特、奥黛丽·赫本、吉米·斯图尔特和格蕾丝·凯利，在电影中对他们搭档的称呼，会让人感觉他们仿佛是法西斯分子。

作为一名女性，我学会了当与男人交谈时，我必须是建议用非正式的"你"互称（darci del tu）的那个人——除非，他是个很重要的人物，或者，他是罗伯托·贝尼尼，他在我们的第一次交谈中使用的是 il tu。德拉·瓦莱教授（现在我们成了朋友），是我试探性地向其问起有关"用 tu 互称对方"问题的第一位杰出学者。"不过，黛安娜，"她亲切地说，"我一直在用 il tu。"我当时太专注于采访的要旨，没注意到这一点。

也许，意大利人与生俱来就擅长礼貌用语。我所到访的意大利人家——不管多么卑微，无不为我提供些吃的或喝的。没有哪位意大利客人会空手来到我的门前。在开始一场采访时，许多意大利男性会立刻把手伸进外套口袋取出手机，动作优雅地把它们关闭。

 "Troppo bello, meno buono."（美丽太多，美好太少。）我的一些意大利朋友愤世嫉俗地说道。但我很享受"美形主义"的精彩呈现，每一次小小的互动都能变成令人难忘的插曲。当我向佛罗伦萨的但丁·阿利吉耶里协会会长恩里科·保莱蒂吐露我的观点时，他那张精灵般的脸顿时亮了起来。

 "啊，夫人，你学到了意大利语的奥秘！"他惊呼道。

 "那是什么？"

 "我们最伟大的艺术：生活的艺术。"

*

Le sarei grato se avesse la cortesia di darmi un bicchiere d'acqua.（若您好心给我一杯水，我将不胜感激。）

Abbia la cortesia di darmi un bicchiere d'acqua.（行行好，给我一杯水。）

Vorrei un bicchiere d'acqua.（我想要一杯水。）

Mi dia un bicchiere d'acqua.（给我一杯水。）

Le dispiacerebbe darmi un bicchiere di acqua?（您介意给我一杯水吗？）

Avrei bisogno di un bicchiere d'acqua.（我需要一杯水。）

Dammi un bicchiere d'acqua.（给我一杯水。）

Portami un bicchiere d'acqua.（带给我一杯水。）

Da'qua questo bicchiere d'acqua.（这杯水给这儿。）

Chi mi dà un bicchiere d'acqua?（谁能给我一杯水？）

Un bicchiere d'acqua, per favore.（一杯水，谢谢。）

Che ne diresti di un bicchiere d'acqua?（来杯水如何？）

Che voglia di un bicchiere d'acqua!（多么渴望一杯水！）

La disturbo se le chiedo un bicchiere d'acqua?（你介意我向你要一杯水吗？）

Ohè, questo bicchiere d'acqua, me lo porti?（嘿，这杯水，给我拿过来？）

艺术的故事

几个世纪以来，"意大利"一直是艺术的同义词。据估计，世界上公认的艺术珍品 60% 都在意大利境内，意大利的绘画和雕塑，让世界各地的博物馆及收藏大为增色。意大利不仅是艺术杰作的发源地，而且还发展了西方文化的视觉语言，并永远地改变了我们对于美及其创作者的观念。

一千年前，在意大利语中，或者更准确地说，在当时的佛罗伦萨方言中，没有"艺术"或"艺术家"等词语。arte 指的是"行会"，即某个特定的专业团体。较为重要的行会有由法官和公证人、医生和药剂师、织布工、兑换商、羊毛商、丝绸商和皮货商等构成的团体。较为次要的行会有由屠夫、鞋匠、木匠、客栈老板和面包师等构成的团体。画家与医生和药剂师同属于一个行会，雕塑家与石匠和木工同属于一个行会，他们皆为寂寂无闻的工匠（artigiani），他们凭借双手工作，薪水通常很低，得到的认可也不多（要是有的话）。

随着一位不同于以往的画家出现，这种情况在 13 世纪后期开始改变。这位画家为我们所知的契马布埃，其绰号为"牛头尊"（Oxhead），获此雅号可能是因为他的顽强执着。1286 年，契马布埃在佛罗伦萨为新圣玛利亚教堂完成了天使围绕圣母玛利亚的组画。这批大型画像，比以往任何作品都更加栩栩如生，市民大感震惊，兴高采烈地抬着这些画作，在狂欢的队伍中吹响号角，穿过城市的街道抵达教堂。

　　契马布埃可能是最早的艺术家名人，但他的徒弟乔托·迪·邦多纳，一个更伟大的天才，很快就让他黯然失色。"契马布埃原以为自己是绘画界鳌头，"但丁在《神曲》中写道，"到如今乔托才是翘楚。"契马布埃本人看到他的学生取得了非凡的进步，以一句意大利人至今还在引用的话语评论道："L'allievo ha superato il maestro."（这个学生已超越了老师。）在短短几年内，意大利各地的画家都在努力仿效乔托那让绘画变得充满生机的能力。

　　随着乔托声名鹊起，教皇派了一位代表到托斯卡纳地区进一步了解这位艺术家及其工作。当被要求取一幅样品赠予教皇时，乔托用刷子蘸上红色颜料，将胳膊压在身体一侧做成一个圆规，转了转手，在一张纸上画出了一个完美的圆圈。

　　"没有比这更好的画了吗？"侍从困惑地问。

　　"这已经绰绰有余了。"乔托答道。

　　当教皇得知乔托是如何创作这个样品时，他立刻意识到了，这位艺术家确实超越了同时代的其他画家。随着这个故事不胫而走，民间出现了 più tondo dell'O di Giotto（比乔托的 O 更圆）的说法，用以形容迟钝或愚笨的人。

　　在乔托之后两个世纪，人类历史上最伟大的艺术花朵在意大利绽放。给"文艺复兴"（la rinascita）起名的人，是一个多产（却平淡无

奇）的画家——受人尊敬的建筑师乔尔乔·瓦萨里，他写出了第一部
艺术史《艺苑名人传》。他称艺术家为 artefici，即像上帝一样创造美
的人，他们凭借同样的天赋所创造出来的美，可以让诗人们不那么高
尚的灵魂得到提升。

　　作为一名年轻的学徒，瓦萨里拯救了文艺复兴时期的标志性艺术
作品之一。1527 年，在佛罗伦萨市中心进行的一场激战中，当时掌权
的共和政体军队从市政大厅韦基奥宫的窗口扔出一张长凳，砸向正在
攻占这座大楼的美第奇家族的拥护者们。长凳砸到了被视为自由之
象征的宏伟的大卫雕像（由米开朗琪罗创作），并折断了雕像的一只
手臂。

　　当战事减弱时，瓦萨里奋不顾身地冲出了被包围的宫殿，收捡雕
像的碎片。他安全保护碎片多年，终于在"高贵的洛伦佐"的远房表
亲——美第奇家族的科西莫公爵掌权后的 1543 年，修复了残缺的雕
像。瓦萨里成了科西莫的文化"掌门人"，监管了大量建设项目，其
中包括乌菲齐美术馆（办事机构）——文艺复兴时期许多珍品的收藏
之处，并绘制了几十幅不朽的作品。

　　不过，要是没有 1543 年前后在罗马法尔内塞宫的一次社交晚宴，
瓦萨里肯定会被那些更为耀眼的同时代人盖过风头。参加宴会的贵宾
相互交流与回忆那些美化了意大利的艺术巨匠，担心他们的故事可能
很快会被遗忘或永远消失。一位博学的主教赞成用拉丁文来编写一部
关于他们的学术论著，不久后，他将这个课题交给了精力无比充沛的
瓦萨里。瓦萨里四处游历，思考艺术作品，并采访那些认识早期艺术
家的人，然后用一种感人、纪实性的意大利语讲述了他们的故事，为

这些大师及其杰作增光添彩。

　　论著第一版于 1550 年在意大利出版，其书名为《从契马布埃到我们的时代，意大利最杰出的建筑师、画家、雕塑家的生平：用托斯卡纳语来描述》，用意大利语简称为《名人传》（*Le vite*）。第二版于 1568 年出版，它是一个更具包容性的版本。虽然其中的日期与细节已被证明是不可靠的，但瓦萨里做了别人未曾做到的事——让艺术家及其作品成为永恒！年迈的米开朗琪罗在一首十四行诗中赞美道，瓦萨里让死者死而复生，并延长着生者的生命；或延长着像他这样半死不活者的生命，他又补充了一句。

　　瓦萨里的语言，抓住了米开朗琪罗及其同时代人注重"难度"（la difficultà）的眼光，即创造美的作品所面临的技术与美学上的挑战（"高贵的洛伦佐"曾认为："难度"也体现了意大利方言的尊严）。米开朗琪罗认为：雕刻之所以胜过绘画，不仅是因为它的难度更大，而且还因为它需要更敏锐的"眼力判断"（giudizio dell'occhio）。

　　无论是画家还是雕塑家，不仅要努力克服"难度"，而且在克服困难时还要显得"轻松自如"（la facilità），即卡斯蒂廖内的美学概念 sprezzatura（刻意为之的若无其事）在艺术上的对应。当他们成功的时候，他们的作品会激起人们的生理反应——一种惊奇感（meraviglia）或极度的愉悦感。戴维·萨默斯在《米开朗琪罗及其艺术语言》一书中，则将"惊奇感"（stupore）定义为"对某种事物超越感官极限的感知状态"。

　　我在佛罗伦萨卡尔米内圣母大教堂的布兰卡奇礼拜堂里体验到了这两种感觉。像历代艺术家一样，我坐在托马索·圭多的壁画前，它们原始的情感力量曾让我如痴如醉。然而，只有在阅读了瓦萨里的著述之后，我才发觉，它们的创作者在 le cose dell'arte（字面意思为 "艺术的事物"）中注入了如此火热的情感，以至于他忘却了自己所穿的衣服，所吃的食物，所收到或欠下的钱。托马索的壁画与人称 "邋遢汤姆"（Messy Tom）的马萨乔的作品一并载入史册。

因其兄弟的制桶行当而被取名为桑德罗·波提切利的画家，在瓦萨里的笔下，是一个机灵的恶作剧者。在一次精心策划的恶作剧中，他打算以六个金币的价格，出售一幅由他的徒弟比亚焦所画的圣母玛利亚被天使围绕的圆形画作（tondo）。他指示比亚焦将画作高高地挂在光线好的地方，以便他们可在次日早上把它展示给潜在的买家。

那天晚上，波提切利和一个徒弟做了八个红色的纸兜帽——类似佛罗伦萨的领主（Signoria）所戴的那种，把它们用蜡粘在天使的头上。第二天，当比亚焦与意向买家（也是恶作剧的参与者）一起到来时，他被此情景吓了一大跳。但是，买家赞美他的作品，意欲购买，比亚焦跟随买家回家取钱。此时，波提切利拿掉了兜帽，以便 "他的天使们重新成为天使，不再是头戴兜帽的市民"。

"师傅，我不知道我是在做梦还是真的，"比亚焦回来的时候说，"我刚才还看到那些天使头上戴着红兜帽的，现在又没有了，这是怎么回事啊？"

"假如你说的是真的，你认为那个人还会买那幅画吗？"波提切利捉弄他说，一定是金钱冲昏了他的头脑。

这位创作了《维纳斯之诞生》和《春》等不朽作品的画家，还是一位严肃的文学家。在瓦萨里看来，波提切利 "浪费了大量的时间"

来为但丁的《神曲》画插图和写评论，并把挣到的钱挥霍一空。据说，因为受到意大利宗教与政治改革家萨沃纳罗拉激烈言辞的影响，在 15 世纪晚期，他把自己的一些作品扔进了恶名昭彰的"虚荣之火"中。要是没有"高贵的洛伦佐"以及朋友们的资助，这位穷困潦倒的艺术家——身体虚弱到只能靠着两根拐杖走路——可能早就饿死了。

瓦萨里记录的有关其他艺术家的文字，为我们提供了洞察他们个性的依据。多纳泰洛向菲利波·布鲁内莱斯基展示其用木头煞费苦心雕刻出来的耶稣受难像时，本希望得到对方的赞扬，直率的布鲁内莱斯基却反问他：为什么安在十字架上的是一个农民的躯体，而不是上帝神圣的儿子的身体？

"假如创作某件作品与对其无端指责一样简单的话，那么，对你来说，我的基督就会像基督，而不是一个农民。"多纳泰洛厉声说道，"拿些木头来，你自己做一个试试。"布鲁内莱斯基曾是非常专业的金匠和钟表匠，他果真照做了。根据瓦萨里的说法，布鲁内莱斯基将自己的十字架做到了"尽善尽美的程度"。完成后，他小心翼翼地把雕像挂在家中一面光线最佳的墙上，叫多纳泰洛随便带点吃的来家里共进简单的午餐。多纳泰洛看到这件精美绝伦的雕刻作品，惊诧中掉落了拎在手中的装有鸡蛋、奶酪和面包的围裙，站在雕像前肃然起敬。

"所有东西都被你掉地上了，那咱们午饭吃什么啊？"布鲁内莱斯基说。多纳泰洛不好意思地转身离开，说："今天早上我已吃得够饱了。你说得没错，你创作的才是基督，而我创作的确实是农民。"

多纳泰洛与布鲁内莱斯基一同前往罗马，他后来声称，正是因为佛罗伦萨人对他的不断挑剔，才促使他取得了更大的成就。他们两人花了数年时间，在遗址中搜寻与研究古代艺术家们的技艺，故而时常被误认为是盗墓贼。在罗马帝国的建筑奇迹——万神殿，布鲁内莱斯基领悟了困扰佛罗伦萨最聪明的头脑达半个世纪之久的难题的奥秘：如何完成该市圣母百花大教堂的巨大圆顶。

事实证明，赢得这项任务的委托，几乎与这项工程本身一样具有挑战性。布鲁内莱斯基为争取这份工作如此竭尽全力，以至于由行会领袖、指定的受托人和咨询顾问组成的"大议事会"一度要把这个反复无常的"蠢驴和胡言乱语者"（有人这样称呼他）强行扔到街上去，仿佛他是个疯子。布鲁内莱斯基抱怨说，他不敢走过佛罗伦萨的街道，因为害怕听到人们说："看！疯子来了。"

当项目受托人要求布鲁内莱斯基透露其计划的技术细节时，他用一个鸡蛋回应。他声称，谁能让鸡蛋直立起来，谁就可以获得建造圆顶的合同。当所有竞争对手都失败后，布鲁内莱斯基拿起鸡蛋，在桌子上敲碎它的一头，让它直立了起来。竞争对手们辩称：他们本可以做同样的事情，因为这也太明显不过了。布鲁内莱斯基反驳说，这就是为什么他在被任命之前拒绝向他们出示自己的工程图纸。正如瓦萨里描述的，"通过用豆子表决的方式"，受托人任命布鲁内莱斯基为"大教堂的首席建造师"（capomaestro）。

一次又一次，面对一个个看似不可逾越的挑战，面对最极端的"难度"，布鲁内莱斯基发明了一些全新的器械——吊车、起重机，甚至还想出了一种在圆顶上安装炉子的方法，这样，他的工人们就可直接在屋顶上煮饭用餐，不需要为填饱肚子爬上爬下或到大街上去浪费宝贵的时间。据说，为了让工人们保持清醒，他还在工人的酒中注水。市民们引用了但丁《天堂篇》中的一个短语——de giro in giro（一圈又一圈）——来描述他们看到圆顶升向托斯卡纳天空时的振奋感受。

圆顶于 1436 年建成后，市民们无比自豪地开始以 "Io son fiorentino del Cupolone"（我是大圆顶的佛罗伦萨人）来介绍自己。看看布鲁内莱斯基建造的圆顶到底有多么宏伟：直径为 142 英尺（约 43 米），高度为 300 英尺（约 91 米），在两个拱顶之间要爬上 463 级陡峭的阶梯，才能到达大教堂上方狭窄的走廊。但一定要避免我所犯的那种让人头晕目眩的错误，请不要朝下看。

在瓦萨里故事集的最后，我与一只动物不期而遇。画家菲奥伦蒂诺·罗索（Fiorentino Rosso，意为红色佛罗伦萨人），因发色火红得昵称 Il Rosso。他心爱的宠物是一只无尾猿。这只极其聪明的猿猴，"拥有不像动物而像人的智慧"，它与罗索年轻英俊的徒弟巴蒂斯蒂诺打得火热。巴蒂斯蒂诺通过手势与猿猴交流，还教会它爬下棚架，去采摘生长在圣十字修道院周边果园里饱满的圣科隆巴诺葡萄。当猿猴用爪子抓满了葡萄时，巴蒂斯蒂诺就用吊索把它拉上来。

修道院院长被这种盗窃行为激怒了，他埋伏着，拿着棍子准备痛打盗贼。受到惊吓的无尾猿拽住棚架使劲摇晃，整个架子坍落在院长身上。充满愤怒与仇恨的院长，跑到威严的"八人办公室"（Office of the Eight），嘟嘟囔囔地诉起苦来。这些佛罗伦萨的法官，责令罗索给他的宠物绑上一个重物，以限制其自由行动。

罗索给猿猴装了一个可以用链条转动的滚筒，这样，它可以在房子里爬来爬去，而不至于跑到葡萄园去。这头机灵的动物，仿佛知道了让自己遭受惩罚的罪魁祸首，它每天都练习手提重物从台阶上跳下的动作。一天，院长正在做晚祷，无尾猿跑出屋外，跳上修道院的回廊，一路爬到了院长房间的屋顶。在上面，它扔掉了身上的重物，喧闹嬉耍了半个小时，"没有给房顶留下一块完好的瓦片，排水槽也被折腾得一塌糊涂"。三天后下雨了，院长义愤的尖叫声响彻邻里。罗索不得不带着他的宠物跑到罗马去。

在佛罗伦萨，诸如"透视"（prospettiva）和"比例"（proporzione）等方法的创新，改变了艺术家思考、工作、说话甚至生活的方式。例如，画家保罗·乌切洛非常着迷于对透视画法的研究，甚至常常拒绝妻子的要求，不和妻子一起睡在卧室里，这样，他就可以与被他称为"古怪的情妇"的画法研究厮混下去。到了15世纪晚期，也就是所谓的文艺复兴鼎盛时期，艺术家们对美的追求就像着了魔一样，他们的才华，加上技术的进步，把艺术提升到了前所未有的"甜美"（dolcezza）、"优美"（leggiadria）和"优雅"（grazia）的境界。

乌尔比诺的拉斐尔，更让绘画达到了"优雅之极致"（graziosissima grazia）。他是他的朋友巴尔达萨雷·卡斯蒂廖内在《朝臣之书》中所描绘的理想绅士的典型。这位有着天真无邪双眼的画家，才华横溢，温文尔雅，长相秀美。

拉斐尔的艺术天才，表现为他所具有的"超越老师"的能力：他能够如此敏锐地把握大师的风格，以至于他先是做到与大师齐名，然后又超越了大师。正当有人批评他的画作优美但缺乏雄伟与壮丽时，他认识了最好的老师——把自己封闭在西斯廷教堂中，在天花板上绘制创世纪场景的极其孤僻的米开朗琪罗。1511年，米开朗琪罗与教皇发生争执，扬长而去佛罗伦萨，拥有教堂钥匙的雕塑家布拉曼特，偷偷把朋友拉斐尔带进教堂参观。观赏了米开朗琪罗正在进行的创作后，拉斐尔立即在其绘制的画作《雅典学派》中加进了一个米开朗琪罗式的人物（也有人认为，这就是大师本人）。"拉斐尔对艺术的全部了解，都是从我这里学的。"米开朗琪罗后来怒吼道。拉斐尔则形容米开朗琪罗"孤独得像个刽子手"，是一个喜怒无常、吹毛求疵的人。

　　拉斐尔确实可以拥有底气，因为他找到了自己的灵感，在此过程中，也给意大利语和英语增添了新的词汇。他受雇于罗马的时候，考古学家正在古罗马斗兽场附近挖掘尼禄的金宫（Domus Aurea）。为了研究第一手壁画上生动的彩色装饰，拉斐尔亲自深入洞穴（grotta）。他在作品中再现的图案，在意大利语中被称为 grottesca（怪诞的）；这些绚丽多彩、非写实的图案形式，也产生出了英语词 grotesque（怪诞的）。

　　作为罗马的骄子，拉斐尔过着王子一般的生活，他受到权贵追捧，收入丰厚，甚至娶了红衣主教的外甥女为妻。瓦萨里微妙地说，这个"多情的男人"，"非常爱好女人……总是很快地为她们付出自己"。当拉斐尔由于迷恋女人而分心，无法赶在最后期限前完工时，他的雇主索性把拉斐尔的情妇带到了他工作的宫殿，为其提供方便。拉斐尔对"爱"（amore）的无度追逐，注定了他的毁灭。按照瓦萨里的说法，在经历了比平常更加"过度"放纵的一个夜晚之后，他回到家时发起了高烧。她们以这种方式榨干了他的血，让他变得越来越羸弱，他又没有告诉医生"他所做的过分行为"，最后他死了，终年三十七岁。整个罗马为他哭泣，除了米开朗琪罗。后者对此仅有一句评论："我的小偷死了。"

　　站在佛罗伦萨碧提宫中一幅迷人的拉斐尔肖像前，我无意中听到一位意大利讲解员猜测说：画家死于性感染。"他死于艾滋病吗？"一个早熟的小男孩问道。讲解员看到男孩的母亲有些不自在，便委婉地说："你们可以把他的死归咎于罗马的恣意狂欢。"

　　就像从米开朗琪罗那里学到东西一样，拉斐尔也用心在达·芬奇身上汲取某些手法，比如，富有表现力的面孔、优美的形体和柔和的阴影等。他"比任何其他画家都更接近列奥纳多"，瓦萨里告诉我们，但他从未达到或超越列奥纳多。当然，没人能做到这一点。

　　不像其他艺术家以艺术作品为自己代言，达·芬奇还留下了丰富的文字遗产——他与自己持续的对话，串联起五千多页现存的手稿，这些由素描和笔记组成的手稿被收集在一个"小册子"（libricini）中，以独特的从右到左的"镜像手迹"（mirror script）书写而成。正如他的口头禅"懂得如何去观察"（saper vedere），列奥纳多盖世无双的浩繁长卷，积攒了他一生敏锐的观察，行文中没有标点或重音，常常是将几个短词组合成一个长词，或是将一个长词分隔成两半。列奥纳多在使用新笔尖时，往往会为磨平笔尖而信手涂鸦，涂出"Dimmi"（告诉我）的字样。在他笔记本的若干空白处，出现了艺术家一次又一次潦草写下的另一句话，"告诉我，是否完成了什么"——他遗留下大量未完成的项目。

　　作为佛罗伦萨公证员（notaio）与乡村妇人的私生子，列奥纳多·达·芬奇在父亲的城市住所与母亲的农舍间来回奔波。从很大程度上说，他是无师自通的，他自称是一个"没有文化的人"（omo senza lettere），但他为自己的独立思考与敏捷思维感到自豪。"既然所有的教堂都在敬奉'母亲'，"他曾尖刻地问道，"那我们为什么还要膜拜'儿子'呢？"他虽然赞美人体是大自然的奇迹，却又将其宿主贬为"酒囊饭袋"和"粪便容器"。

在 15 世纪 70 年代的佛罗伦萨，列奥纳多与一群乡土作家混在一起，他们被称为"alla burchia 诗人"，翻译过来的意思是："匆匆忙忙的""随意拼凑的"或"芜杂不一的"诗人。当时的说唱艺术家，以一种被称为 burchiellesco（俚语，下流、讽刺的，源自 burchia）的风格即兴创作诗歌，与彼特拉克费劲创作的十四行诗形成对比。列奥纳多的论述包罗万象，其中包括一篇令人难忘的文章，题为《为什么狗乐于互嗅对方的屁股》。原因是：闻气味能让它们识别一条狗被喂养得有多好。一股肉香能表明其主人有钱有势且需要尊重。

达·芬奇喜欢使用双关语、俏皮话、复杂代码、讽刺性文字和象形符号，例如，画一个字母 O 和一个梨子（梨子的意大利语为 pera），来代表 opera（歌剧）一词。他还草草在笔记本中记下各种笑话。在一个笑话里，一位画家被问道，他如何能描绘出如此美丽的逝去之物，却生出如此丑陋的孩子？画家的妙语是，因为他在白天创作绘画，在夜晚制造孩子。在一个谜语中，列奥纳多问道：哪些人在树梢行走，哪些人在巨兽的背上行走？答案是：看他们穿的是木屐还是皮鞋。

列奥纳多的招牌作品《蒙娜丽莎》背后的秘密，也许就有关于他的笑谈。为了取悦这位迷人的年轻模特，瓦萨里记述道，列奥纳多请来音乐家为她演奏或演唱，还有小丑逗她开心。意大利人将这幅最具辨识度的肖像画称为"La Gioconda",其双重含义是:"焦孔多（Giocondo）先生的妻子"和"一个愉快或开玩笑的姑娘"。这位艺术家在她的陪伴下度过了如此漫长的时日,以至于像阿雷蒂诺这样爱说长道短的人都在猜测其中的原因。但是,时间与努力得到了回报。瓦萨里写道:"这幅肖像的画法,让每一位自负的艺术家都感到战栗与恐惧。"

对于达·芬奇来说,只有米开朗琪罗是一个例外。1504 年,在佛罗伦萨的圣三一广场发生了一件很能说明问题的事情。一群人在争论但丁作品中的一段话,向路过的达·芬奇征求意见。达·芬奇暗中发现米开朗琪罗也来到了广场,便大声回答说,这里有位雕塑家可以给他们一些建议。米开朗琪罗以此为辱,用严厉的措辞回嘴,提到了达·芬奇半途而废的米拉内西家族项目（他称该家族为"大头"[caponi],暗指其愚蠢或固执）:"还是说说你自己吧,你设计了一匹用青铜铸造的马,又造不出来,最后流产了,很是丢人啊。"然后,他猛然转身——用一个旁观者的话来说是"翻转腰子"（turned his kidneys）——踩脚走开了,达·芬奇则尴尬地涨红了脸。

在米兰和罗马度过一段时间后,达·芬奇搬到了法国,并在卢瓦尔河畔一座舒适的城堡中度过了他漫长一生中的最后三年。他的赞助人——国王弗朗西斯一世,喜欢与这位才智过人的思想家和健谈者交流（尽管国王很喜爱这位艺术家,但并没有如瓦萨里记述的那样在达·芬奇死时抱着他的头）。当拿破仑入侵意大利时,他宣称,达·芬奇的笔记本是战利品,并将其转移到国家图书馆。但自此以后,这些手稿被分散到了欧洲各地的图书馆。

米开朗琪罗·博纳罗蒂是达·芬奇的天才同行与竞争对手，他以轻蔑而醒目的手迹写下的名字 Michelagnolo（一种古老的托斯卡纳拼写形式），在佛罗伦萨和罗马的艺术与建筑上留下了不可磨灭的印记。米开朗琪罗出生于佛罗伦萨的一个贫穷家庭，他曾告诉瓦萨里说：他从奶妈（一位石匠的妻子）的乳汁中汲取了一种对石头的亲近感。他的父亲试图打消这个男孩身上的艺术倾向，但他明显的天赋，让他获得了进入"高贵的洛伦佐"——他的首位及最挚爱的赞助人——府邸学习与生活的邀请。

米开朗琪罗的禀赋，从年轻时开始迸发，年老时愈加闪耀。在将近一个世纪的动乱（暴动、暗杀、内战、围攻、密谋和入侵）中，他与教皇作战，与美第奇家族决裂，在佛罗伦萨共和政体垮台后（他负责监督防御工事），他又对自己的同胞横加指责。然而，他从不停歇地工作，在绘画、雕塑和建筑等领域创造了无与伦比的杰作，并赢得了"神人"（Il Divino）的尊称。

最能与这位唐突而无礼的艺术家联系在一起的一个词是 terribilità（非常可怕）。米开朗琪罗的脾气确实十分暴躁，以至于从小就认识他的美第奇家族的利奥十世教皇称其为 troppo terribile（可怕得没法对付）。但在文艺复兴时期的艺术语言中，terribilità 一词传达了"敬畏、精湛、力量和激烈"的意思。这种"可怕性"——米开朗琪罗在其雕塑作品《蛇形》中表现的因剧痛而扭动的身体，以及在西斯廷教堂祭坛天顶的画作《最后的审判》中呈现的极度痛苦的灵魂——代表了艺术的最高境界。（意大利人用嘲讽性词语 braghettoni，意为"大内裤制造者"，来取笑后来那些试图"修正"裸体雕像而为其穿上衣服的艺术家。）

　　历史学家兼诗人贝内代托·瓦尔基称赞米开朗琪罗的作品："放在所有国家和所有文化中，都是如此新颖，如此不同寻常，如此闻所未闻（inudita）……以至于对我本人来说……不只让我惊讶、钦佩和叹服（stupisco），而且几乎是让我重生。我的脉搏在颤抖，我的血液凝结成冰，我所有的精神都受到了震撼，一想到他，我的头皮都会被一种从未有过的、最庄严的恐惧刺痛。"

　　无以计数的专著、诗歌、论文、戏剧和小说，剖析了米开朗琪罗及其艺术的每一个层面。然而，最令我好奇的是，这位泰坦巨人表达过的唯一遗憾：他在维多利亚·科隆纳这位贵妇兼诗人的弥留之际，只吻了她的手，而没有吻她的脸或嘴唇。

　　我读到这则逸事时，先是愣了一下，接着大吃一惊：一个女人居然能在一个我以为是同性恋的男人那里唤起如此温柔的情感。学者们仍在为一个无法回答的问题而争论：这位艺术家对年轻男子的有据可查的迷恋，是柏拉图式的还是肉体上的？一位见过米开朗琪罗那愉悦感官的雕塑作品《酒神巴克斯》的同时代人评论说："博纳罗蒂不可能犯下比用一把凿子能犯下的更大的罪过了。"

　　据米开朗琪罗的学生兼传记作家阿斯卡尼奥·孔迪维说：不管是什么年龄，两种性别的美，都能直接打动米开朗琪罗的心。米开朗琪罗本人则写道：维多利亚的美丽面容（bel volto）激励他"超越一切空虚的欲望"，让他看到了"其他一切美的死亡"。

　　当时最受人崇敬的艺术家米开朗琪罗，在仰慕多年维多利亚的彼特拉克般的诗句之后，于六十三岁在罗马遇到了这位时年四十八岁、

文艺复兴时期最受欢迎的女诗人。作为一个寡妇，维多利亚因其智慧
与圣洁的美德而受人尊敬，她的圈子吸引了最活跃的知识分子和宗教
领袖。正如迈克尔·贝斯丁在《不为人知的米开朗琪罗》一书中所写
的那样，对米开朗琪罗来说，她成了他"成人生活中最重要的女人，
是在晚年对他影响最大的人，是位好母亲，是他一直渴望的精神伴
侣"。

　　到访的葡萄牙画家弗朗切斯科·德奥兰达，曾与米开朗琪罗和维
多利亚在一座可以俯瞰罗马的教堂花园里度过好几个星期天，他几乎
一字不差地记录了这对神仙眷侣的对话。在两人热烈的讨论中，维多
利亚总是深情款款，但时而用激将法刺激，时而以甜言蜜语诱惑，以
激发这位沉默寡言的天才讨论各种话题。当我读到这些对话时，我意
识到，语言是她赠予米开朗琪罗的礼物，是她赠予米开朗琪罗的灵
感源泉。尽管米开朗琪罗一生都在写作，但其大部分充满活力的十四
行诗和情歌，都在六十岁至八十岁间创作，其中许多是献给维多利亚
的。历史学家们还将他列为意大利文艺复兴时期杰出的诗人之一（虽
然不是最杰出的诗人）。

　　"那些不了解你的人，"维多利亚有一次写信告诉他，"只是尊重
你最微小的部分——你用双手创造的作品。"而他向她透露出来的是
更珍贵的东西：他的灵魂的闪烁。"救救我吧，"米开朗琪罗恳求维多
利亚，"从那个老迈的我——自我的黑暗深渊之中。"

　　她做到了。这段关系如此有趣，我考虑写一本关于这位老艺术家
和他的中年缪斯的书。随着我研究的深入，米开朗琪罗和维多利亚对
我来说变得如此真实，我谈及他们时也表达得过于活灵活现，以至于

我的丈夫开始不敬地称他们为"米奇 B."（Mickey B.）和"维琪 C."
（Vicky C.）。当我意识到我关注他们无非是出于一种敬意时，便放下
了写书的念头。

在一首诗歌中，米开朗琪罗这样描述他对维多利亚的信服："我
终于被造得不再是我自己了。"他把她对他的精神影响力，比作一个
艺术家对他的材料的控制力。正如他重做一个黏土模型或重画一幅草
图那样，最终要做到它与原初的想法相符为止，维多利亚以她的美
德，塑造了米开朗琪罗"未被珍视的"形态——剔除多余的东西，就
像他用雕塑来揭示事物内在的固有形态一样。

在致维多利亚一封充满柔情的信中，米开朗琪罗写道："尊贵的
夫人，（我）愿意为你，比我在世界上所认识的任何人付出更多。但
我手头正在从事的一项大任务（绘制《最后的审判》)，让我不得不忍
痛割爱。"1547 年，维多利亚的死，令米开朗琪罗心碎，他写了一首
十四行诗，把她比作一把烧焦了他的火，让他只剩下余烬。

然而，米开朗琪罗从未停止工作或写作。1554 年，他在写给"亲
密的朋友"乔尔乔·瓦萨里的信中说："你一定会说，我想写十四行
诗，一定是又老又疯了，但既然这么多人说我处在第二个童年，那我
就要扮演这个角色。"在生命的暮年，米开朗琪罗创作了一些最令人
难忘的雕塑作品和雄心勃勃的建筑设计，其中包括圣彼得大教堂的
拱顶。

在最近的一次生日，我女儿送给我一本米开朗琪罗的书信集，其
中展示了他的另一个侧面。作为一个精明的生意人，他为兄弟和侄子
们购买了房产；作为个人的慈善行为，他为贫穷的佛罗伦萨女孩们提

供嫁妆，以便她们可以结婚，或者，花钱让她们进入女修道院。但米开朗琪罗生气时就会大发脾气，他曾警告侄子利奥纳多："某些心怀嫉妒、散布谣言、卑鄙无耻的恶棍，给你写了一大堆的谎言，因为他们不能欺骗或敲诈我。他们是一群秃鹫……别为我的事操心了，因为我知道该怎么照顾自己，我又不是小孩子。"

米开朗琪罗遇事从不畏缩。"我身体有病，无非是些折磨老人的通病——结石让我尿不出来，腰疼、背疼时常让我爬不上楼梯。"他写道，"写作对我的手、我的视力和我的记忆力来说，都很困难了。这就是老迈的境况！"这位年迈艺术家，对死亡越来越关注。他在一首凄美的诗中写道："我的那些稍纵即逝的时日，以及对所有凝视者说出真相的镜子，背叛了我。"1564 年，就在八十九岁生日的前几个星期，他离开了人世。

米开朗琪罗在罗马沉浸于教廷与市政的工程中，已有二十年没有涉足佛罗伦萨。按照瓦萨里的说法，是"糟糕的气氛"让他远离此地。然而，此城的父母官并无意让另一个有名望的儿子永驻其城墙之外（就像但丁滞留在拉文纳那样）。教皇做出承诺，要在圣彼得大教堂为米开朗琪罗举行盛大的纪念仪式，但这位艺术家的侄子，把他的遗体偷偷运出了罗马城。

这位伟大的佛罗伦萨人，在其死后二十五天回到了家乡。人群蜂拥进入圣十字教堂，只为一睹这位历史上最著名艺术家的容颜。一名负责将灵柩运到圣器安置所的中尉不禁好奇，下令打开棺木。根据瓦萨里所谓的目击者的描述，米开朗琪罗的躯体没有腐烂的迹象，看起来好像"只是在甜蜜而宁静的睡眠中安息"。

教堂几乎立即被表达敬意的悼词——用拉丁语和意大利语写成的墓志铭、十四行诗、歌诀、书简、颂词——所淹没。米开朗琪罗的崇拜者们对他赞不绝口。在科西莫公爵的命令下，这里作为向这位受人爱戴的艺术家致敬的现场，展示了好几个星期。米开朗琪罗的葬礼犹如帝王的丧事般气势磅礴，他在圣十字大教堂的壮丽坟墓，显示了自契马布埃时代以来意大利艺术家们所享有的崇高地位。

没有哪位意大利艺术家能达到这样的成就，或获得这样的赞誉。"那么，意大利艺术黄金时代的故事会随着米开朗琪罗告终吗？"我问我的朋友卢多维卡·塞布雷贡迪。她是佛罗伦萨大学的艺术史教授，她在犹豫了片刻之后，提到了另一个有价值的名字：卡拉瓦乔。通过卢多维卡，我发现自己卷入了一个围绕着卡拉瓦乔之死而延续四百年的谜团。

卡拉瓦乔是一位巴洛克风格的画家，他以富有戏剧性的构图和对明暗对照的大胆运用而闻名，他的才华让罗马人为之倾倒。而他的个人生活，也在光明与黑暗之间跌宕。他经常与人争吵和打架，在一次打斗中，他杀死了一名年轻男子，为了躲避杀人偿命不得不逃离罗马。他在意大利南部游荡多年，直到被关进了马耳他的监狱。后来，卡拉瓦乔越狱了，从此亡命天涯，逃亡生活让他疲惫不堪，但最终得到了教皇的赦免。然而，他打算带着画作回到罗马并将其进贡给他的那些有权有势的赞助人的计划，却出了大问题。

卡拉瓦乔后来又被投入一座海滨小镇的监狱，虽然他用大笔贿赂换来了自由，但发现载着他的画作和财物的船只已驶向了北方。他穷追不舍，用尽一切办法，包括在盛夏的炎热中徒步行走。根据民间传说，这位极度绝望的艺术家倒在了海滩上，死在托斯卡纳海岸一个名为"埃尔科莱港"的渔村。画作不知所终。

正是因为卡拉瓦乔的死，才让这个小镇获得了历史名声。我知道这一点。从 1990 年开始，每年夏天，我和鲍勃都会来到这个风景如画的港口，它尽管以大力神赫拉克勒斯命名，但并没有出色的博物馆、教堂或艺术品什么的。不过，当地那座不起眼的小教堂，可能会为解开与这位画家的最后日子有关的挥之不去的困惑，提供更多的线索。

作为一种特殊优待，教堂牧师——当他为了向我们这些四处转悠的美国人表示尊重，来到我们租用的住所里共进晚餐时，整个村庄都轰动了——允许卢多维卡查阅教区的正式记录。我们围在她的身边，看着她打开一本可以追溯到 1590 年的大部头账本，其封面已是污迹斑斑。

卢多维卡慢慢翻动这些破旧的书页，直到她看见一个信封，里面装着一张撕破的纸。她用意大利语大声地读出上面的粗黑手迹，我将其翻译成英文是：在埃尔科莱港，1609 年 7 月 18 日，画家米开朗基罗·梅里西·达·卡拉瓦乔，因病在医院去世。

难道这就是卡拉瓦乔死亡的最终答案吗？并不尽然。卢多维卡告诉我们，历史学家一直在为他的死亡细节争论不休。假如这张启事是真实的，那么，这位著名艺术家公认的去世日期——1610 年 7 月 18 日——可能是错误的。假如它是伪造的，那么，又是谁把这份假启事塞进记录本里的？在什么时候？而且，最令人不解的是：为什么要这么做？

"Molto emozionante!"（真是令人兴奋！）卢多维卡在花去几个小时查阅了发黄的文献后大声说道。她那乌黑的眼睛里闪烁的光芒，让我意识到，意大利的艺术不只是悬挂在墙上或安放在基座上，而是跨越时间与空间在言说。在那个宁静的夏日，我也体会到了走入——无论是多么遥远与间接—— 一位艺术家的故事 / 历史（storia）的狂喜：一个创造了美的艺术家是永生不灭的。

乘着金色的翅膀

　　"你是咪咪还是穆塞塔？"佛罗伦萨的音乐学家兼作曲家马里奥·鲁菲尼大师问道。他指的是贾科莫·普契尼的歌剧《波希米亚人》中的两位女主角：甜美的咪咪和风骚的穆塞塔。一个美国人或许会让我在《乱世佳人》中脾气暴烈的斯嘉丽与性情温和的梅兰妮之间做出选择，来检测我的性格类型（我更偏向穆塞塔，而不是咪咪）。但当然，一个意大利人，尤其是一个担任过多年歌剧指挥的人，可能会认为，这完全是意大利人的发明。

　　歌剧这种集音乐、语言、戏剧、服装、布景和特效于一体，令人完全悬置怀疑的美妙艺术，不可能产生于任何其他国家。"意大利歌剧，是意大利集体天才的终极表达——用声音捕捉到的意大利太阳，"鲁菲尼大师说，"它源于意大利人的天性、意大利人的声音和意大利人的灵魂。"

　　没有什么东西看起来像意大利歌剧。没有什么东西听起来像意大利歌剧。没有人（即使是彼特拉克，尽管他启发了意大利歌剧的语言）说着或曾经说过，在几乎每一部经典意大利歌剧的剧本（libretto）中都能找到的那种崇高的习语。当踏上舞台，用烛光

（lumi）照亮眼睛，一个女人（donna）就变成了一个美人（beltà），不管歌唱者是多么平凡。她不是去教堂（chiesa），而是去神殿（tempio），在那里，敲响的不是钟声（campane），而是神圣的青铜（sacri bronzi）。舞台的战争场景中发射火力的不是炮筒（cannone），而是喷火的青铜器（bronzo ignivomo）。一个充满激情的求婚者恳求他心爱的人，总是用 stringimi al seno，通常翻译成"把我揽入怀中"。不过，一位罗马医生告诉我，seno 更准确地说是指女人乳房之间的柔软部位。

尽管可能有些荒谬，但歌剧中夸张的风格（stile gonfiato）还是让人心醉——正像音乐的金色翅膀，将诗意的语言带向高空。早在我一点也不懂意大利语的时候，就被它迷住了。作为哥伦比亚大学的一名，研究生，我常常会去买张纽约大都会歌剧院的站票，悄悄地，一步一步地，坐向靠近舞台的空位子上。在某些神奇的演出中，交融的歌词与音乐绕过我的耳际，直抵我的胸膛。我真的能感觉到，它在我的胸中——就在我 seno 的正下方位置——飘动着。

当我搬到旧金山嫁给一个从未去过歌剧院的男人后，我慢慢让他也爱上了歌剧。在星期六的夜晚，我们时常会把小帆船停泊在旧金山湾的贝尔维迪尔岛，看看天上闪烁的星星，通过随身携带的便携式收音机，听听从大都会歌剧院传来的美妙歌声。没有字幕的帮助，我们只能用心去聆听，凭直觉猜猜歌唱者在唱些什么。在不到一年的时间里，鲍勃就迷上了歌剧，成了歌剧的爱好者。我们搞到了旧金山歌剧院星期五晚上系列演出的学生票（当时他是精神科的住院医师）。

那时候，我揣摩着，学习意大利语可以帮助我更好地理解歌剧。

反过来说，我对意大利人所谓的 la lirica（歌剧）了解得越多，就越能了解意大利语——和意大利人。出自歌剧脚本的夸张措辞，在日常语言中随处可遇。每一个阿尔弗雷多迟早都会得到恳求：Amami, Alfredo!（爱我吧！阿尔弗雷多！）——出自威尔第的《茶花女》。每一个阿依达都有可能变成 celeste Aida（完美的阿依达）——出自威尔第的《阿依达》。在寒冷的日子里，那些与我握手的男人，会突然冒出普契尼《波希米亚人》中的话：Che gelida manina!（多么冰冷的小手！）由于歌剧，复仇（vendetta）变得总是那么可怕（tremenda），参见威尔第的《弄臣》。而眼泪（lacrime）或是影影绰绰（furtive），比如，在多尼采蒂的《爱情灵药》中；或似烈酒般滚烫（spiriti bollenti），比如，在《茶花女》中。

然而，在这个过度消费艺术的时代，这些词语的来源（歌剧的歌词）像是被忽视了的继子，而歌词的作者（他们曾像比生命还高贵的人物那样地生活着），已被当今的作曲家、指挥家尤其是明星歌手盖过了风头。四百多年前，当歌剧诞生的时候，事情并不是这样的。那时歌词及其作者都是家喻户晓的。

在文艺复兴末期，一群自称为"La Camerata"（沙龙客）的佛罗伦萨诗人、哲学家和专业音乐家，致力于创造某种自古希腊以来闻所未闻的东西，即配上音乐的舞台戏剧。在 16 世纪 90 年代末的一个夜晚，他们推出了歌剧《达芙妮》，讲述了一位天真少女为逃避阿波罗的好色追求而变成了月桂树的故事。剧本由诗人奥塔维奥·里努奇尼创作，音乐可能由温琴佐·伽利略（著名天文学家伽利略的父亲），以及绰号为"长发"（Zazzerino）的年轻男高音歌唱家雅各布·佩里

（他因一头金红色长发而得此绰号，他有一副让听众感动落泪的嗓音）
等人创作。而贵族听众对于最早的歌剧形式根本没有概念。

1600 年，随着希腊神话《欧律狄刻》——由里努奇尼作词和佩
里作曲——在费迪南多·德·美第奇大公与克莉丝汀·德洛林为期一
个月的婚礼庆典上反复上演，这种新的艺术形式迈出了极为重要的一
步。但真正的歌剧之父为克雷莫纳的克劳迪奥·蒙特韦尔迪，他是欧
洲最重要的多声部情歌（madrigals）作曲家。1607 年 2 月 24 日，他
的歌剧《奥菲欧：音乐中的童话》在曼托瓦的贡扎加宫首演，标志着
第一部现代歌剧和第一支现代管弦乐队的登场。

蒙特韦尔迪与里努奇尼密切合作，推出了独唱、二重唱、三
重唱和由小合唱队演唱的朗诵式乐章。意大利人为这些创意曲式取
了名字，比如：咏叹调（aria），单独歌唱者演唱的一首歌；宣叙调
（recitativo），两段固定乐曲之间的半演唱片段；咏叙调（arioso），咏
叹调与宣叙调的交叉曲式，这种曲式在早期歌剧中非常普遍。为它们
伴奏的是由三十多件乐器配合演奏的奇异组合，其成为后来所有管弦
乐队的范例。

这种新的音乐形式在整个半岛的传播速度，就像动画电影在 20
世纪的传播速度一样快。在罗马，痴迷于此的巴尔贝里尼家族建造了
一座拥有三千个座位的剧院，与朋友们分享歌剧的乐趣。包括教皇、
红衣主教及其随从在内的神职人员，都成了歌剧忠实的拥趸。热爱音
乐的那不勒斯人，满腔热情地欢迎这种新的消遣方式，这一音乐形式
迅速传遍整个欧洲。

然而，没有哪个城市比国际化的威尼斯更加热爱歌剧了，它建造

了最早的一批公共歌剧院，吸引了一批更加主张平等主义的新观众。弗雷德·普洛特金在《歌剧 101》一书中写道："蒙特韦尔迪的威尼斯后继者们，继续创作了更多以真实人物为主题的歌剧，从而使这种艺术形式进一步世俗化，并使之向新的主题与风格开放，包括喜剧。"多亏了他们，威尼斯——"那个时代的纽约"，成了第一座伟大的歌剧之城。

17 世纪末，威尼斯人纷纷涌向位于城市不同区域的十六家歌剧院。他们对新作品——常常是基于相同剧本的不同作品加上新的布景效果——的胃口是无止境的。我最喜欢的旧金山歌剧院的音乐总监基普·克兰纳说："没过多久，中产阶级就劫持了原本只属于贵族的娱乐节目。"

喜爱歌剧的人们每晚都要去剧院，他们会在自己的包厢里或楼厅底下价格低廉的正厅观众席（舞台前的开放区域）内用晚餐。在演出期间，他们闲聊、调情或玩牌，不时惊叹于令人瞠目的特技效果或令人陶醉的咏叹调。

为了吸引注意力分散的观众，编剧往往会对一切进行夸张。庞大的演员阵营在舞台上重步行走。曲折的情节设定常让一个骑士英雄饱受折磨。舞台的活板门在令人毛骨悚然的红色眩光中打开，释放或吞噬恶魔的灵魂。但结局总是完满的。为了达到必不可少的"大团圆结局"，"扭转乾坤之力量"[1]——诸如象征荣耀的寓言人物，会从梁架上

1　deus ex machina，拉丁语意思是"机械降神"，源自古希腊戏剧；当主角有难的时候，舞台后的工作人员会用一种类似起吊机的装置，将一个装扮成神的演员吊到舞台上方来为主人公化解危难。——译注

降下挽救大局。

到了 1700 年，威尼斯已经创作了近四百部不同风格的歌剧作品，但即使是最忠实的剧迷也认为，越来越稀奇古怪的噱头正在把歌剧变成对其自身的拙劣模仿。想要拯救歌剧的剧作家们，曾在罗马街头为陌生人吟唱与朗诵诗歌——这也是彼得罗·特拉帕西最具歌剧色彩的童年生活。一位富有的知识分子收养了这个男孩，把他的名字改成梅塔斯塔西奥（Metastasio，来自希腊语，其意为"改变"）。恩人去世后，这位二十岁的歌手兼诗人继承了一笔财产，但很快就将其挥霍殆尽。

一贫如洗的梅塔斯塔西奥立志放弃不负责任的追求，去那不勒斯为一名律师工作。几年后，他开始匿名为那不勒斯剧院写作。在他所谓的情妇——一位名叫拉·罗马尼娜的著名女高音歌手——的鼓励下，他创作了他的第一部歌剧《被遗弃的狄多》。其感人的诗句，让欧洲最喧闹的歌剧院都为之肃静了。回到罗马后，梅塔斯塔西奥创作了很多成功的剧本，以至于他的名字成了"严肃歌剧"（opera seria）的同义词。1729 年，奥地利皇帝任命他为欧洲地位最高的音乐官员，即维也纳的"恺撒诗人"。

作为一个强大君主的文化管理者，梅塔斯塔西奥比之前或之后的任何剧作家都更有影响力。这个坚持希腊悲剧传统的纯粹主义者，剥离了歌剧中"低俗"的喜剧场景、雷鸣般的合唱，以及几乎所有的动作。梅塔斯塔西奥的诗句充满了彼特拉克式的意象，他经常在配上音乐之前把它们读给崇拜者听。他的一首典型的抒情诗是这样写的："在海岸边低语的海浪，在船头间颤动的空气，都没有你的心那么变幻无常。"他的歌剧中的每一幕，几乎都以咏叹调结尾。那些嗓音亮丽的"阉人歌手"（castrati）或"天然声音"（voci bianche，具有歌唱天分的年轻男孩在青春期被阉割，以保持他们非凡的音域），被开发用来充分展现声乐的技巧。

　　想要轻松一点的观众，转向去看"喜歌剧"（opera buffa），这种戏剧最初兴盛于那不勒斯。在那不勒斯，当地剧院上演的喜歌剧，既有用意大利语的，也有用方言的，既有作为独立剧目的，也有作为一部严肃歌剧的幕间剧（intermezzi）的。演出阵容由一些会唱歌的演员组成，而不是训练有素的专业歌手，他们扮演的是传统"艺术喜剧"（Commedia dell'Arte）中的固定角色：吝啬的商人、狡猾的仆人、不忠的情人、好色的老傻瓜、浮夸的医生和轻浮的女仆等。剧本作者们大体上是把经典的喜剧情节拼凑在一起，他们通常是匿名的。

　　唯一的例外是卡洛·哥尔多尼，他是一个威尼斯剧作家，他把自己和其他人的作品改编成喜歌剧。尽管他的影响力不如梅塔斯塔西奥，但他坚持减少即兴表演，更多地遵守书面剧本，从而带来喜歌剧的一场革命。哥尔多尼笔下那些鲜活的人物角色——牙膏商、公共澡堂的保管员、咖啡馆老板、猎人和农民等，就像隔壁邻居一样为人熟知。他们对于爱没有那么高尚的沉思，而是忙碌于现实的"平等交换"，他们的口中不时夹带着诸如 birboncello（流氓）、bricconaccia（无赖）和 furbacchiotto（骗子）等贬人的口头禅。

　　1778 年 8 月 3 日，在"一个闷热的夜晚"，伴随着斯卡拉歌剧院的开业，米兰宣告了自己作为意大利音乐之都的地位。报纸上的报道称，这家剧院极为"壮观、新颖"，拥有一层又一层装饰华丽的包厢

（palchi），还有一排被称为"最高楼座"（loggione）的精简的廉价座位。人们可以在门厅里赌博，从一个包厢窜到另一个包厢，在阁楼上的餐厅或靠近长廊的餐厅里用餐。显贵人家会叫仆人们从家里带来晚餐。

当时的一名记者写道："多年来，从斯卡拉歌剧院的窗户下走过简直是一种历险，因为残羹剩饭以及其他东西都从上面雨点般地往下扔。"表演者也处于被射击的范围之内。坐在廉价的最高楼座的一些疯狂的歌剧"刁民"（loggionisti），不仅会用嘘嘘声与尖叫声来表达不满，而且会朝舞台投掷西红柿和其他食物——这是他们的"音乐戏剧激情"（passione musical-teatrale）的有形表达。（即使食物的狂轰滥炸暂告一段落，嘈杂的尖叫起哄也不会消停。）

到了 18 世纪末，剧作家的名字开始从印刷的剧本中消失。他们写得又快又猛，可能没有时间与精力去操心是否被人认可。除了剧院经理的截止日期、作曲家的意旨和歌剧女主角的要求等因素之外，编剧们不得不与教会和国家的审查制度抗衡。有些剧本被禁止使用"玛利亚"这个名字，因为它让人联想到圣母玛利亚；另一些剧本则被吹毛求疵地要求用 nubi（云）来代替 cielo（天堂）。

在洛伦佐·达·庞特颠沛流离的生活中，审查官们的威胁乃是小菜一碟。他出生于威尼斯北部的一个犹太家庭，原名叫埃马努埃莱·科内利亚诺，他是一个"聪明的文盲"（spiritoso ignorante），基本上属于自学成才——通过阅读储藏在家中阁楼里的旧书，其中包括梅塔斯塔西奥的诗篇。在他十一岁时，他的鳏夫父亲为了改善家庭地位皈依了天主教。按照惯例，作为长子的埃马努埃莱，采用了把他们领入教堂的洛伦佐·达·庞特主教的全名。

新来的达·庞特被送进了当地神学院学习，他很快就掌握了拉丁语、希伯来语和希腊语，而他最大的爱好是意大利文学。他熟记了大量但丁和彼特拉克的诗篇，并写下了上千首诗作。但是，他的赞助人去世之后，达·庞特继续接受教育的唯一希望，就是接受培训成为一位神职人员，他把这种职业描述为"完全违背了我的性情、性格和原则"。1773 年，在被授予圣职的六个月之后，这位二十四岁的英俊教士便逃到了威尼斯。

为了养活自己，达·庞特成了一名 improvvisatore——自发地在音乐的伴奏下慷慨激昂地朗诵数百行诗句的"街头诗人"。和他后来结交的浪荡公子卡萨诺瓦一样，达·庞特疯狂热衷于女人、美酒、牌局，从而陷入了各种麻烦。1779 年，他的放荡达到了极点，以至于这个顽固不化的浪子被威尼斯共和政体判处"生活不检点罪"（mala vita），并流放十五年。

两年后，达·庞特出现在维也纳，当时的皇帝约瑟夫二世的意大利歌剧公司需要一名"诗人"或剧作家，在求职面试中，达·庞特坦承，他从来没有写过一个完整的歌剧剧本。"好，好，"约瑟夫皇帝说，"我们将有一位处女缪斯。"据说，这位除了"处女"之外什么都不是的达·庞特，为了他的新职业研读了二十部歌剧剧本。在从业过程中，他遇到了欧洲最著名的作曲家沃尔夫冈·阿马德乌斯·莫扎特，两人合作创造了最辉煌的三大歌剧成就：《费加罗的婚礼》《唐璜》和《女人心》。

当我向鲁菲尼大师询问这对看似不太可能走在一起的创作组合

时，他将其描述为歌剧天堂里的一对搭档："达·庞特为莫扎特写的那些剧本，除了这种厚颜无耻、谎话连篇、暴躁、粗俗、自负、卑贱、性欲亢奋的人之外，还有谁能写得出呢？"他指出莫扎特看重的，正是达·庞特关于 loscaggine（这个暗喻性词语大致可以翻译为"社会的阴暗面"）的第一手知识。这位放荡不羁的剧作家，还为这一合作带来了强烈的情节感、耐人寻味的人物角色以及极具歌唱性的诙谐而简洁的诗句。

"莫扎特又带来了什么呢？"我试探性地问道。

鲁菲尼说，莫扎特带来了莫扎特："假如剧本与音乐真的可以相互比拟的话，那要说是莫扎特的音乐天才浸润了达·庞特的意大利歌剧剧本。"

约瑟夫皇帝死后，桀骜不驯、喜欢争辩的达·庞特被赶出了维也纳——或者，如他所说的，他"成了仇恨、嫉妒的牺牲品，成了无赖的牺牲品"。他失去的不仅仅是他的"挂名差事"，当他的口腔出现脓肿时，他用了一种含硝酸的药水来治疗，脓肿虽然消失了，但牙齿也掉光了。然而，在的里雅斯特，这个马不停蹄的玩弄女性者最后一次坠入了爱河。

"在四十三岁时，他身无分文，没有牙齿，没有前途。"罗德尼·博尔特在《威尼斯的剧作家》一书中写道，达·庞特赢得了比他小二十岁，出生于英国的可爱而美丽的安·塞莱斯廷·格拉尔的芳心，人们称她为"南希"。这对夫妇的婚姻持续了四十年，他们定居于伦敦，生育了五个孩子。达·庞特尝试了各种风险创业，但均告失败。1805 年，有人向他通风报信，说债主们正起诉要求逮捕他，于是，达·庞特坐船逃往美国。

在纽约，达·庞特创办了一系列企业，其中包括一家经营食品杂货、药品和干货的商店。一次，在与一位顾客的随意交谈中，他对意大利文学发表了一番渊博的阐述，以至于这位陌生人，即后来发表了《圣诞前夜》的作家克莱门特·克拉克·穆尔，为他推荐了一份在父亲（哥伦比亚大学校长）手下教授意大利文学的工作。最终，达·庞特成为该校的第一位意大利语课程教授，事实上，也是美国的第一位。但是，意大利语课程没有多少学术含量，没有什么吸引力，来上课的学生也很稀少。达·庞特并不气馁，他积极游说，要在曼哈顿建一座意大利歌剧院。歌剧院最终于 1833 年开张，但在 1836 年关门大吉。

美国人对于意大利语和歌剧的冷漠，让达·庞特感到懊丧。"我，意大利语课程在美国的开创者，"他在给一位意大利朋友的信中写道，"我，约瑟夫二世的诗人，三十六部戏剧的作者，莫扎特的灵感来源！尽管经过了二十七年的艰苦工作，我现在却没有学生了。"然而，达·庞特认为，他将意大利文化引入美国，比为莫扎特写剧本更有意义。他于 1838 年去世，享年八十九岁。

也许，达·庞特走在了时代的前面。随着 19 世纪浪漫主义的兴起，一向奢华的歌剧达到了新的高度与深度。而更加势不可挡的是，意大利歌剧朝着所谓的"音乐剧"（melodramma）方向发展。melodramma 是一个通用术语，随着被认为适合于用歌剧（operabile）表现的情节范围的不断扩大，melodramma 泛指赋予歌剧以新意义的任何配以音乐的故事。曾经被排除在舞台之外的死亡主题，变成了人

们关注的焦点。腐蚀人心的仇恨，引发了更广泛的恶劣情绪，胜过
了哀怨的爱。"Vendetta!"（复仇！）、"Io tremo!"（我颤抖！）和"O
rabbia!"（哦，愤怒！）等疯狂的呼喊声，在歌剧院里响彻一片。

　　新的歌剧以惊人的速度被创作出来并上演——根据一项统计，仅
在 19 世纪前十年里，就诞生了五百部。整个意大利似乎陷入了"音
乐狂躁症"（melomania）之中。每座城市都至少有一个歌剧院，巡回
演出公司把歌剧带进城镇和乡村。没有其他娱乐形式能与歌剧的疯狂
流行相匹敌。

　　这种热情并不总是与剧本的质量相提并论的。"如果你想写一部
能够轰动一时的歌剧，"当时的一位作曲家卡洛·佩波利以刻薄的口
吻讽刺道，"那就要写一个稀奇古怪的剧本，关涉一个匪夷所思的充
满恐怖的主题。给它起个最可怕的名目。不用管它发生在什么年代，
或出于什么原因与理由，只要把一切都弄得乱七八糟，无须考虑连贯
性，无论是诗歌还是散文，也就是说，把它搞得像一艘蒸汽船，只要
能冒出泡沫、水花、烟雾和噪音就行了。"

　　但是，一种流行的浪漫歌剧形式——美声唱法（bel canto）——
绝不是噪音。我们首先要说的是作曲家焦阿基诺·罗西尼，他出生于
音乐之家，父亲是小号手，母亲是歌手。他很早开始接受音乐训练，
并在十八岁时就创作出了他的三十九部歌剧中的第一部——《婚姻契
约》。为了创作一部他称之为《阿尔马维瓦》的歌剧，罗西尼采用了
当时另一位作曲家乔瓦尼·帕伊谢洛在二十多年前就曾在其广受欢迎
的歌剧《塞维利亚的理发师》中使用过的同一个剧本。按照罗西尼的
说法，他在十二天内以闪电般的速度完成了这部音乐作品。帕伊谢洛

的拥趸是如此愤怒，以至于当罗西尼的版本于 1816 年在罗马首演时，他们吹口哨、大声喊叫，蓄意破坏演出。但在第二场演出后不久，歌剧便获巨大成功，并将《塞维利亚的理发师》这个名字永远与罗西尼联系在了一起。

除了罗西尼更为严肃的歌剧包括《奥泰洛》和《威廉·退尔》（其振奋人心的序曲）之外，他还有其他的优先嗜好。在喧闹的《塞维利亚的理发师》首场演出之后，罗西尼写信给剧中的女高音歌手（后来成为他的妻子）说："比音乐更让我感兴趣的是，我发现了一种新的色拉，我赶紧把它寄给你。"

实际上，意大利面食在《塞维利亚的理发师》的剧本中就出现过。

费加罗对伯爵说："Siete ben fortunato, sui macheroni il cacio v'è cascato."（你很幸运，奶酪落在了通心面上。）任何一个意大利人都能立刻明白这句话，它在英语中的意思相当于习语"黄油面朝上"（landing butter-side up）[1]。

尽管在其生命的最后三十九年里，罗西尼作为受人尊敬的文化偶像生活在巴黎，但他只吃出自意大利的面食，而且，根据一个广为人知的故事，他点了那不勒斯的意大利面，一个巴黎店主却卖给他热那亚的意大利面，店主挨了他的骂。"假如他对音乐就像对通心面一样精通，那他一定能写出一些美妙的东西。"店主评论说。罗西尼认为，

1　在很多有关"墨菲定律"的研究中，最有名的是"黄油烤面包"现象：当涂上黄油的烤面包落地时，多数情况下，有黄油的一面是朝下的。所以，"黄油面朝上"意味着好运气。——译注

这是他获得的最好的赞扬。

这位精致的美食家，启发了一系列的"罗西尼食谱"（alla Rossini），其中包括罗西尼牛排、意大利烤碎肉卷、鲽鱼片和至尊野鸡等——所有这些上等美味，正如一位厨师所说的，"才配得上这位伟大的美食 – 音乐家"。

而无论多么精美的菜肴，似乎都配不上朱塞佩·威尔第——意大利歌剧界的米开朗琪罗。在其三十多部歌剧中，这位音乐大师——几代歌迷亲切地称他为"巴比诺"（Peppino）——给了"意大利人"一种统一的语言，帮助意大利将各个独立城邦和被占的地区融合成一个统一的国家。

威尔第的父亲是艾米利亚 – 罗马涅大区布塞托附近一个荒凉村庄里一位贫穷的小酒馆老板。威尔第自称是作曲家中的"受教育程度最低者"。然而，他如饥似渴地阅读与背诵了大量的《圣经》内容。十二岁时，这位音乐神童成为村里的风琴手，为当地的乐队和教堂唱诗班写下了数百首曲子。久负盛名的米兰音乐学院拒绝了他的求学申请，但在经过私人培训之后，威尔第取得了布塞托的音乐指导资格。他爱上了第一个赞助人的女儿，结婚后生育了两个孩子，并创作了两部歌剧—— 一部比较成功，另一部则在斯卡拉歌剧院被喝倒彩嘘下台。

然后，威尔第度过了三年悲惨的日子，他两个年幼的孩子与爱妻相继死去，可能死于传染病。在"虚无的门槛"上，正如一位传记作家所说，是文字把威尔第拉回到音乐的世界里，让他起死回生。一天晚上，米兰的一位经理人把一个被否决了的剧本硬塞到他手里。威尔第独自在家，随手把手稿扔在桌子上。

"不知道为什么，"他后来回忆道，"我呆呆地盯着眼前的纸张，看到了这样的诗句：Va, pensiero, sull'ali dorate. （飞吧，思念，乘着金色的翅膀。）这句话出自《圣经》，讲的是埃及的希伯来奴隶渴望回到他们的家乡。威尔第对此很感兴趣，但他还是强迫自己上床睡觉。"我睡不着，便起床阅读剧本，不是一遍，而是一遍又一遍，以至于到了早晨，我就把它全背下来了。"

1842 年，这部歌剧脚本在纳布科首次公演。"飞吧，思念，乘着金色的翅膀"，这诗句的合唱，发出了被奴役的俘虏们渴望回到家乡的令人心碎的哀号，这首歌也成了后来席卷这个支离破碎的半岛的"统一意大利"（Il Risorgimento）民族主义运动的非正式国歌。

"这首歌曲让他成为人民自由的歌者，此后直到永远。"一位早期的传记作者写道。威尔第传达了他的同胞们对于自由与统一的渴望。在纳布科开演的第二天，人们就在大街小巷中唱响了这首歌。另一部民族主义歌剧《莱尼亚诺之战》，在"意大利万岁！"的高呼声中开幕，引起了观众的热烈响应。在第三幕的结尾处，被关押在一座塔楼里的男主角阿里戈，宁愿冒死一搏也不想让自己因错过这场决定命运的战斗而蒙羞，于是，他系上腰带喊着："意大利万岁！"从塔楼窗口一跃而出。据说，在一场演出中，一位满怀爱国热情的年轻人，从一个四层包厢中纵身跳进了乐池。

随着民族主义的发展，它的倡导者们高呼着"Viva V.E.R.D.I.!"（威尔第万岁！）的口号，并在意大利各地的墙上潦草地写下了这些字母——它一方面是向这位作曲家表达敬意，另一方面也是意大利国王

维托里奥·埃马努埃莱（Vittorio Emanuele Re D'Italia）名字的一种
缩写形式。埃马努埃莱是皮埃蒙特－撒丁的国王，他承诺将意大利从
外国占领者手中解放出来。[1]《阿提拉》是威尔第的次要作品之一，其
中有一句台词触动了无数爱国者的心灵："假如我能拥有意大利，那
么，你就能拥有整个宇宙。"（You may have the universe if I may have
Italy.）我个人对这句话表示赞同，但深谙意大利剧本精微玄妙之处的
歌剧文辞指导亚历山德拉却有着自己的看法，她说："假如我能拥有
威尔第，那么，你就能拥有整个宇宙。"她说服我，当我在写这本书
的时候，要用威尔第的乐曲作为我的生活配乐。

　　我把他的精选作品（有很多）下载到音乐播放器中，在好几个
月的时间里，在我健身锻炼，外出办事，开车去加利福尼亚海岸，徒
步穿越马林海岬，折叠衣服以及往返意大利的途中，伴随着我的总是
威尔第。"飞吧，思念，乘着金色的翅膀"，每天在我心中萦绕。《游
吟诗人》中铿锵有力的合唱，让我得以对堵车时人们的大喊大叫充耳
不闻。在纯粹的喜乐时刻，《茶花女》中的乐句"Io son, io son felice"
（我是，我是快乐的），浮现在我的脑海。

　　一个夏夜，当我和女儿在佛罗伦萨的波波里花园观看一部令人难
忘的歌剧《弄臣》时，我们情不自禁地哼唱起公爵颇具感染力的歌曲
《女人善变》，观众席上的其他人也是如此。看完演出后，当大家各自
走回位于阿尔诺河畔的公寓时，一路上频频传来这首歌的片段，仿佛
这位艺术大师又活过来了。

1　1861年3月17日，维托里奥·埃马努埃莱二世签署了一项法案，使自己成为名
义上的意大利国王。——译注

威尔第为歌剧注入了一种新的特质：ruvidezza——一种粗糙度，一种撞击声，一种研磨感，一种地表深处的隆隆作响，由此产生了一种震撼心灵的效果，恰当地说，引发了一种"群情激愤"的效果（furore）。我认为，它相当于音乐上的米开朗琪罗的"可怕性"。正如威尔第在写给剧本作者那措辞严厉的信中所显示的，在剧本作者准备剧本的每一个阶段，从各个场景的内容与结构到歌词的词汇，他都进行了干预。剧本完成后，他会在自己位于波河山谷的农庄里，一边跺着脚，一边一遍又一遍地诵记剧本，直到最后音乐从歌词中流淌而出。

为了《茶花女》（*La traviata*，翻译过来就是"误入迷途的她"）的每个音节，威尔第与剧作家弗朗切斯科·玛利亚·皮亚韦争论不休。然后，他还要对付审查。"Una puttana deve essere puttana"（婊子必定是婊子），他抱怨道，他们却想把交际花维奥莱塔变成"pura e innocente"（天真无邪的女人）。"假如黑夜能像太阳一样发光，"他说，"那它就不是黑夜了。"在首场演出结束后，威尼斯的观众对着最后的幕布报以无情的嘲笑，这位大师写道："这是我的错，还是歌手们的错？时间将会告诉我们答案。"而时间做出了回答：如果说任意一周过去了，这部杰作竟还没在世界上的某个地方上演，那么我会对这个世界深表怀疑。

威尔第主张的是强烈的情境、强烈的情感、强烈的对比，以及他称之为 parole sceniche 的强烈的语言，即"刻画一种情境或一个人物"的戏剧性语言。在《茶花女》（假如我被困在一座荒岛上，我希望随身带着这部歌剧）中，"痛苦与喜悦"（croce e delizia）一同在我们的心中燃烧，正如（sempre libera，向来自由的）维奥莱塔总是屈服于在宇宙中跳动的那份爱（quell'amor）一样。

威尔第一生中的戏剧语言（le parole sceniche）是什么？毫无疑问，是不幸的生活带来的沉痛的"十字架"（croce）。也有"欢欲"（delizia）——他与首次演唱其成名作《纳布科》的女高音歌手朱塞平娜·斯特蕾普波妮长达半个世纪的同居关系，让家乡人对他的行为大为光火。还有仇恨（vendetta）吗？威尔第的歌剧充满了仇恨，他心怀深仇已经旷日持久——当然，是为了意大利。当瓦格纳的影响渗透到意大利时，这个高傲的意大利人怒吼道："Siamo Italiani, per Dio! In tutto! Anche nella musica!"（我们是意大利人，愿上帝保佑我们所有的所有，也包括我们的音乐！）

威尔第的天才光芒熠熠生辉，经久不衰。他与剧作家——一位诗意的艺术大师——阿里戈·博伊托合作，于七十四岁时创作了《奥泰洛》，于八十岁时创作了《法尔斯塔夫》。1901 年 1 月 21 日，威尔第逝世，终年八十八岁。对于几代意大利人来说，他的音乐就像空气一样重要。音乐大师本人留下了明确的指示：葬礼要简单而安静，"没有歌唱或音乐"。

但是，他的遗体被运送到他的安息处，即他为退休的歌剧演员们建造的"修养之所"（Casa di Riposo），并在此为人们提供了一个更合适的告别机会。成千上万的人，包括皇室成员和政府官员，加入了悼念的行列。在墓地，托斯卡尼尼带领九百多名歌手合唱了"飞吧，思念，乘着歌声的翅膀"。在没有任何提示的情况下，整个人群都加入了这个曾经助推了一个国家的建立的大合唱之中。

新一代作曲家们，包括被称为 scapigliati（头发凌乱或衣冠不整的人）的米兰反传统派作曲家，转向"写实主义"（verismo）。他们不是去创作宏大的史诗，而是努力去表达真实人们的真实情感。写实主义的声音——"既不是在说话也不是在歌唱，而是在叫喊！叫喊！叫喊！"彼得罗·马斯卡尼说。马斯卡尼是阿普利亚一名贫困的音乐教师，他的标志性写实主义歌剧《乡村骑士》，在一夜之间引起了轰动。当我在旧金山的意大利语言学校一个关于意大利歌剧的研讨会上观看这部歌剧的录影时，我几乎弄不明白剧中到底是谁背叛了谁，但那种"叫喊"是神圣的。

在我读研究生的时候，第一位让我倾倒的意大利作曲家，是意大利最后的歌剧王子贾科莫·普契尼。"万能的上帝用他的小手指碰了碰我，说：为剧院而写作，注意了，只为剧院而写作。"普契尼说，"我服从了他至高无上的命令。"正如一位传记作者所评论的，这个不可救药的享乐主义者，无论是在精神、情感上还是音乐上，都完美地准备好了，去建造他的精神家园——"这是一个情欲、肉欲、柔情、悲怆和绝望交汇融合的地方"。

普契尼自称是一个"用心多于用脑"的天生作曲家，如他所言，他要表达"小灵魂中的大悲伤"（grandi dolori in piccole anime）。他一直在寻找一部可以"感动世界"的剧本，与此同时，他也没忘记在托斯卡纳海岸附近依山傍湖风景如画的小镇托雷－德尔拉戈追逐美女，飙车，捕猎野鹅。当地的农民和渔民，用方言开玩笑地称他为"娼妓音乐的艺术大师"（il maestro cuccumeggiante）。

《波希米亚人》（1896年）、《托斯卡》（1900年）和《蝴蝶夫人》

（1904 年），是普契尼最珍视的三部歌剧。这是他与以下两位剧作家共同合作的产物：知识分子、诗人朱塞佩·贾科萨和喜怒无常的年轻剧作家路易吉·伊利卡——在伊利卡看来，剧本不过是为方便聋子而勾画出来的一张草图而已。

普契尼在创作《波希米亚人》时，由于他坚持要求语言的完美性，这让他的创作团队备受折磨。有时，他会写些打油诗或唱些废话，让他的编剧们对他所追求的韵律与节奏有个概念。当他们按照他的要求去做时——或者，当他们抱怨时——他常常又会改变主意。普契尼喜欢在深夜创作，他往往是在朋友们的陪伴下，先玩上一手牌，当有了感觉时，便去隔壁房间在钢琴上敲出几个小节，草草做点笔记，然后继续玩牌。为了方便他的酒友，他把当地小酒馆旁边一间摇摇欲坠的小屋，改造成"波希米亚人俱乐部"。

在用一种生动活泼的、与传统剧本相比听起来更显口语化的习语写成的《波希米亚人》中，普契尼给平常事物加上了诗意：一件破外套成了一个宝贝；一把掉落下来的钥匙成了一个浪漫的诡计；一个做针线活的单纯妇女或一个饥肠辘辘的作家，成了灵魂梦想的编织者。歌剧听起来虽然毫不费力，但其创作过程可谓万般艰难。贾科萨诉苦：创作《波希米亚人》中那幕生趣盎然的莫穆斯咖啡馆场景，比创作其他场景，"糟蹋了更多纸张"，"绞出了更多脑汁"。

尽管我对普契尼位于托雷 - 德尔拉戈的朴实无华的家（现为一座公共博物馆）中展出的笔记、信件和剧本（以及他的帽子收藏）很感兴趣，但我对他歌剧般的爱情生活更为好奇。在一桩丑闻之后，他与怀孕的埃尔维拉·杰米尼亚尼私奔了。埃尔维拉是他的钢琴学生，是他朋友的妻子，还是两个年幼孩子的母亲。虽然他们于 1904 年（*在她丈夫死后*）结了婚，但普契尼的眼睛从未停止过四处顾盼。在一次访问美国的途中，他曾写信给他的妹妹说，纽约的女人"能使比萨斜塔直立起来"。他还说，尽管埃尔维拉在暗中监视他，但他都能"侥幸逃脱"。

多年来，埃尔维拉对他的怀疑愈演愈烈。在一桩成为国际丑闻的事件中，她纠缠并指控年轻的女佣多丽亚与其丈夫有染。为了证明自己的清白，多丽亚喝下了有毒的消毒剂，在痛苦中挣扎五天后死去。在自杀遗书中，她宣称自己是无辜的，并请求自己的家人对埃尔维拉——但不包括普契尼——进行报复。镇上传言多丽亚死于堕胎，但尸检显示她是处女。由于普契尼的个人生活如此富有戏剧性，难怪他能够这样娴熟地讲述"温柔与痛苦交织"的故事……

普契尼想让观众体验他的音乐，就好像他们生活在其中，而不是在舞台下观看演出。他之所以取得了这么卓越的成就，从某种程度上说，是因为他对细节的一丝不苟。《托斯卡》第三幕的序幕，发生在罗马圣安杰洛城堡的黎明时分。为了能够再现响彻寂静城市上空的晨祷钟声，普契尼在凌晨就赶往了这座位于台伯河畔的有着悠久历史的堡垒。

为了寻找最后的剧本，普契尼不惜追到伦敦，观赏了由美国剧作家兼戏剧导演和制片人戴维·贝拉斯科创作的一部戏剧，讲述的是当时的一个艺妓被一个漫不经心的海军军官抛弃的故事。演出结束后，普契尼冲到了后台，吻了贝拉斯科，他泪如泉涌，当场宣布他要创作一部关于"小蝴蝶"的歌剧。

几乎不懂英语的普契尼，在很少或根本没有考虑到贝拉斯科的语言的情况下就做出了这样的承诺。他一如既往地进行研究，研读了有关日本风俗、宗教和建筑的书，并查阅了日本音乐作品集。普契尼说服日本驻意大利大使的妻子为他唱歌，并让日本的女主角背诵台词，以便捕捉日本女声的"奇特高音"。

1904 年 2 月 17 日，《蝴蝶夫人》在斯卡拉歌剧院开演。第一幕结尾处轻快的爱情二重唱，换来的是冷冷清清的掌声，而坐在廉价座位上的喧闹的观众，对着幕布发出了嘘声。到第二幕时，一切都乱套了。蝴蝶夫人的和服在风中鼓胀飘动，观众席上的人们都喊叫着"她怀孕了"；在近乎神秘的守夜场景中，蝴蝶夫人等待她的"丈夫"直到日出，普契尼采用了真实的鸟鸣声，观众则以自己发出的鸟叫声、公鸡打鸣声和牛哞声做出回应；在剧终落幕时，他们对着这部评论家所说的"糖尿病歌剧"发出了最后的嘘声与起哄声。

普契尼觉得《蝴蝶夫人》是自己最好的作品，是唯一一部堪称百听不厌的歌剧，他惊呆了。他的出版商和制作人取消了斯卡拉歌剧院的全部演出，退还了一大笔钱，并派经纪人去音乐商店回购了所有的剧本。创作者们不得不做些修改。一部更为合理、更少矫情的《蝴蝶夫人》重新呈现在布雷西亚的舞台上，在巴黎随后又在世界各地大获成功。

我在旧金山第一次观赏了《蝴蝶夫人》，随着我对剧中台词的逐渐理解以及剧情的展开，从男主角平克顿的一曲《再见吧，菲奥里托·阿西尔》作别了他们鲜花环绕的爱情小屋，到蝴蝶夫人充满爱与希望地唱起了《晴朗的一天》期待心爱的丈夫回到自己的身边，我的心开始破碎。到了最后，当蝴蝶夫人蒙住儿子的眼睛结束自己的生命时，我不禁泪奔。回望第一幕的结尾处，在这对情侣的爱情二重唱中，平克顿承认蝴蝶的担心是"不无道理"的（"Un po'di vero c'è"，《蝴蝶夫人》中的一首歌）：她害怕一个美国人抓住一只蝴蝶后，就会用别针刺穿它的心脏。我真想对着天真无邪的蝴蝶（farfalla）大喊一声：趁能飞的时候赶紧飞走吧！

　　由于卢恰诺·帕瓦罗蒂以及三大男高音的音乐会，美国人最容易联想到普契尼的一个词，是来自《图兰朵》中的咏叹调《今夜无眠》中的"Vincerò!"（我会赢的！）。《图兰朵》讲述的是一个恶毒的、憎恨男人的公主的故事：她的求婚者们不仅得不到她的心，反而会因她丢了脑袋。《图兰朵》的一切——包括配乐、歌唱、布景，甚至是比通常更缺乏逻辑的剧本——都显得过了头。然而，我对看过的六七部《图兰朵》中的每一部都很喜欢，甚至（正如经常发生的那样）当传说中的迷人皇后看起来就像约翰·贝鲁西（美国喜剧演员，男性）扮演的武士时，也是如此。（关于 Turandot［图兰朵］这个名字的发音，我一直没有找到一个明确的答案。一些歌剧纯粹主义者坚持要把最后一个 t 音发清楚，就像意大利人通常用辅音结尾一样，但据第一个唱《图兰朵》的女高音罗莎·赖莎说：无论是普契尼，还是普契尼的指挥托斯卡尼尼，都没有要求这样发音。）

　　普契尼在完成《图兰朵》之前死于喉癌治疗并发症，尽管他留下了几十页的结尾笔记。当此剧于 1926 年 4 月 25 日在斯卡拉歌剧院首次公演时，普契尼已经去世一年零五个月了，托斯卡尼尼在第三幕中途放下他的指挥棒，满怀深情地对着观众说："Qui finisce l'opera, perchè a questo punto il maestro è morto."（歌剧就此终结，因为此时大师已逝。）

后来的演出采用了作曲家弗兰科·阿尔法诺制作的虽说并不鼓舞人心，但还算令人愉快的结尾，托斯卡尼尼也为此付出很多。几乎所有人都认为，普契尼可能会想出某种更宏伟的作品——但谁知道呢？"一个多么令人悲伤的讽刺啊，"《普契尼没有借口》一书的作者威廉·伯杰评论道，"整个意大利歌剧的壮丽传统，不应该在砰的一声巨响或一片呜咽声中结束，而应该在一个大大的问号中结束。"

多年来，我一直梦想能在斯卡拉歌剧院观赏一场歌剧，以致敬意大利歌剧的悠久传统。我计划中的一次前往米兰的研究之旅，让我终于有了这样的机会。我想安排在唯一空闲的一个夜晚，去观看由意大利写实主义作曲家弗朗切斯科·奇莱亚创作的一部关于一位法国女演员的悲剧爱情故事《阿德里安娜·勒库夫勒》。就在网上开始售票的那一刻（米兰为早上九点，旧金山是午夜），我抢到了最佳座位。

我在米兰大酒店订了一个房间，此地是威尔第在一生中断断续续的入住之处。在他的《奥泰洛》首演成功之后，仰慕者把他的马从马车上卸下来，簇拥着他回到酒店。人群高呼威尔第的名字不肯离去，直到他与歌剧中的男高音出现在阳台上，并由后者唱了几段咏叹调之后才告过瘾。1901年，当威尔第在米兰大酒店的房间里中风时，大厅里张贴了关于他的最新健康状况的告示。为了减弱马车和马匹的嘈杂声，酒店外面的街道铺上了稻草，以免打扰他最后的时光。威尔第的房间保持原状，他的音乐连续播放——甚至在酒店的官方网页上。

　　在演出的前一天下午，我参观了斯卡拉歌剧院博物馆，在那里，最让我着迷的是威尔第和普契尼优雅的"死亡手印"，以及他们生命中的女性的肖像。在邻近的斯卡拉咖啡馆用午饭时，我忍不住点了一种名为"茶花女"的三明治，这是一种口味实在不能令人恭维的火腿奶酪小面包。

　　当我到达这座刚刚修复的金光闪闪的歌剧院时，我发现我的"包厢"恰似一个黑暗的立方体，从地面到天花板的墙壁，挡住了从大多数座位投往舞台的清晰视线，除了前排的两个座位（其中一个座位是我的）。在我入座之后，一对年轻的亚洲夫妇走进了包厢，女的一袭丝绸长裙及地，男的穿着一件皮制短夹克，肩挎几架照相机。我们相互点头致意。丈夫毫无顾忌地落座在我旁边的好位置上，紧随其后的妻子坐在了较差的位置上。在演出开始前几分钟，两个操德语的女人急匆匆地进入包厢，其中一位长得非常惊艳，以至于我觉得她可能是米兰的 T 台模特，另一位是她的母亲。

　　那位年长的女士（frau）因坐在第二排看不见舞台（能看见的部分大概只有我的三分之一）而心烦，故把她的椅子挪向亚洲男人与我之间的极小空间。她把肩膀靠在我们中间，然后伸着脖子往前看，她靠得很近，我只要一转头就会和她碰在一起。大约十分钟后，她的颈部肌肉吃不消了，便把脖子缩了回去。

　　在歌剧开演半小时后，我听到了一个声音，不是什么配乐，而是那个亚洲男人发出的响亮鼾声：他正头靠扶手在座位上沉沉入睡。接着，我瞥见了一幅令人惊异的景象：那位德国母亲斜靠在座位上，像蜘蛛一样在包厢的一侧张开四肢。她伸出双臂，身体沿着墙壁一点点地移动着，这样，她就可以设法朝舞台外面窥视。那位有时差反应的先生，在睡梦中口吐噼啪喷溅声；这位蜘蛛侠，则死死地抓住墙壁不松手。当然，乐队正在演奏中。

　　虽说这并不是我所期待的斯卡拉歌剧院的迷人之夜，但这可能是我一生中唯一一次在此现场聆听歌剧的机会，所以，我坚持专注于舞台和歌唱。然后，这样的事就发生了：语言与音乐奇妙交融，场景与歌声永恒震撼，让我体验到歌剧的无穷魔力；意大利歌剧，再一次以其金色的翅膀将我的心高高地托起。

吃在意大利

1860 年，魅力超凡的将军朱塞佩·加里波第率领一支由一千人组成的身穿红衬衫的非正规军队（有一半人的年龄在二十五岁以下）进入了他称之为"梅佐焦尔诺"的地区，那是正午烈日下的热土。当他们胜利穿过西西里岛时，穿戴着反对拉丁美洲独裁者的标志性斗篷和草帽的加里波第，看见一个健壮的年轻人正在一棵角豆树阴影下的小石墙上打盹。

他勒住马的缰绳，问道："年轻人，你愿不愿意加入我们的战斗，把意大利南部的兄弟从波旁王朝的血腥暴政中解救出来？当你的国家需要你的时候，你怎么能在此睡大觉呢？快醒醒，拿起武器吧！"

年轻人睁开眼睛，用手指在他扬起的下巴下轻轻弹了弹。这种永恒的姿势（在意大利的任何广场上都可以见到），意思是"我才不在乎 ****"（可任意添加你的咒骂语）。年轻人的不屑一顾，让这位将领无可奈何，加里波第只好骑马继续赶路。

"我们已经创造了意大利，"1861 年国家统一后，意大利的一位开国元勋叹息道，"现在，我们必须创造意大利人。"这似乎是一个不可能的挑战。军人之间往往听不懂彼此的方言。人群在欢呼不熟悉的词 l'Italia（意大利）时，听到的却像 La Talia（塔利亚），人们以为这是他们新王后的名字。没人能想象出来，意大利人要怎样才能团结一致，用所有人都能理解的同一种民族语言向同一面国旗敬礼。"我对你们发誓，唯有意大利面，"加里波第预言道，"才能统一意大利。"

他是对的。意大利面食，以其看似无穷的品种，确实把意大利人凝聚在了一起，然后，又渐渐地，比任何其他菜系的任何一道美食，在更多的国家里征服了更多的人。"与意大利面相比，但丁的荣耀算什么？"20 世纪的记者朱塞佩·普雷佐利尼敢于如此发问。不过，意大利食品的一大优势是：每当我们在享用意大利面食时，都能摄取其中丝丝缕缕的文化。

意大利的食品与语言，就像 cacio sui maccheroni（奶酪通心面）一样融合在了一起，两者都拥有值得夸耀、可追溯到古代的丰富而欢愉的历史，两者在不同地区甚至不同村庄之间都存在极大的差异，两者都映射出几个世纪以来被入侵、同化和征服的历程，两者都能将日常生活的必需品转化成充满生机的喜乐庆典。

意大利人早就意识到，所谓的"我们"——毫不夸张地说——就意味着"我们吃什么"。sapia 在拉丁语中是"品味"的意思，在意大利语中，它却是 sapienza（智慧）一词的起源。为了追求神圣的智慧与圣洁的美德，正如卡萝尔·菲尔德在《赞美意大利》一书中所言，意大利人形成了"吃神"（eating the gods）的传统。通过年复一年的教会假日，他们吞食"使徒的手指"（dita degli apostoli，即乳清干酪甜薄饼）、"圣阿加塔的乳房"（minni di Sant' Agata，即塞满杏仁的蛋白软糖）、"圣露西娅的眼睛"（occhi di Santa Lucia，即硬质面包圈）

和圣诞节的"裹着婴儿耶稣的布"（cartellate，即用面粉、油和干白葡萄酒制成的甜点）等。

我也采取了类似的"吃意大利语"的策略，让意大利语成为我的组成部分。我大声朗读着关于简单烹饪技巧的轻快词语，比如，rosolare 指把食物做成金黄色，sbriciolare 指做面包屑，sciacquare 指漂洗……我着迷于意大利面食形状的语言储藏室："小耳朵""半截袖""星星""顶针"——还有名字尖酸刻薄的粗扁意大利面"婆婆的舌头"（lingue di suocera）和短面条"牧师的绞杀者"（strozzapreti，它足以让贪吃的神职人员在享用昂贵的荤食之前心满意足）。甜食如"装满冰激凌的海绵炸弹"（zuccotto）、"戒指蛋糕"（ciambellone）、"修女的叹息"（sospiro di Monaca）和"提振精神的提拉米苏"（tiramisu）等，如此芳香诱人地从我的味蕾滑过，以至于我赞同厨师们所说的，他们可以让"死人重新喘气"（fare respirare i morti）。只有意大利人会把在某种特殊的场合下父母与孩子们干杯时饮用的冰糖珍珠果汁，称为"爱的眼泪"（lacrime d'amore）。

意大利的美食词汇——就像它们所形容的菜肴一样——不只为挑逗或满足食欲，也为日常对话添油加醋。意大利人巧妙地将爱管闲事的人形容为"欧芹"（prezzemolo），将心情紧张的人形容为"鳕鱼干"（baccalà），将不明事理的人形容为"香肠"（salame），将令人讨厌的人形容为"比萨饼"（pizza）或"马苏里拉奶酪"（mozzarella）。你把自己弄得一团糟吗？就说你"做了一个煎蛋卷"（fatto una frittata）。你对某事厌烦透顶不能再忍受了吗？就说你"在水果店里看水果"（alla frutta）。你迷恋某人吗？就说你被"煮熟了"（cotto）。意大利人对一个被反复讲述的故事表示不屑一顾，说它是"炸了又炸"（fritta e rifritta）。把一部毫无价值或平庸老套的电影，叫作"大肉丸"（polpettone）。形容那种没有真材实料的东西，为"只见嘶嘶冒烟而不见烤肉"（tutto fumo e niente arrosto）。

意大利的美食并非千篇一律，而是像意大利的语言一样，富有地方特色。每个地区都基于当地的气候、地形、特产，以及烤面包、种植橄榄、陈化奶酪和形塑面食的独特方法，发展出了各不相同的"地理品味"（gusto della geografia）。例如，利古里亚渔民的妻子们创造了一种"返乡美食"（la cucina del ritorno），招待从海上归来的男人们，其中包括美味的 torta marinara——它不是一种鱼肉馅饼，而是一种番茄大蒜调味馅饼。撒丁岛的面包师们把面包擀得又平又薄，牧羊人可以将其像乐谱（carte da musica）一样折叠起来放在口袋里充当点心。同为狂欢节的油炸甜点，不同地区则有略为不同的制作方法与名称，比如，"碎布"（cenci）、"饶舌者"（chiacchiere）、"莴苣叶子"（lattughe）、"绶带"（nastrini）和"情人结"（nodi degli innamorati）等。

当我向一名服务生问及米兰调味饭（risotto alla milanese）的金色调时，他说，它的起源可追溯到 14 世纪建造的米兰大教堂。一个在大教堂窗户上工作的年轻玻璃学徒工，为玻璃创造了如此绚丽的色彩，以至于他的同事无情地嘲笑他，是在颜料中加入了藏红花方能使之这般灿烂。出于回敬，他在主人婚宴的米饭中加入了藏红花，结果意想不到地色香俱全，这也证明了我喜欢的意大利谚语之一揭示的智慧：Anche l'occhio vuole la sua parte.（连眼睛都想分一杯羹。）在意大利，美食必须是既美观（bello）又可口（buono）的。

虽然我喜欢烹饪，但在意大利，我情愿有像玛丽亚－奥古斯塔·扎加利亚这样的好女人做伴，她将我们每年夏天在埃尔科拉纳租住的别墅里那个火柴盒般的厨房，变成展示厨艺的"梅林山洞"（Merlin's cave，梅林是英格兰传奇故事中的人物）。未及食物冷却，我和鲍勃就狼吞虎咽地吃光了她做的轻如羽毛的炸西葫芦花（fiori di zucca）。我们的客人告诉我们说（我当然相信他们）：她做的野猪肉酱宽面（pappardelle al cinghiale）是无与伦比的，这是西托斯卡纳马雷马地区的一大特色食物。

我从未向玛丽亚－奥古斯塔索要食谱，因为这样的要求似乎不太妥帖。难道说，任何一个普通的厨师通过遵循标准化的指导，就能复制出她的美餐吗？反正我不行。更何况，她和许多意大利厨师一样，是用手指（dito）来量油，用拳头（pugno）来量面粉的。不过，有一天，当我们在一起做色拉的时候，玛丽亚－奥古斯塔的确与我分享了一则关于完美调配色拉的古老的意大利格言：找一个挥霍的人（prodigo）来倒油，找一个吝啬鬼（avaro）来加醋，找一个智者（saggio）来添盐，找一个疯子（pazzo）来把这一切搅和。但是，对她亲手制作意大利面的方法，她秘而不宣。

这种由面粉和水组成的"面食"（加上一个鸡蛋，用来做"星期日意大利面"），一直是意大利人餐桌上的共同特征。在罗马奎里纳莱山坡上的一个小广场内，我在位于该处的意大利面食博物馆了解到了意大利面的传说起源。从前，一个名叫马卡雷奥的人，在缪斯塔利亚的启示下，发明了一个里面有许多小孔的金属容器，把生面放进去，一串串的面条就像变魔术似的从这些小孔钻了出来。他立即把这些通心面煮熟了，端给一些饥肠辘辘的诗人。塔利亚把这个奇妙装置的秘密交托给了歌声诱人的帕尔泰诺佩——她在公元前六至七世纪创建了那不勒斯城。

根据科学考古研究，我们知道，早期的罗马人靠吃大麦粥和一种叫作 langanum 或 lagana 的面食混合物，这可能是最早的烤宽面（lasagna noodle，这个词语源于拉丁文 nodellus，意为"小疙瘩"）。随着城市人口增长，为了防范火灾，政府禁止在拥挤的公寓里生火做饭。于是，居民们常常从热食摊上买回菜肴——这就是最初的外卖。

我在罗马的时候，就像古罗马人一样，从托尼那里买回刚刚出炉的美味面食，他是一位埃及厨师，三十年前移民意大利，他的店铺就设在我居住的公寓的拐角处。然而，即便是我只点了一份食物，托尼也要打包足够两个人（或更多人）吃的食物。我知道这是为什么：在意大利，一个人用餐几乎被看作是一件悲伤的事情。

意大利的谚语证明了国民对于单人用餐的反感：Chi mangia solo crepa solo（独自吃饭，孤独终老），Chi non mangia in compagnia è un ladro o una spia（没有同伴进餐不是小偷便是密探），Chi mangia solo si strozza a ogni mollica（独自吃饭每一口都会噎着）。有时候，这些俏皮话也是一种吸引单独就餐者加入团体用餐的有趣方式。在意大利，当我在餐馆里独自进餐的时候，常常遇到邻近在座的全家人都友善地举起酒杯，祝我 buon appetito（胃口大开）。"È tradizionale."（这是一种传统。）一位服务生曾这样解释道，似乎担心我会介意。

意大利人关于厨艺的文字传统，可追溯到公元四至五世纪西方世界已知最早出版的读物：《论烹饪》（On Culinary Things），也被称为《阿比修斯》(*Apicius*)。阿比修斯是罗马的美食爱好者（buon gustaio）马库斯·加比乌斯·阿比修斯的名字。加布里埃拉·加努吉说：阿比修斯可能不是这本书的作者，但他完全体现了意大利人对于美食的爱好。为了表示对他的敬意，加努吉以阿比修斯的名字命名了自己在佛罗伦萨著名的烹饪学院。当我发现加努吉这位不折不扣的聪明人，在从事厨师职业之前是学习法律的，便问她对于美食的热情是怎么来的。"啊，夫人，"她把长长的黑发往后一甩，说道，"你当然知道，与其说是我们选择了自己的爱好，不如说是爱好选择了我们。"

古罗马人对于不同寻常的菜肴的爱好，激发了第一次真正意义上的国际性美食热情。在一个延伸到已知世界各个角落的帝国里，所有的美食之路都通向罗马。来自被征服领土的食物——非洲的洋蓟、亚洲的樱桃、叙利亚的开心果、高卢的火腿、埃及的椰枣等（以及制作它们的厨师们），源源不断地进入了有权有势者的厨房。

"阿比修斯"让人联想到奢华的宴会场景：客人们围坐在矮桌旁的靠椅上，品尝着异国风味的菜肴，比如，骆驼肉、火烈鸟舌、烤天鹅或鹦鹉等，所有这些都被带着玫瑰香味的葡萄酒冲下了肚。有些意大利甜点可以追溯到古代。根据美食传说，尼禄以及其他的古罗马人，喜欢从附近山上采集冰雪再以蜂蜜和坚果调味加以食用——这就是最初的意式冰激凌（gelato）。

在罗马没落后的那个残酷的黑暗时代，维持人口生存的主食是一种被称为 minestra 的汤汁，用茎根、野草、植物和少量的肉（假如有的话）熬制而成，可以作为一顿伙食，也可以作为一天或一周的伙食。minestra 这个词，成了"生存"的同义词，也是一个人在生活中勉力应付窘境的一种隐喻：假如你有办法做你想做的事情，那么，你就可以吃上任何你想要的浓汤，包括杂菜面条大汤；假如你没有办法，那么，你就只能吃到加热的剩汤（ minestra riscaldata）。当你竭尽所能还是无路可走时，那么，你只好 mangia la minestra o salta dalla finestra ——要么喝汤，要么跳窗。

意大利面食在中世纪重新出现。约在 1154 年的早期游记中，一位阿拉伯地理学家描述了在西西里一个村庄目睹一种细面的生产与干燥的过程，这种细面被他称作 itriyya（阿拉伯语，意大利人将其译作 vermicelli，面线或"小虫子"）。水手们可能把这种适于保存的面食带到了热那亚和比萨，于是，通心面和细面线出现在这些地方的个人遗嘱和存货清单中。意大利面食博物馆中陈列了一些相关文档，博物馆馆长强调说：这些文档明显地驳斥了那种认为意大利面直到 1295 年才由马可·波罗从中国引进的说法。

我还可以用一则 12 世纪的民间故事佐证（尽管不科学），那是一位老师讲给我听的，彼时我正为"遥远的过去"（ passato remoto）煞费苦心（现在也是）。它讲述了一个美丽公主的故事。公主生活在一座城堡里，虽有许多厨师为她准备膳食，但没有哪个厨师能够做出让她称心如意的番茄罗勒酱。一天，一位年轻英俊的农夫愿意向她提供自己的秘方，不过，要求她以王位作为回报。尝了尝他做出的番茄罗勒酱后，她便同意了。最后，他老了，治理国家也累了，而她却乐在吃中，活到了一百岁。这个故事的寓意是：有时候，吃得像个国王更胜于当个国王。

中世纪的"贵族烹饪"（ cucina principesca），更着重于虚饰而不是味道。宴会以异国风味的食品和昂贵的香料（其价值常常可与货币相提并论）为特征，以此证明主人的财富与威望。真正的美食狂欢，往往以如皮革般坚硬的老鹰或孔雀肉为特色——将它们先煮后烤，再佐以辛辣的调味酱下肚。拿了天文数字薪水的皇家厨师们把食谱口口相传，就像代代相传的家传秘方一样。在用意大利方言写成的少数几种食谱中，有一种是由 13 世纪一位年轻而风流的锡耶纳贵族流传下来的。

这个年轻人放弃了原先的放荡生活，把最后的宝贵财产留给了一个修女：一袋珍贵的香料和一份制作丰盛甜点的食谱。这位善良的修女觉得，这种奢侈的美食并不适合于做修女的人，她便将其交给一位主教，主教则与其他贪吃的神职人员一起分享了这份食谱上的美餐。最终，它传到了红衣主教的弟弟乌巴尔迪诺手中，乌巴尔迪诺是一个非常有名的厨师，但丁在《炼狱篇》中将其刻画成一个永不知足的饕餮者形象，他因此而不朽。乌巴尔迪诺之所以被打入炼狱，可能是因为他在这份原始食谱中，创造性地加入了杏仁、榛子和果脯，制成了锡耶纳著名甜品潘芙蕾（panforte，意为坚硬的面包）。

大约在同一时期，美食盛景呈现在乔瓦尼·薄伽丘的《十日谈》中。这个毕生的美食爱好者（buongustaio），想象出了一片"丰饶之地"（il Paese di Bengodi），在那里，"有一座整个由磨碎的帕尔马干酪构成的山，山坡上的人们煞费时间制作通心面和小方饺，并把它们放在鸡汤中煮熟，然后扔向四面八方。谁捡得越快，谁就得到越多。不远处，有一股韦尔纳恰葡萄酒的泉流，那是曾经喝过的最上等的葡萄酒，里面不含一丁点儿水分"。

随着文艺复兴到来，厨房变成了烹饪手艺人的作坊。埃尔科莱·德斯特公爵的厨师们发明了一种名为 fettuccine 的蛋黄色宽面，作为献给公爵儿子的金发新娘——臭名昭著的卢克雷齐娅·博尔贾的美食礼物。维纳斯的肚脐，启发了博洛尼亚红衣主教的厨师制作饺子的形状的灵感，尽管当地传言称，这个迷人的肚脐，实际上源于一个客栈老板的女儿。

文艺复兴时期越来越注重简单、新鲜以及当地种植的配料，这些配料的制作方法，带来了真正的风味调料——现代意大利烹饪之精髓。这场烹饪革命的推动者是厨艺大师马蒂诺·达·科莫，他为罗马一位令人尊敬的异见主教做厨师，他的食谱集马里奥·巴塔利和爱丽丝·沃特斯二者之大成。关于这位 15 世纪厨艺大师的生平细节，包括他的生卒年份，仍然不为人知。然而，他那具有开创性意义的手稿《烹饪艺术》，大大地揭开了大厨们长期以来深藏不露的烹饪秘密。

不像之前的烹饪手册只列出食谱和配料清单，马蒂诺的手册详细注明了数量、器具、时间、技巧，以及烹饪过程的每一步。甜食爱好者应该感谢的是，大量使用糖（以前被当作像盐一样的调味品）来制作甜食由他首创。

要是马蒂诺还活在人间，那么，我毫不怀疑"美食频道"一定会根据他的烹饪特技制作出一系列节目。他在"飞饼"的展示中，把活鸟放进一个里面带有"真的"小馅饼的烤熟的饼皮里，在上菜的时候，鸟会飞向空中——这让人联想到童谣"一个馅饼里烤进了二十四只画眉"。为了制造孔雀喷火的效果，马蒂诺烤熟整只孔雀，换掉它的羽毛，并在它的嘴里塞进浸过酒精的棉絮，然后点火燃烧。

人们一定会去观赏马蒂诺"如何让一头烤熟了的奶牛、牛犊或鹿看起来像活的一样"的表演。在宰杀并剥皮之后，他指示说："要确保蹄子与皮和肉相连。"用足够大的铁架子把动物架立起来，然后在烤箱里或在明火上慢慢烧烤。当肉被烤熟后，把铁架子用钉子固定在一张大桌子上，再用剥下来的皮装扮动物，并把铁架子掩藏起来。"请注意，"他补充道，"以如此精巧的技术来烤制动物，这种厨师既不能是个疯子，也不能是个傻瓜，而必须是个绝顶聪明之人。"

马蒂诺的同时代人，人文主义学者，且是梵蒂冈图书馆馆长的巴尔托洛梅奥·萨基——其更广为人知的名字是普拉蒂纳——获得了马蒂诺为数不多的手稿之一。他把马蒂诺这本用意大利方言写成的手稿翻译成拉丁文，同时还添加了自己的十来种食谱以及一篇关于他个人的人文主义、生活趣味的信仰的文论。他的集烹饪和哲学于一体的专著《论正确的快乐与良好的健康》，于 1494 年以通用拉丁文出版，成为第一部国际性烹饪畅销书。

要不是一位名叫约瑟夫·多默斯·费林的美国厨师兼旅店老板，很可能没有人会知道马蒂诺的贡献了。1927 年，这位藏书家从一位意大利古董商那里买到了一部马蒂诺的原稿（*已知现存的五部原稿之一*），并确认了其中的食谱。他于 1941 年出版的学术著作《柏拉图与人类的重生》，最终拯救了已经消失的厨艺大师马蒂诺。罗马厨师、美食历史学家斯特凡尼娅·巴尔齐尼为加利福尼亚大学出版社最近出版的英文版《烹饪艺术》更新了马蒂诺的食谱，书中包括"如何装扮乳猪"，但没有提到"喷火的孔雀"或"站立的牛犊"。

在文艺复兴时期，屠宰和切肉的人，也可与厨师一样变成名人。

在宫廷气派的宴会上——一种表演与品味同样重要的场合，切肉的人（scalco）扮演着一个举足轻重的角色：根据客人们的社会地位为他们切肉。这可是一项严苛的任务哦，它激发了意大利人关于切肉的丰富词汇。一位公爵或许可以享受 fesa（从后腿上部切下的嫩肉），一位地位稍低的贵族只能享用 scamone（后臀尖）。

为了纪念 7 月 4 日美国独立日，维比亚诺 - 韦基奥山庄酒店的厨师莉娜，为我们准备了火鸡（tacchino）——不是感恩节风格的整只烤火鸡，而是她在庞大的火炉里烤出来的一只硕大的火鸡腿。在抬出她所谓的巨大的"雷龙"（brontosauro）之后，她立刻转向鲍勃，递给他一把切肉刀。

"Allo scalco!"（给切肉的人！）坐在桌边的意大利人都欢呼起来。

第一个输出意大利烹饪、饮食和款待方式的人，是凯瑟琳·德·美第奇。十四岁那年，她带着厨师、面包师、糖果师、酒保和食谱，嫁给了未来的法国国王亨利二世，那时，她就是一个美食家（buona forchetta，字面意思为"好叉子"）了。作为国王的妻子和三个孩子的母亲，凯瑟琳改变了法国人的饮食结构（引入了洋蓟和菠菜等佛罗伦萨风味的菜肴），以及他们的用餐方式，尽管她的丈夫从未掌握使用她带到餐桌上的新奇叉子的窍门。巴黎人很快就开始尝试"皇后风格"（à la mode de la Reine）的用餐方式，而法式烹饪也随之成为占主导地位的国际美食。

英国人并没那么容易接受意大利的烹饪创新。一位英国旅行者对意大利人使用叉子（forchetta）进食表示赞赏，因为"并非所有人的手指都是一样干净的"。然而，他的许多同胞却嘲笑使用这种

尖端分叉的进食器是一种矫揉造作，并讽刺它的使用者为 forkifers
（用叉者）。

佛罗伦萨的一位英国侨民曾试图让我相信，正是英国的烤牛
肉启发了这座城市最火爆的特色菜"佛罗伦萨牛排"（bistecca alla
fiorentina）的诞生。"Non è vero."（这不是真的。）一位服务生对此
表示否认。在位于阿尔诺河畔的金景餐厅（Golden View，尽管其英
文名字很俗气，但当地朋友推荐了它），他为我和女儿端来了一大块
上等的托斯卡纳契安尼娜牛排。这位服务生解释道：美第奇家族常
常会在纪念其家族保护人圣洛伦佐的宴席上，为佛罗伦萨人烹制与
供应这种美味的牛排，而人群中的一些英国观光客，曾热切地呼喊
着要来一份他们所谓的 beef steak（牛排），意大利人应和英国人的
发音，将牛排称作 bistecca，英语又将其衍生为 la fiorentina（"佛罗伦
萨"牛排）。

根据一位历史学家的记载，在意大利面于《1763 年和平条约》[1]
之后正式进入英国时，很快就在伦敦的新餐馆里占据一席之地。然
而，那些头戴假发、穿着时髦的顾客，以及那些迷恋意大利风情、打
扮华丽的英国观光客，却被嘲笑为"通心面"，这种嘲讽后来成了美
国音乐电影《胜利之歌》中的歌词。

曾因其饮食中的绿色蔬菜而被称为"叶食者"（mangiafoglie）的
那不勒斯人，在 18 世纪又获得了"通心面食者"（mangiamaccheroni）
的绰号。小贩们在土炉灶上煮好面条——他们称之为 maccaronari，

1　1763 年 2 月 10 日，英国、法国、西班牙和葡萄牙共同签订了《巴黎和平条约》，
或称《1763 年和平条约》。——译注

随手加点磨碎的奶酪来调味，便在街头叫卖了。意大利面食博物馆里挂着当时的一幅图片，画面上显示的是：一群衣衫褴褛的小顽童的头顶上方，悬挂下来长长的、"诱人的"面条（il ghiotto cibo），一直进入他们张开的大嘴里。"国王与我的区别在于，国王想吃多少面条就吃多少面条，"那不勒斯的一句谚语说，"而我是有多少面条吃多少面条。"

那不勒斯的厨师们，是最早把意大利面与它的完美伴侣——从南美进口的番茄——搭配在一起的人。随着加里波第军队向北挺进，最早品尝了通心面加番茄酱的军人们，将番茄（pomodoro，金苹果）带入了半岛。那不勒斯的另一特色食品——比萨饼——在意大利历史上也是值得一提的。

19世纪那不勒斯的统治者——波旁国王斐迪南一世，对一位名叫安东尼奥·泰斯塔[1]的厨师制作的比萨是如此着迷，以至于他会穿着破旧的衣服偷偷溜进安东尼奥·泰斯塔的比萨店。他的继任者斐迪南二世邀请了另一位比萨师（pizzaiolo）唐·多梅尼科·泰斯塔[2]，进入宫殿为宫廷里的女士们制作比萨。作为回报，国王把"先生"（monsieur）的头衔赠予泰斯塔，而这个头衔通常是留给皇室主厨（chefs de cuisine）的。那不勒斯人把monsieur这个尊称的语音发成了monsù，后者成为该城比萨师的别称。

1889年，国王翁贝托一世和玛格丽塔王后访问这座城市，一位

1　Antonio Testa，早期比萨的发明者之一，最初比萨被认为是"穷人的食物"，因此斐迪南一世不得不假扮成穷人去品尝。——编注

2　Don Domenico Testa，安东尼奥·泰斯塔的儿子。——编注

比萨师为他们创作了一款经典之作。王后点了一份比萨，比萨师拉法埃莱·埃斯波西托用绿色的罗勒、白色的马苏里拉奶酪和红色的番茄——象征着新国家的官方色彩，制作出了第一份"玛格丽塔比萨"。如今，在埃斯波西托的比萨店里（现为布兰迪比萨店），仍然陈列着一封来自王后的"餐桌服务主管"的官方感谢信。

但在翁贝托和玛格丽塔统治后的很长时间里，"新"意大利人的吃与说，一如既往，是"老"比萨人、卢卡人、西西里人或热那亚人曾经的样子。而那个几乎是凭借一己之力克服了地区差异，创造出真正的民族美食的人，既不是厨师，也不是屠夫，而是一位歇业商人和放贷者。佩莱格里诺·阿图西出生于以美食丰富著称的艾米利亚－罗马涅大区的福林波波利，要不是因为一起已成为当地传奇的可怕事件，他可能绝不至于冒险离开他那安稳的家乡。

在纷乱的 19 世纪中期，身披黑色长斗篷的蒙面强盗，在艾米利亚－罗马涅一带四处横行，吓坏了市民和观光客。其中最臭名昭著的是卑劣无耻的"渡船夫"（Passatore）——因其父亲的职业而得此绰号。1851 年 1 月 25 日，福林波波利的头面人物聚集在当地的剧院里，正在观看一场备受期待的演出。演出进行到半途，"渡船夫"的手下冲上了舞台，堵住了出口。他们强迫人质交出自家的房门钥匙，洗劫了这座城镇。

根据约翰·迪基在《美食！意大利史诗般的历史及其食物》一书中的详细记载，强盗们用手枪击打阿图西这个"胆怯、近视、长痔疮的三十岁单身汉"。他的几个姐妹设法躲藏起来，其中一人头部受了刀伤，而另一人，杰尔特鲁德——用阿图西的话来说——"遭受了虐待与玷污"。强盗们在家中横冲直撞，抢走了金钱和珍贵的财物。杰尔特鲁德从未从创伤中恢复过来，她在一家类似于精神病院的机构度过了余生。其余家庭成员都搬到了佛罗伦萨，在那里，阿图西发迹成为一个他自诩的银行家、商人和求知欲极强的学者，最重要的是，用他自己的话来说，他是一个充满激情的探索者，探索着"任何地方他所能发现的美好事物"——尤其是在厨房里。

他的传记作者指出：在五十岁歇业后，他已是很富有的了（già ricco），这位一辈子的光棍把他的厨房变成了一个烹饪实验室。阿图西身材魁梧，留着浓密的白色的海象胡子，一直延伸到鬓角。他用甜言蜜语从大厨、普通厨师、朋友的妻子和一群有趣的女性熟人那里套取各种食谱。他的两个厨师抱怨说，他的实验都快把他们逼疯了。经过多年的累积与尝试之后，阿图西将475种食谱，加上他在健康与营养方面的切合实际的建议，汇编成了一部厚厚的书卷，并配以一个令人印象深刻的书名：《烹饪的科学与美食的艺术》。

没有出版商愿意出版这部朴素的食谱。在遭到一连串轻蔑的拒绝之后，阿图西把书献给了他的两只猫，并于1891年自行印制了一千本。他花了四年时间才把它们卖掉。然而，尽管一开始进展缓慢，但随着这部食谱渐为人知，"阿图西"成为一种文学现象和意大利文化的一个里程碑。每家每户的居民，无论地位卑微或高贵，都想拥有自己的"阿图西"。

我在埃尔科拉纳书店的书架上偶然看到了这本书，我被书中第一句话征服了。"烹饪是一个难缠的精灵（una bricconcella），"阿图西说，"它常常会让你绝望。然而，当你真的成功了，或者在制作的过程中克服了一个很大的困难，你便会体验到一种取得伟大胜利后的满足感。"

阿图西是一位非同寻常的研究者，他重新索回了一些被认为是法国菜肴的声誉，比如，法式薄煎饼（或称可丽饼 crêpes）——他将其追溯到托斯卡纳的小烤饼（crespelle），还有法式白色调味酱（béchamel sauce）——他认为它来源于古罗马的一种胶酱（colletta）。据阿图西的说法，拿破仑在意大利西北部的马伦戈战役中获胜之后享用的鸡肉，并不是由他的法国厨师制作的，而是由皮埃蒙特的一位农妇用当地的配料烹制的。

阿图西没有借用法语术语，而是致力于"我们美丽而和谐的语言"，在这个新统一的国家里，这种语言指的就是但丁所使用的托斯卡纳语。他收录了一些在整个半岛不曾使用过的名目，比如，cotoletta（肉排）和 tritacarne（碎肉机）等，并用托斯卡纳方言加以简短介绍。他还通过翻译其他方言，用一种轻快有趣的风格，引介了各种地方性食谱，比如，piselli col prosciutto（来自罗马的"火腿豌豆"）和 strichetti alla bolognese（来自博洛尼亚的"肉酱面"，据说它出自一位被称为"小燕子"的年轻而迷人的博洛尼亚女子之手），其他地方的许多意大利人都从未吃过这些菜肴。

在描述 pasticcio di maccheroni（一道把肉和通心面混在一起的砂锅食品）时，阿图西开玩笑说，pasticcio（意为"大杂烩"）"不管怎么做，结果总是很好吃的"。这位业余美食家写出了一本"大杂烩"，把烹饪规则、建议、评论、趣闻逸事和科学琐事（比如，哪些鱼在排出空气时会发出声响）全都搅在一起——其语气慈祥而鼓舞人心。

"即便是你做的这道点心，看起来像某种丑陋的动物，比如，一条巨大的水蛭或一条不像样的蛇，也请不要惊慌，"阿图西再次向读者们保证，"你会喜欢它的味道。"

意大利人当然喜欢阿图西所带来的新品味。他在书中汇集了790种食谱（其中许多是由读者们贡献的），在出版第十四版时，他在书前添加了一篇庆典式的序言，题为"一本书的故事，就像灰姑娘一样的故事"——这是关于一部曾经遭人唾弃最终却引起轰动的手稿的传奇故事。阿图西活到了九十一岁，他奠定了我们所知的意大利美食的基础。

"饮食和说话的方式，总是一个国家统一的基础。"专注于食谱和美食历史的意大利出版商圭多·托马西在米兰接受早餐采访时表示。他解释说：在意大利统一后的几十年里，阿图西的作品增强了"意大利人对自己的美食、新国家和新语言的信心与自豪感"。这本平民主义的烹调书，成为当时最畅销的文学作品之一，仅次于童话故事《匹诺曹》（Pinocchio）——在托斯卡纳语中，这个名字的意思为"松子"（pine nut），由源自拉丁语的 pinus（松树）加上表示"小"的后缀 occhio 而成。

我的朋友卡拉·纳蒂曾为我们做出我所吃过最美味的饭菜，她回忆起了在她成长的艾米利亚-罗马涅"大庄园"（azienda，类似于西班牙那种由牧场和农场组成的大庄园）中，厨房里那套破损不堪的阿图西食谱。大约在二十年前，当我与她在罗马相遇的时候，我只会一点点意大利语，而卡拉不会讲英语——现在仍然不会。于是，我们把意大利的两种"烹饪艺术"结合了起来：她制作了令人垂涎的经典菜肴，比如，罗马风味的洋蓟面疙瘩、肉酱面、煎炒小牛肉片以及那不勒斯糕点。在她总是铺着手工刺绣的亚麻桌布，摆放着祖传银器和瓷器的豪华餐桌（tavola imbandita）前，我学着像意大利人一样用餐——不仅用嘴，而且用眼睛、鼻子、头脑和记忆，最重要的是用心灵。

在我们最近一次前往罗马之前，卡拉亲手为我们准备了一顿极为丰盛的"假日晚餐"（cenone），那简直就是为我们提供了一次意大利美食之旅。这场盛宴始于对米开朗琪罗的致敬——"科隆纳塔腌渍肥猪肉配烤面包"（bruschettine con lardo di Colonnata）。

"Lardo?"（肥猪肉吗？）我问道，小心翼翼地回想起童年时依稀记得的那种厚厚的白色油脂。并不是这样的，卡拉解释说：科隆纳塔肥猪肉（尽管是百分之百的肥肉）是从猪腹部的皮下组织中切片出来的，然后用盐加香料进行腌制，并在大理石缸中陈化六到十二个月。

科隆纳塔大理石采石场的工人们，就是用这种高热量的肥肉熔化在热面包上来充饥的。就像卡拉说的那样，每当米开朗琪罗来到阴冷的洞穴中挑选石材时，都禁不住要"品尝"一下科隆纳塔肥猪肉的美味。我怎能不跟随这位"神人"也来品尝一下呢？一口咬下去所产生的强烈感觉，与我多年前第一眼看到大卫裸体雕像时的那种不自在感相差无几！

我们的第一道主菜（primi）是"基奥贾菊苣烩饭"（risotto al radicchio di Chioggia），卡拉选用了产自意大利北部波河流域的卡纳罗利大米（carnaroli rice）。她告诉我们，直到 20 世纪 60 年代，被称为"水稻女工"（le mondine，来自 monda，指清洗水稻的过程）的年轻女孩们，还会从意大利各地乘坐火车来到波河谷种植水稻和除草。她们在繁重的劳动中唱出的令人难忘的旋律，被称为"稻田之歌"（canti della risaia）。一部拍摄于 1949 年的著名新现实主义电影《艰辛的米》（*Riso Amaro*，字面意思为"苦米"），讲述了这些四处流动、腿长而丰满的"水稻女工"的辛酸经历，以及在庆祝丰收的时候两个小偷密谋从仓库中偷米的故事。为了给我们的调味饭添加一丝苦味，卡拉选用了威尼托的脆菊苣，她说："这不仅是制作烩饭而且也是制作面条的绝配。"

卡拉为我们端上的第二道主菜（primo），是一盘浅橙色的手工南瓜面（cappellacci alla zucca），其形状像皱巴巴的帽子。面条里混合了南瓜、帕尔马干酪、杏仁脆饼和曼托瓦芥末（*与法国芥末不同的是，曼托瓦芥末含有辛辣的香料、水果和糖*），其味甜而浓烈。我禁不住诱惑，在饱餐这道美味后，还用一小块面包将碟子里剩余的酱汁擦净——就是意大利人所说的 fare la scarpetta（*字面意思为"做小鞋子"*）。

我刚尝了一口我所吃过的最嫩、味道最鲜美的羊肉，卡拉就告诉我，这是一种不到一个月大的乳羊肉（abbacchio）。当我得知这个名称来自拉丁语 baculum 时，我不禁缩手了，这是用来杀死羊羔的短棍，是无辜与牺牲的传统象征，复活节晚餐上的祭品。直到几十年前，每年春天，牧羊人都还会牵着他们的羊群进入罗马，以便人们可以选择每年要宰杀的对象。abbacchiato 这个词已变成了一个俚语，指身体上或精神上受到打击的人。

要让这样一个垂头丧气的可怜人重新振作起来，我想不出有什么能比卡拉的招牌餐后甜点更好——圆形模具中的自制冰激凌，上面浇有 zabaione[1]。这道绝妙的甜点可令我堕落。为了多吃一份（最好是两份），我情愿跳上下一趟前往罗马的航班。

在卡拉丰盛的饯行晚宴结束之际，我们不只品尝了一些最美味的意大利菜肴和葡萄酒，而且，拜其美食历史课程所赐，我们还汲取了有关意大利的语言、历史、艺术、音乐、电影和宗教仪式的点滴养分。伟大的意大利作家伊塔洛·卡尔维诺曾写道："若要了解一个地方，你必须去吃它。"下次，当你用叉子转动意大利细面，当你咬一口滚烫的比萨饼，或是当你品尝一盘热气腾腾的意大利烩饭时，请记住，你所吃的不只是食物，还是意大利。

1　主要由生蛋黄、糖、酒混合搅打制成，可单独作为甜点，也可作为其他甜点的酱汁。——编注

"我爱你"的诸多表达

在意大利一所大学医院的一次讨论会上，一位认真诚恳的精神科住院医生——来自皮埃蒙特，长着一头金发和一双紫水晶般眼睛的年轻女子——向我丈夫鲍勃提出了一个诊断难题。她说，在意大利的急症室和诊所里，看到了越来越多焦虑不安的年轻男子，他们时而语无伦次，时而号啕大哭，尽管他们抱怨自己心烦意乱，无法入睡、工作或学习，但医学测试发现他们的身体没有任何问题，那么，原因到底是什么？我丈夫列举了一些常见的疑点，比如，滥用药物和处于躁郁症的躁狂阶段等。"根据我们的经验，"她用沙哑低沉的声音说，"这常常是因为爱情。你在美国遇到过很多这样的病例吗？"鲍勃与我快速地交换了一下眼色，笑了笑，然后摇了摇头表示否定。

只有在意大利，爱情的"雷霆闪电"（colpo di fulmine）才会引起里氏震级的痴迷痉挛（spasimi），让神魂颠倒的追求者变成spasimanti、corteggiatori、innamorati、pretendenti，或仿佛受到了致命的打击，只有傻乎乎地凝视着心爱的人而无可奈何的 cascamorti[1]。

1　spasimanti、corteggiatori、innamorati、pretendenti、cascamorti，均为复数形式，是意大利语对陷入爱情的仰慕者、追求者的不同表述。——编注

在英语里，人们会用一个碎了一地的盘子来形容一颗破碎的心，意大利人则是用 spezzare（意为"支离破碎"）这个词语来形容一个害相思病的灵魂。难怪流行歌手蒂齐亚诺·费罗低吟浅唱，爱情让他变得如此 imbranato（俚语中"笨拙""别扭"的意思），让他简直像个"愚蠢的小饺子"。

正如大家怀疑的那样，"爱"在意大利确实更加生动。19 世纪的法国作家司汤达曾说过："在其他任何地方，它只是一个拙劣的复制品。"我和鲍勃三十年婚姻中最浪漫的时光是在意大利度过的。是啊，不知多少次了，在晚餐的烛光中，我们手牵着手品味着上佳的葡萄酒。而身边的意大利人总能相互配合，让这种平凡的时刻变得别具一格。在威尼斯，我们坐船摇曳于运河之上，因为我是孕妇，船夫会为我腹中的女儿（la bambina）唱起摇篮曲。在马焦雷湖和加尔达湖上那些已褪色的豪华酒店里，管弦乐队不停歇地演奏，尽管席上常常只有我们夫妇二人。

有一次，在一个夏日夜晚，我们的船员朋友费鲁乔和伊拉斯谟把船停靠在卡普里岛，吩咐我们在晚上 9 点 35 分准时到达他们选择的餐馆。当我们到达热闹非凡的餐馆时，他们领着我们离开拥挤的主餐厅，来到一个安静的凹室中，并坚持让鲍勃和我坐在两把景观椅子上，因为抬头可以望见从海面上显露出来的像原始废墟遗迹一般的巨大岩层（faraglioni）。不到几分钟，一轮壮观的红色满月（luna rossa）冉冉升上天空，照亮了高耸的岩石。

在 1990 年度假时，我们住进了我去过的最浪漫的地方——鹈鹕酒店，当时只是一家乡村小旅馆，坐落在第勒尼安海边的岩石山坡上，四周花团锦簇。它的创建者为迈克尔和帕齐·格雷厄姆夫妇，丈夫是一位飞行员出身的风度翩翩的英国人，妻子是一位魅力四射的美国人。他们之所以选择了这个偏远的地方来建造一个情人们的世外桃源，是因为这里让他们联想到他们坠入爱河之地——加利福尼亚州鹈鹕岬。我对鲍勃说："在我们有生之年，希望你每年都能带我来这里。"他做到了。旅社开业于 1965 年，现已发展成意大利顶级豪华度假胜地之一。我也想在此地立一块纪念性的小木牌——在拉韦洛的一家旅馆里，我们偶然发现了一块小牌匾，纪念葛丽泰·嘉宝曾在此处度过一段浪漫时光。"我不相信你已结婚了，"男店主每年都会这样取笑我，"因为你太爱笑了。你们一定是对恋人。"当然，他用的是 amanti（情人），听起来更加性感。

不过，尽管意大利人素有浪漫之声名，但他们却把 ti amo（我爱你）留给生命中的挚爱。讲英语的人往往在滥用"爱"，他们会爱所有的人和物——缺乏精确性（和想象力），这让从意大利移居美国的朋友弗兰切斯卡颇感困惑。"人们总是告诉我，他们爱我的头发，爱我的眼睛，爱我做的意式培根鸡蛋面。"她解释道，"那么，当一个男人说他爱我的时候，那将是一种什么样的特别感觉呢？"

意大利的父母、孩子甚至恋人，都会以 ti voglio bene 来表达爱意，虽然其字面意思是"祝你好运"，但它所传达的含义不止于此，还包括"祝你一切顺利""祝你万事如意"等等。这句话回响在无数的情歌之中。迷上对方的少男少女们，在他们的短信结尾处总会写上 TVTB（ti voglio tanto bene 的缩写，表示"我非常爱你"）。

语言大师尼科洛·托马塞奥在他于 1830 年出版的具有里程

碑意义的《同义词词典》中，剖析了 affetto、affezione、amore、amorevolezza、benevolenza、inclinazione、passione、amicizia、amistanza、amistà、amistà、carità、tenerezza、cordialità、svisceratezza、ardore、ardenza 等表示情与爱的词汇之间的细微差别。他指出：唯有amore 一词，才能表达一种更活跃、更有力、更激动人心的情感，它无法用其他任何名称来描述，它既可以体现为"高尚"，又可以表现为"邪恶"。

对托马塞奥来说，后者可能有特殊的意义，因为他是一个虔诚的教徒，与自己无法控制的性欲进行着激烈的斗争。他在个人日记中，记录了自己每天如何与肉体诱惑斗争以及其他生活细节，比如，每天（从五十岁到六十七岁）吃了几口食物，多久洗一次耳根和剪一次脚指甲等。这位执着的诗人和小说家，细致入微地阐述了"愿望"之间的差别：voglia 为最初的心愿，desiderio 为出于真情，brama 为更强烈的渴望，appetito 为放纵的欲望，即所谓的"始于爱而终于愤怒"（il primo moto d'amore, e l'ultime furie）。

正如托马塞奥明确指出的那样，意大利语无疑是一种爱的语言。为什么所有经典的意大利音乐和文学作品，几乎都是关于爱情的呢？当我向作曲家、彼特拉克派学者卢恰诺·凯萨提出这个问题时，满脸浓密胡子的他露出了笑容，回答道："还能有什么呢？"我想象不出任何其他国家的一个公民——当然不会是保守的英国人或雄心勃勃的美国人，甚至也不会是轻浮的法国人或富有魅力的西班牙人——会说出这样的话。

爱，也许只是对爱的爱，是如何根植于意大利人的心灵深处的？

意大利谚语说：Solo chi ama conosce.（只有心中有爱的人才懂得爱。）于是，我开始在意大利的爱情故事中寻找答案。

罗马帝国本身就起源于大约三千年前的一个爱情（或更准确地说是欲望）传说。好色的战神玛尔斯被一个贞洁女子的美貌迷惑，他偷偷溜进了她所在的阿尔巴隆加城的一座寺庙里与之同床。当失去贞洁的女子生下一对漂亮可爱的双胞胎男孩时，邪恶的部族国王下令将婴儿扔进台伯河。装着婴儿的摇篮顺流而下，最后被冲到了帕拉蒂诺山脚的岸边。

根据传说，是一只母狼（lupa）哺育了这对双胞胎兄弟：罗慕路斯和雷穆斯。然而，他们的哺育者很可能是人类，因为 lupa 是"妓女"的俚语，妓院则被称为 lupanaria。在 2007 年一次惊人的发掘中，考古学家们发现了卢帕尔卡莱亚（luparcalea）这个用海贝壳和彩色大理石拼花装饰的神圣洞穴——这是双胞胎的庇护所，也是他们朝拜的圣地。

几个世纪以来，在每年的 2 月 15 日，罗马人都会在这个洞穴前献祭一只山羊，庆祝一个叫作"牧神节"（Lupercalia）的生育节。祭司将山羊皮切成条状，浸泡在祭祀用的血液中。男孩们会在街上跑来跑去，用山羊皮条轻轻地拍打妇女，以期增强她们来年的生育能力。在当天晚些时候，城里所有未婚的年轻女子，都会把自己的名字放进一个大瓮里。罗马的单身汉们各自选择一个名字，然后成为那个女子当年的性伴侣——这类似于试婚，他们通常会走入婚姻。

随着教会势力的壮大，它废除了这一异教习俗，取而代之的是，在 2 月 14 日设立了最浪漫的"圣徒节"，以纪念一位名叫瓦伦丁的罗马殉难牧师。尽管历史记载各不相同，但瓦伦丁似乎在公元 3 世纪的罗马从事神职工作，当时的皇帝克劳狄二世认为，单身男子比有家室的男子要更加勇猛善战，于是宣布年轻男子（*他的潜在兵源*）结婚是不合法的。而同情年轻恋人的瓦伦丁则不顾禁令，继续为他们主持婚礼。

这位心地善良的圣徒在被捕后备受折磨，却与前来探望他的一位年轻女孩——也许是狱卒的女儿——建立了情谊。有人说他们相爱了，另有人说他治愈了女孩的失明。在被砍头之前，这位圣徒递给她一封告别信，落款是：你的瓦伦丁。（From your Valentine.）意大利人把这一天叫作 il giorno della festa degli innamorati（*情人节*）。从那以后，世界各地的情侣就用同一个短语 "From your Valentine" 来纪念情人节。

这些神话般的故事是真的吗？在帕拉蒂诺山上，有一片绿树成荫、花香鸟鸣的开阔地，这是罗马一处最古老的公共场所，人们长途跋涉到此集会，因为他们认为这些故事都是真的。我也喜欢在人头攒动的下午晚些时候前去走走。这个地方以牧羊女神帕莱斯的名字命名，并充满了各种故事与传说。几个世纪以来，皇帝和贵族们都在这块圣地上建造他们的宅邸。参观这些豪宅的人把它们称为 palazzi，即法语的 palais、西班牙语的 palla 和英语的 palace 的词根。帕拉蒂诺爱好文学的居民留下了大量的语言遗产：一些有史以来最优美、最浪漫的爱情诗。

古罗马诗人盖乌斯·瓦列利乌斯·卡图卢斯通过将爱描绘成一种生活方式，而不是一闪而过的欲望或一时的疯狂，改变了希腊人发明的浪漫主义诗歌。他写了第一部扩展性诗体，描述了一段爱情的每一个阶段：从最初的激动，到丰厚的满足，再到幻灭的痛苦。他的灵感来自一位他称之为莱丝比娅（Lesbia）的美丽高贵、年纪较大的已婚女人。Lesbia 这个名字暗示着对古希腊女诗人萨福的爱之岛——莱斯沃斯岛（Lesbos Island）的致敬，在文学上有色情意味。后来，莱丝比娅被指控毒死她的丈夫，与她的兄弟发生性关系（这在古罗马并不鲜见）。卡图卢斯一首诗开头的一句，或可视之为古罗马市民（我一位朋友形容他们为享乐者——gaudenti）的座右铭：让我们活下去吧，我的莱丝比娅！让我们活着并爱着吧！

卡图卢斯完全为情所迷，他恳求道："先给我一千个吻，然后给我十万个吻……再给我亿万个这该死的东西吧！"卡图卢斯的一百多首诗稿，在遗失了几个世纪之后，于 1300 年前后又被发现——填塞在他家乡维罗纳一个贮藏葡萄酒桶的地窖的洞口。他的诗成了法国游吟诗人和托斯卡纳诗人（正是他们创造了后来由但丁所普及的"温柔新诗体"）的灵感来源。

古罗马诗人帕布利乌斯·奥维迪乌斯·纳索——其更为人所知的名字为奥维德和绰号"鼻子"（Nose），其最出名的作品有《变形记》（其中收集了古典神话）和有些暧昧的《爱的艺术》。《爱的艺术》是一本关于调情与引诱的入门书，其中包括在观看比赛或角斗时如何挑逗女人。"把你的大腿紧挨位于你旁边的女人，"他建议道，"如果碰巧有一粒灰尘落在那姑娘的膝上，因为这很有可能，那就用你的手指轻轻把它弹开。如果没有这种巧合，那也无关紧要，总之，你要找到任何服侍她的理由。"

　　奥维德对女人的忠告是：迟到。"延时可以增加你的魅力，延时是个伟大的吟游诗人。"他写道，"也许，你相貌平平，但到了晚上，微醺的人却会觉得你很美。因为柔和的灯光与阴影，会掩盖你身上的不足。"这部以世俗的罗马人为目标的温文尔雅的作品大获成功，以至于奥维德写下了续集《爱的补救》。但是，奥维德所描述的最坏的命运，却降临到他自己的身上。由于他受到奥古斯都皇帝淫乱的女儿尤利娅丑闻的牵连，被从罗马流放到了位于黑海边的一个偏远村庄。

　　奥维德在皮拉莫斯和提斯柏的故事中，讲述了更大的悲剧。这对命中注定的情侣，在古巴比伦相邻而居，青梅竹马。尽管两个孩子的家人禁止他们见面，但他们在分隔两家房屋的公用墙壁上的一个裂缝中窃窃私语。随着年龄增长，他们尝试接吻。他们密谋私奔，约定在一棵桑树下碰头，但当皮拉莫斯到达时，他只发现了一头狮子的足迹，以及提斯柏血迹斑斑、被撕碎了的斗篷（他送给她的礼物）。

　　皮拉莫斯误以为她已经死了，便在树下刺死了自己。然而，提斯柏是为了躲避狮子才脱掉斗篷的，这头野兽用带血的爪子撕碎了她的斗篷，而这些鲜血是狮子在先前遭受捕杀时所留下的。垂死的皮拉莫斯再一次睁开眼睛，在他的注视中，她用他的剑（她送给他的礼物）杀死了自己。根据传说，桑树的果实原本是白色的，却被他们的鲜血染成了红色。这个故事呈现在莎士比亚的喜剧《仲夏夜之梦》中，也是他的悲剧《罗密欧与朱丽叶》中遭受挫败的爱情故事的原型。

　　在薄伽丘的小说《十日谈》中，我们看到了另一对命途多舛的情侣：萨莱诺的君王坦克雷迪的爱女吉斯蒙达和"虽然出身微贱但品格与举止高贵"的年轻贴身男仆圭斯卡尔多。吉斯蒙达是一个绝世美人，不仅活泼可爱，而且"才情过人"。在经历短暂的婚姻之后，她以寡妇的身份回到了父亲家中，但父亲没有兴趣为女儿筹划第二次婚姻。于是，这个寂寞、沮丧的年轻女人的目光，便落在了圭斯卡尔多的身上，两人找到了一条让他进入城堡和她的房间的通道。

当坦克雷迪发现女儿床上的这对情人时，他对他的仆人大发雷霆。圭斯卡尔多没有为自己辩护，只是简单地说："你我都无法抗拒爱的力量。"坦克雷迪斥责女儿背叛了他和她的阶级，以至于选择了"这样一个条件极其低下的青年"，为了抑制女儿的激情，他命令手下绞死圭斯卡尔多，并取出他的心脏。坦克雷迪把年轻人的心脏装在一个金色的圣杯里交给女儿，留下一张便笺，上面写着：当你失去最心爱的东西时我会安慰你，就像当我失去最心爱的东西时你会安慰我一样。

吉斯蒙达望着恋人的那颗心不停地哭泣，"她的眼泪就像泉水一般喷涌而出"，盛满了圣杯。最后，她停止哭泣，将一小瓶毒药倒进圣杯，喝下了圣杯中的液体。当父亲走进她的房间时，她在奄奄一息中请求父亲，让两个生不能在一起的恋人，死后永远埋葬在一起。他们终于如愿了。

世界上最著名的恋人——罗密欧与朱丽叶，实际上可能生活在14 或 15 世纪。关于他们命运的已知最早的文字版本，可以追溯到1476 年，当时的马苏乔·萨莱尼塔诺（名字取自其家乡地名萨莱诺）在他的小说中讲述了一对不幸的恋人——锡耶纳的马里奥与贾诺扎的故事。作者信誓旦旦地说："上天作证，小说中的所有人与物，都是对发生在他那个时代的事件的忠实叙述。"

　　路易吉·达·波尔托是一位文体更为精致的作家，他在 1530 年左右出版的《新近重新发现的两位贵族恋人的历史》中，将这对恋人改名为罗密厄斯和朱丽叶塔。达·波尔托把故事的背景放在了维罗纳，并塑造了爱唠叨的奶妈、梅尔库蒂奥、蒂巴尔特、劳伦斯神父和帕里斯等人物形象。他坚称：这个故事是他在弗留利从军的时候从一个弓箭手口中听来的，当时他们正在一条荒凉的路上行军。

　　达·波尔托以一个戏剧性的转折结束他的故事：当罗密厄斯发现朱丽叶塔似乎无生命迹象时，便喝下了一瓶毒药，然后用双臂搂着她——而此时她的催眠药效正在逐渐消退。在这个极具戏剧性的结局中，想到已经无法让吞下毒药的罗密厄斯起死回生，朱丽叶塔死命捶打自己的胸口，猛揪自己的头发，她扑在罗密厄斯身上，绝望地亲吻他的嘴唇，泪水几乎淹没了心爱的人。

　　"难道我一定要死在你之后吗？"朱丽叶哭诉道。在莎士比亚的剧本里，罗密欧与劳伦斯神父一样，都曾恳求她要活下去。然而，在聚光灯照射的场景下，当朱丽叶见到已经死去的罗密欧时，"感受到了她高贵的丈夫的死带来的无法弥补的损失的全部分量，于是，她毅然准备赴死，她倒吸一口气并屏住不放，一会儿之后，突然发出一声响亮的尖叫，倒在了她爱人的身旁"。

　　1562 年，英国作家亚瑟·布鲁克将意大利的故事翻译成英文版；1582 年，威廉·佩因特以散文的形式重述了这个故事。1595 至 1596 年间，莎士比亚在创作他的剧本时，巧取了这些译文中的情节。在所有版本中，曾撕裂这对恋人的家族仇恨，在两个家族死去的孩子的血液交融中冰消雪化了。莎士比亚的剧终台词，应该可以作为这个催人泪下的故事的最后定论:"再也没有比朱丽叶与她的罗密欧的故事更加令人悲伤的了。"

我的女儿朱莉娅,身材高挑,金发碧眼,她在意大利消度大学暑假时,曾经历不少浪漫趣事。而追求她的年轻的罗密欧们,似乎对为爱而活要比对为爱而死更感兴趣。在佛罗伦萨,当地的男孩子们标榜她为他们的贝雅特丽奇(但丁所爱的女人),而他们则是宠爱贝雅特丽奇的但丁们。常常是,玫瑰花摆放在她就餐的桌子前,痴迷于她的情郎们为她唱起小夜曲。"喂!"一个年轻人当街喊道,"这是我的心,它爱上你了!"和朋友们(穿着比基尼泳衣和阿迪达斯运动鞋)徒步穿过五渔村风光迷人的"爱的小道"(Via dell'Amore)之后,朱莉娅潜入湛蓝的海湾,当她浮出水面时,她描述道,一位她见过的最帅的男人,正从他的船沿伸出手来,对她喊道,"la mia sirena"(我的美人鱼)。

乔瓦尼·贾科莫·卡萨诺瓦的名字已成了"诱惑"的同义词,难道你还指望他的同胞们会比他逊色?我对这个臭名远扬的浪荡子的言说方式颇感好奇,我发现,这个传奇小说家的生活充满了性,而几乎没有爱。

卡萨诺瓦的母亲是以美貌著称的女演员扎内塔·法鲁西,她会慷慨地将自己的魅力分享给王公贵族以及富商们。她随意大利的剧团在欧洲四处巡演,她的儿子则由祖母照料,在威尼斯长大。根据卡萨诺瓦本人的说法,他在十六岁的时候,把自己的童贞给了两个十几岁的姐妹,而她们的姨妈却成了他的好友。

尽管他的母亲希望他从事神职工作,但卡萨诺瓦还是被帕多瓦的神学院开除了，因为他被发现与一个迷人的伙伴同床睡觉。不过，他后来还是穿上了学徒牧师的长袍，成为在罗马的一名西班牙红衣主教的秘书，但在策划了诱拐一位高贵的罗马年轻女士的可耻行动后，他失去了这份职业。他应募加入了威尼斯军队，并在每个要塞都勾引女人。回到威尼斯后，他尝试过表演，但只能在剧院或舞会上找到拉小提琴的行当。

　　一天晚上回家时，卡萨诺瓦搭乘了一位年长先生的小船，但过不了几分钟，这位年长者突发了某种麻痹症。卡萨诺瓦赶紧跑到离他最近的医生家里，把医生从床上拉起来，去为好心让自己搭船的年长者治疗，并始终守候在病人的床前直到其康复。这位年长者是一个富有的贵族，他相信卡萨诺瓦拥有一种超凡的力量，遂把他安置在舒适的宫殿里，并给予他一大笔津贴。

　　卡萨诺瓦作为"征服者"（conquistatore）的生涯一发不可收。他对女人的胃口是"杂食性的"，正如意大利作家兼记者路易吉·巴尔齐尼所说，卡萨诺瓦对女人的影响力令人瞠目结舌，"他只需看一眼就可取悦女人，无论对方是什么样的年龄与条件，他都能成功让她在他的迫切恳求面前变得束手无策、无法防御。他的体力可让最苛刻的情妇也感到满足，从夜晚到第二天，他几乎可以无限次翻云覆雨，中间只有简短的间隔（entr'actes）。但这种体能还不如他的心理承受能力那样令人吃惊，他爱慕女人，一个接着一个，不管是胖的、瘦的、年轻的、年老的、下贱的、高贵的、小姐、女仆、娼妓、修女，一旦进入他的法眼，都难逃其魔掌。他总是兴趣盎然乐此不疲，直到晚年"。据估计，他一生中征服了两百多个女人。

卡萨诺瓦的寻花问柳和赌博嗜好，甚至到了让威尼斯人无法容忍的地步，他不得不逃离这座城市前往法国。几年后，当他回来时，便被指控为共济会成员、间谍且涉猎黑魔法，严重的罪行让他被关进了威尼斯共和政体最恐怖的地牢——I Piombi，为"铅"的复数形式，其名也许源自地牢里的锁链和栅栏所用的材质。经过十五个月的精心策划，他完成了貌似不可能的越狱行动，逃到了巴黎。

在那里，他找到了一位新的保护人——高贵、富有但容易上当受骗的于尔费公爵夫人，她投入了一大笔钱让卡萨诺瓦研发一种让她可以永葆青春的药剂。这个聪明的骗子还说服了法国政府，由他根据威尼斯的模式来组织与管理国家彩票。这个行当让卡萨诺瓦获利颇丰，他由此过上了奢靡的生活，拥有豪华住宅、仆人、马匹和马车，估计还有二十个情妇，他分别把她们养在二十处不同的住所里。

卡萨诺瓦是一个风趣健谈之人，与一些知识分子（其中包括法国启蒙思想家伏尔泰以及来访的本杰明·富兰克林）有密切的交往。他为朋友洛伦佐·达·庞特润色歌剧剧本《唐璜》。他创办了一家丝绸制造企业，却常常为躲避债务人追债或牢狱之灾而辗转欧洲各地。他经历了无数次决斗，并自封为"塞恩加尔骑士"（Chevalier de Seingalt）。他让人随机抽取上面写有字母的卡片来给人起名字。作为一个喜欢冒险的赌徒，据说，他曾在一个晚上损失了一百万美元（以今天的数字计算）。

卡萨诺瓦屡遭逮捕与监禁，当返回威尼斯时已是穷困潦倒。一些传记作者指责一个十几岁名叫玛丽亚娜·德莎尔皮永的妓女，耗尽了他的钱财，伤透了他的元气。他想要报复但又无可奈何，于是，他买了一只鹦鹉，只教会它说一句话："德莎尔皮永比她妈更淫荡！"然后拿到市场上去转售。

虽然卡萨诺瓦曾为威尼斯的秘密警察做过一段时间的线人，但他写了一本恶毒地讽刺威尼斯头面人物的小册子又引火烧身，不得不再次逃亡。他遍游欧洲，涉猎诗歌、神学、数学和哲学，还创作了一部波兰史和一部小说《伊科萨梅罗》——这是世界上最早的几部科幻小说之一。一位仁慈的朋友为这位身无分文的前花花公子提供了一个闲职，让他在波希米亚沉闷的城堡里当图书管理员，在那里，仆人们用一些羞辱性的恶作剧来奚落他，比如，把他的画像放进厕所里。

卡萨诺瓦虽然一贫如洗，但留下了他的文字。1790 年，也就是他去世前八年，他开始撰写自己的回忆录，并不断修改润色。他说："我书写《我的一生》是为了自嘲，而我成功了。"一位传记作家将卡萨诺瓦未完成的自传，描述为一个被放逐者孤独且不适宜定居生活的一种虚拟的替代品。

"难道意大利就没有结局圆满的爱情故事了吗？"阅读了卡萨诺瓦悲惨的结局后，我问我的朋友们。在对这个问题茫然了几分钟之后，大多数朋友都会提到一部最显而易见的伟大的意大利小说。亚历山德罗·曼佐尼的《约婚夫妇》，是最让意大利人爱恨交加的书。"是学校把它给毁了，"一个朋友解释道，"我们不得不阅读与研究它，以至于我们不能享受它。"

虽然我不能用同样的借口来掩饰，但我不太喜欢把维克多·雨果一部浮夸的浪漫主义作品处理成意大利文的版本（尤其是在我的朋友补充说其中几乎没有性爱描写之后）。然而，为这部小说写序的人却引起了我的兴趣，这位作者的名字在米兰方言里叫唐·利赞德。他的母亲叫朱莉娅，是受人尊敬的贝卡里亚侯爵——刑法改革家切萨雷·博内萨纳的女儿。博内萨纳于 1764 年出版的著述《论犯罪与惩罚》，在整个欧洲引发了一场反对死刑的运动。

娜塔丽娅·金兹伯格在《曼佐尼家族》一书中写道，朱莉娅是"一个非常漂亮、健康、聪明、性格坚强的女孩"，十九岁时，她爱上了一个完全不合适的追求者——花花公子乔瓦尼·韦里，此人是她父亲一个老朋友的没有责任感的弟弟。除了好色之徒的声名外，年轻的韦里还拥有一个半军事半宗教的军衔——"马耳他十字骑士"，这种头衔的拥有者是禁止结婚的，否则将丧失信誉与俸禄。家人匆忙地把朱莉娅嫁给了唐·彼特罗·曼佐尼——四十六岁的鳏夫、伯爵和宗教保守主义者。三年后，当朱莉娅生下亚历山德罗时，关于他生父的流言纷纷而起，但唐·曼佐尼坚决承认他是自己的儿子。

这大概就是这个男孩得到其父母关注的最大程度了。亚历山德罗先是被送到一个奶妈那里，从五岁开始，又被送进好几所寄宿学校，在他的记忆里，每一所寄宿学校都比上一所更糟糕。朱莉娅从没给儿子写信或来看望过儿子，她搬到了巴黎，与一位名叫卡洛·伊博纳蒂的富有的商业银行家生活在了一起。她的儿子从一个学校转到另一个学校，几乎被认为是一个笨蛋，直到他十几岁时才接触到了诗歌。从此，他的想象力与学识开始星火燎原。

在曼佐尼二十岁时，他母亲的情夫邀请他前去巴黎，但没等他到达巴黎，那男人却突然死了。作为继承人，朱莉娅得到的钱财足以让母子二人过上无忧的生活。亲子关系也由此变得融洽而亲密，他们在巴黎的知识圈内开始了愉快而有趣的生活。朱莉娅还帮儿子找到了一个合适的新娘恩里凯塔·布隆代尔，是一个瑞士商人的十六岁女儿。为这对新人——新娘为加尔文教徒，新郎是狂热的反对教会权力者——证婚的，是一位新教牧师。

然而，他们都开始重新思考各自的宗教信念。当他们的第一个女儿出生时，曼佐尼为到底是按照天主教仪式还是新教仪式给女儿施洗而极度痛苦。在丈人的坚持下，女儿最后接受了天主教的洗礼。在接下来的几年里，夫妻俩都全心全意皈依了天主教。1810年，一位牧师为这对虔诚的天主教徒重新证婚，他们最终定居在米兰。在经历了二十五年的婚姻生活之后，恩里凯塔——这位生下了十二个子女，养活了八个孩子的母亲——离开了人世。1837年，曼佐尼与一位伯爵的遗孀特蕾莎·博里再婚。

曼佐尼放弃了诗歌，而对17世纪一项旨在阻止下层阶级婚姻的土地法令深感兴趣。他想，就言情小说而言，还有什么能比这样的题材更加合适呢？这个故事讲述的，是一个发生在动荡不安的政治背景下的爱情故事，两个贫穷而纯洁的心灵备受磨难，其情缘因黑死病的暴发而告终。

《约婚夫妇》是一个"电梯游说式"的故事，发生在1628年的米兰附近。好色的乡绅唐·罗德里戈与他的表弟打赌，说自己可以勾搭上女主角露西娅，并阻止懦弱的当地牧师唐·阿邦迪奥为她与健壮的伦佐证婚。当这对年轻人在一位好心的修士克里斯托福罗的保护下到别处寻求庇护时，罗德里戈指使一个大汉绑架了露西娅，并将修士弄到了一个遥远的修道院。在经历了一场宗教危机之后，这位大汉发现了上帝并释放了露西娅。然而，就在这对情侣终于可以团聚，从此安顿下来过上幸福生活的时候，瘟疫却暴发了，让这对恋人再次分离。

曼佐尼得心应手的是米兰语和法语，而不是意大利语（他的第二语言），于是，他邀请意大利的朋友们来帮助他构思初稿。曼佐尼整理了他们"一大堆杂乱无章的建议"后，又重新开始。他于 1825 至 1827 年间出版的三卷本《约婚夫妇》，虽然受到了评论界的好评，但并没有吸引到多少读者，主要是因为它那过时的语言与意大利人的实际说话方式相互脱节。

"我真羡慕法国人。"据说，曼佐尼哀叹道，他们至少可以使用一种全国通用的口头和书面语言。这位极度神经质的作家，他的"陌生环境恐惧症"（agoraphobia，尽管他的这种恐惧症未被确定）妨碍了他独自出门，但他并不自暴自弃。像他之前的许多伟大的意大利作家一样，曼佐尼希望找到一种适合书写爱情故事的语言，而他喜欢上了佛罗伦萨的语言。1827 年中期，他在但丁的家乡定居，对整部小说进行了逐页、逐段、逐字的修改。

曼佐尼笔下人物的名字，经常会作为某些典型意大利人的简称，出现在当代语境中。有段时间，我以为，我所有的朋友都有一个共同的牧师——懦弱的唐·阿邦迪奥，而那些寡廉鲜耻的政客碰巧都叫罗德里戈。没有哪个名字可比腐败律师的名字阿泽卡加尔布利（Azzeccagarbugli，由单词"卖关子"和"一团糟"组合而成），更适合表示官僚机构的官僚作风了。但要不是曼佐尼的背后站着一位名不见经传的文学女主角，他的影响力可能不至于如此深远。

"Sempre l'uomo avanti e la donna dietro."（一个成功男人的背后必

然有一个伟大的女人。）克里斯蒂娜，我在佛罗伦萨的意大利语老师，在我努力读完这部经典作品时告诉我说。曼佐尼的杰作背后的女人，不是一位编辑或语言学家，而是一位谙熟托斯卡纳语的家庭女教师艾米莉娅·卢蒂。在佛罗伦萨的但丁·阿利吉耶里协会，克里斯蒂娜和我翻阅了一份带有注释的《约婚夫妇》手稿，在页边的空白处，潦草地写着曼佐尼提的问题。

"我该用什么词来表述梯子，scala 还是 piolo？"曼佐尼提出了许多这样的问题。一次又一次，卢蒂会为他提供托斯卡纳语中的合适词语。当三卷本《约婚夫妇》于 1840 年至 1842 年再版时，曼佐尼赠送给卢蒂一套，书中夹带了一张便笺，上面写有感谢她在阿尔诺河里重新清洗了他的"破旧的衣服"的话语。[1]

这些"破旧的衣服"却成了意大利人全新的行头。尽管《约婚夫妇》的基本情节涉及的是一个传统（始于但丁的《神曲》）的爱情故事，但它的意义远不止于此：这是一首献给意大利人的充满热情的、亲切而富有质感的颂歌，在一些人看来，它是宣传意大利这个拥有自己的"标志、语言、崇拜、记忆、血液和情感"（una d'arme, di lingua, d'altare, di memorie, di sangue e di cor）的国家的一种载体。曼佐尼深受同时代人的尊敬，成了这个新国家的一位英雄。1873 年，当他去世时，人们为他举行了隆重的国葬，皇族成员和政府首脑出席了他的葬

1　曼佐尼在给母亲的一封信中写道，自己将要搬去佛罗伦萨附近，就是为了"在阿尔诺河里洗衣服"，也就是为了修改《约婚夫妇》手稿而提高自己的意大利语水准，因为阿尔诺河水代表了高雅的意大利语即佛罗伦萨方言。曼佐尼留下了一句名言：Nelle cui acque risciacquai i miei cenci.（在这里的水中，重洗我的衣服。）——译注

礼。一年后，作曲家朱塞佩·威尔第特别为他谱写了一首动人心弦的安魂曲，向他致以更崇高的敬意。

威尔第与他的情妇——女高音歌手朱塞平娜·斯特蕾普波妮，在自己的家乡小镇布塞托公开同居了多年之后悄悄地结婚了。我想找一个词来形容她，但发现意大利语中没有可与"情妇"相提并论的词语。padrona 的意思是家庭女主人，amante 的意思是男人的未婚性伴侣。一位曾对我提起过他父亲的"另一个女人"的朋友回忆说，他的家人称这个女人为"她们之一"（una di quelle）。"她们"指的是那些穿艳丽服装，珠光宝气，独自坐在豪华餐厅里吃饭的女人，她们似乎总是要比母亲们、阿姨们、姐妹们、老师们以及其他"女士们"笑得更大声。

几个世纪以来，像其他天主教国家一样，意大利到处都有"她们"——其中不乏著名的女演员或女歌手，但她们都会遭人议论并被另眼相看。在一篇题为《意大利情妇》的文章中，记者路易吉·巴尔齐尼提出了关于这些女性的一个关键性问题：一个谈吐大方、衣着讲究、举止得体的女性，在什么时刻才会不再是一位"女士"，而变成了"她们之一"？

在他看来，一个女人可以拥有许多情人——陆续地或同时地，而又不损害她的社会身份，但是，当她在接受了一件太贵重的礼物的那一刻起，便自动地丧失了原本的身份。任何可以轻易兑换成一大笔钱的东西，比如一幢别墅、一件贵重珠宝、一匹纯种马、一幅名贵油画等，肯定会让一位女士名誉受损。那么，她既可以接受又不至于损害其名誉的礼物是什么呢？按照一般共识，唯一可以接受的礼物就是一本书。

　　然而，多年来，情妇不仅被人接受，而且还被认可为意大利人婚姻的一种"安排"。巴尔齐尼讲述了一个米兰制造商的故事，此人的情妇几乎年轻到可以做他的孙女。在斯卡拉歌剧院的一个庆祝晚会上，当他的妻子在包厢里见到披貂皮、戴钻石的竞争对手时，勃然大怒。丈夫则为自己辩护：每个具有一定地位的男人都有情妇。他让妻子看一看坐在不远处包厢中的合伙人的情妇。妻子从观剧镜里看了看，然后转身对丈夫说："都什么品位啊！那个女人真是俗不可耐，服饰格调低级，戴着廉价珠宝，一点也不漂亮。"她又骄傲地说："那我们的这位要强多了。"

　　萨沃伊家族的玛格丽塔并不总是认可这一观点。在玛格丽塔与即将成为意大利第二任国王的王储翁贝托结婚之前，翁贝托已迷上了他在一场狂欢节舞会上见到的一个女人，一个富有的米兰贵族的妻子，时年二十五岁，后来成为欧金尼娅·利塔女公爵。他们还生下了一个爱子，不过，孩子在童年便夭折了。他们之间的私情，一直延续到翁贝托与表妹玛格丽塔结成的政治婚姻之后。玛格丽塔在丈夫的卧室里偶遇利塔，怒气冲冲地跑到老国王维托里奥·埃马努埃莱那里告状，威胁说她要回到娘家去。

　　"这么点小事你犯得着离开吗？"这是翁贝托的著名回答。1878年，翁贝托登上了王位，玛格丽塔依然站在他的身旁。而翁贝托与利塔的关系持续了三十八年，直到一位来自美国新泽西州帕特森城的意大利无政府主义者于 1900 年 7 月 29 日在蒙扎刺杀了国王。玛格丽塔尽管怨恨终生，但还是派信使邀请利塔向她的国王兼情人做最后的私人告别。当时的报纸称赞这一让步是王后应有的"高贵姿态",也是"美形主义"感动人心的样板。

浪漫的姿态从来不会过时。在罗马,那些五音都不全的追求者,也会雇用专业歌手为心上人献上情歌。在手风琴手的伴奏下,这些身穿白色晚礼服,系着装饰带的歌手,在喧闹的街边高唱传统情歌。痴迷的求爱者们就站在歌手身边,凝望着那些从窗口或阳台上探头倾听歌曲的姑娘。

几年前,一本畅销小说《我需要你》,激发了另一种形式的浪漫表达,此小说后被改编成一部极受欢迎的电影。年轻的男主角说服一位潜在的女友去重现一个虚构的传说:用链条在罗马市中心北边的米尔维奥大桥的路灯柱上绕一圈,用挂锁锁住链条,把钥匙扔进台伯河,以示爱之永恒。

于是,路灯柱上挂满了情侣们的链条和锁,以至于那些柱子不堪其重变得弯曲。2007 年,市政当局拆除了原先那些示爱的信物,竖立了专门的钢柱,用于让恋人们在不损害大桥本身的情况下锁定他们的承诺。lucchettomania(桥头挂锁)已蔓延到佛罗伦萨著名的韦基奥大桥以及整个意大利的其他几十座桥梁。即使你去不了意大利的桥头,你也可以在 www.lucchettipontemilvio.com 这个网站上创建自己的"数字锁"(lucchetto digitale),并能读取其他在线情侣的信息,比如"Ti amissimo"(我爱你)或"Ti amooooooo"(我爱你)。

第一次去意大利旅行的时候,我就意识到这种浪漫姿态的重要性——通过各种各样的语言课程。我在威尼斯的最后一个晚上,一轮皎洁如卡拉拉大理石般的明月,从安康圣玛利亚教堂的上空掠过。寒冷的北风把游客们吹回了旅馆。带有顶棚的小船在潟湖中摇摇摆摆。一位留着白色山羊胡须、头戴俏皮贝雷帽的绅士，在我伫立的码头停了下来。

"Che bella luna!"（多美的月色啊！）我指着月亮说，显摆了一下在旅行中学到的寥寥几个词语。

"Come Lei—anche Lei è bella!"（就像你——也很迷人！）

"Mi dispiace. Non parlo italiano."（抱歉。我不太懂意大利语。）我装作没有听懂他的恭维话。

"Signorina, vorrebbe un bicchiere di vino?"（小姐，您想喝杯酒吗？）他问道，转过身来面对着我。

"Mi dispiace, signore. Mi dispiace."（抱歉，先生。实在抱歉。）

"别再说那些让自己都感到不开心的话了。"他很快换成了简短而带点口音的英语。

"可是我……"

"我知道，我知道。你不是故意无礼。但当我看到一个年轻漂亮的女人时，我便想：她不应该孤单地等待着月光照耀在她的身上，而应该告诉月亮让她的愿望成真。说说看，你知道怎样用意大利语来表达你想得到的东西吗？"

"Voglio."（我想要。）

"哦。我想要！我想要！那是婴儿说的话。你必须说得像个淑女，像个公主。你一定要说 mi piacerebbe（我的心愿是）。"

"Mi piacerebbe。"我重复道，像他那样滚动着字母 r 来发音。

"对了！对了！ bella donna della luna，月亮美女，请告诉我，Ma

che cosa Le piacerebbe? 你的心愿是什么？"

"我不知道。Non lo so."

"那你必须弄清楚。La vita vola，人生苦短啊。假如你不明白自己的心愿是什么，那你就永远不知道到哪里去寻找它。"

"我的心愿是，mi piacerebbe，parlare l'italiano，讲意大利语。"

"啊哈。这只是个起点。"

"那你呢，e Lei，你的心愿是什么呢？"

"Io? Sono invecchiato, ma ancora una volta mi piacerebbe baciare una bella donna alla luce della luna."

"我不明白。"

他靠近我，非常近："我老了，但我还是想再一次在月光下亲吻一个美丽的女人。"

有那么几秒钟，我凝视着银色的月光在运河上闪烁。然后，我做出了让自己也感到开心的唐突举动：我把嘴贴向他，让他的愿望成真。

意大利的电影

他双手插在口袋中，脖子上松散地披着一条长长的红色围巾。他的头发已显灰白，但那带着一丝茫然的熟悉的微笑挂在他的嘴角。巨幅广告上的马尔切洛·马斯特罗扬尼——意大利电影史上最耀眼的明星，吸引着我穿过罗马的博尔盖塞花园进入"电影之家"——这里是意大利电影和电影人的时尚中心。"这是马尔切洛的所在之地，"中心的公关人员告诉我，用的词是 da Marcello，仿佛这是马尔切洛的私人住所，"我们希望所有热爱电影的人，至此都能有宾至如归之感。"我当然有这样的感觉啦。

我在这个优雅的礼堂里观看的第一部经典电影，是 1954 年拍摄的浪漫喜剧《面包、爱情和嫉妒》。"Capisce?"（你看得懂吗？）在影片开始时，坐在我旁边一位至少八十岁的衣冠楚楚的男士问道。我可以从关于一个性感而热情洋溢的女孩（情窦初开的吉娜·洛洛布里吉达）、一个英俊潇洒的老色狼（偶像演员兼导演维托里奥·德西卡），和一头驴（这里有点不理解）的故事中，找到基本的头绪。在没有字幕提示的情况下，身旁这个男人一直在用意大利语重复着每句台词，只是语速比演员们稍慢些，声音则比演员们更大些。

尽管我当时没有意识到这一点，但这是一次典型的意大利观影经历。在 20 世纪初，当无声电影首次出现时，大多数意大利人讲的是方言，而很多人是不识字的。标准的意大利语，乃是特权阶级、政治家和神职人员的语言。

"在影院熄灯后，人们常常会喊：有谁看得懂意大利语？这时，有人会大声朗读影片上的字幕。"同样衣冠楚楚的罗马大学教授、意大利电影语言学者塞尔焦·拉法埃利回忆道，"当有声电影于 1930 年问世时，影院就变成了校园，无以计数的意大利人在看电影时学会了讲意大利国语。"

这还不是他们学到的全部。电影以其栩栩如生的即时性和震撼人心的冲击力，为现代意大利人实现了但丁在 14 世纪为同胞们所做的事情：它创造了一种聆听、叙说、观看、思考和想象这个世界以及这个世界之外的生活的新方式。和意大利的文学、艺术、礼仪、音乐和烹饪中的伟大作品一样，电影作品也教会了意大利人如何成为意大利人。

"实际上，《神曲》就是在电影被发明的几个世纪之前，人们想象中的一部电影。"詹弗兰科·安杰卢奇说。他兼编剧、导演和教授身份于一身，也是我在罗马认识的最酷的人，他一手拎着摩托车头盔，一手搂着一位拥有波提切利画中卷曲长发的优雅美女，来到电影之家咖啡馆用午餐。

他的女伴始终默不作声，直到我磕磕巴巴地提出了一个需要使用某种难以捉摸的意大利语时态的问题时，她才蓦然露出了蒙娜丽莎般的微笑。假如达·芬奇仍活在今天，他一定会用变焦镜头把她拍下

来，而不是把她画出来。"达·芬奇发明了特写镜头，"安杰卢奇说，
"文艺复兴时期所有伟大艺术家的词汇，都变成了意大利电影的视觉
语汇。"

　　和文艺复兴时期的同行一样，意大利的电影人开创了一种新的
艺术形式。19世纪90年代，意大利电影之父菲洛特奥·阿尔贝里尼
申请了"电影摄像机"（cinetografo）的专利，这是一种录制、冲洗和
放映电影的机器，然后在罗马开设了一家装饰华丽的电影院（被称为
"新艺术的殿堂"）和一家制作工作室。几年后，他还发明了先进的全
景投影仪。

　　意大利电影的黄金时代来得很早：在1909年到1916年，意大利
电影（主要在都灵和罗马制作）就占领并主宰了整个世界市场。观众
成群结队，赶去观看散乱的户外拍摄场景：庞大的演职员阵容，宏大
的战斗场面以及惊心动魄的特技效果。但自第一次世界大战结束以
来，意大利电影不再占据统治地位，在国内的发行比例从未超过总数
的三分之一。

　　意大利的早期电影，更早地呈现了那种好莱坞式的铺张绚烂的
特色。一部于1914年上映的"剑与凉鞋"式（sword and sandal）[1]史
诗片《卡比利亚》，创立了一种壮观的场景和比现实生活中更高大的
银幕英雄的样式，它对美国电影先驱D. W. 格里菲斯产生了重大的影
响。这是一部在阿尔卑斯山、西西里岛和突尼斯等地取景并耗资数
百万里拉的电影，其用连续镜头拍摄的埃特纳火山喷发、罗马舰队被

1　sword and sandal 是古罗马的着装风格，"剑与凉鞋"式电影主要以古罗马或中世
纪的角斗士、圣经故事或神话传说为主题。——编注

焚、汉尼拔和大象行军等彩色画面，令观众惊叹不已。

《卡比利亚》非常松散地取材于意大利冒险作家埃米利奥·萨尔加里的《火焰中的迦太基》和古斯塔夫·福楼拜的历史小说《萨朗波》，它以迷宫一般的情节——其夸张的标题是由意大利最臭名昭著、最浮夸的作家邓南遮起的——讲述了一个发生在公元前 3 世纪罗马与迦太基之间的血腥冲突的故事。在那个动荡的年代里，卑鄙的海盗绑架了美丽的罗马少女卡比利亚，把她卖到迦太基做了奴隶，就在异教大祭司要把她作为祭品活活烧死时，一个罗马贵族和他的肌肉发达的奴隶马奇斯泰（*想想《野蛮人柯南》中的阿诺德·施瓦辛格的样子*）挺身而出拯救了她。

马奇斯泰最初的扮演者，是一个胸肌发达名叫巴尔托洛梅奥·帕加诺的搬运工，当时他正在热那亚的码头打工，被电影制作人看中，招募来扮演了这个无所畏惧的巨人。这位一夜成名的演员甚至把自己的名字也改成了马奇斯泰，从 1915 年到 1926 年，在其他人接手这个角色之前，他在大约 15 部续集中担任了主角。

威猛的马奇斯泰击败了所有的对手——吸血鬼、猎头、酋长、独眼巨人、侠盗佐罗、成吉思汗和蒙古人。这些故事的共同特点是，一个残忍的暴君对一个美丽善良的年轻女子的生命或身体产生了威胁。肚皮舞演员经常在银幕中出现。就在关键时刻，马奇斯泰以其超人的力量保护弱者，挽救危难，惩处邪恶——这成了好莱坞的一个传统。

如果说这个名字听起来耳熟，那它确实如此。根据邓南遮的说法，马奇斯泰（Maciste）为古代大力神赫拉克勒斯的别称。还有人追溯到这个名字是希腊语和拉丁语中"最伟大的"与"岩石"两个词

的组合。在我看来，这个名字应被译为"洛奇"（Rocky），它让马奇
斯泰成为以"意大利种马"形象大杀四方的洛奇·巴尔博亚（以及此
后其他所有动作电影明星）的曾曾祖父。

　　我在罗马买了一张由马奇斯泰主演的《斯巴达角斗士》的碟片，
这可能是我看过最俗气的电影了。不过，这让我想起了从前我父亲常
常在周六下午带我去看的那些同样行为夸张而情节不足的电影。大力
神、参孙和辛巴达等，全是马奇斯泰的克隆体。他的电影影响力，在
《超人》《绿巨人》《第一滴血》《终结者》《钢铁侠》《蝙蝠侠》，以及
由尚格·云顿主演的电影中得以延续。

　　对于意大利人来说，马奇斯泰不仅仅是一个电影明星，在 20 世
纪 20 年代初，他还给予人们所渴望的东西：一个能把人们从危难中
解救出来，并带领他们走向荣耀的英雄。1922 年，神气活现的铁腕
人物墨索里尼，以黑衫法西斯头目的身份执掌权力，他承诺会做到
这一切。

　　墨索里尼是一个电影迷，他把电影称为"意大利最强大的武器"，
并开办了一所国家电影学校。法西斯新闻宣传部长（墨索里尼的女
婿），鼓励大学生们组织电影俱乐部。盛大而华丽的威尼斯电影节，
作为意大利电影业的展示窗口，于 1934 年首次亮相。在 1937 年 4
月 21 日，也就是传说中的罗马建城周年纪念日，墨索里尼在罗马参
加了"影城"（Cinecittà，其规模相当于好莱坞电影制片厂背后那片
宽广的场地）的落成典礼。

　　尽管法西斯分子们对电影充满热情，但他们却没有在电影方面
取得多少成就。这个政权对电影以及电影观众最大的影响，主要表现

在语言上。作为一场完全是误入歧途的净化意大利语的运动的组成部分，墨索里尼禁止人们使用方言、外来词，以及亵渎神灵和诅咒性的语言。为了规避语言警察的管制，无声电影的制作者凸显了视觉冲击而不是对话，以便让观众凭直觉就能理解发生的内容。对白的字幕变得越来越像电报文体，意大利的女演员们（女神们）表情夸张地挤眉弄眼，唉声叹气，呜咽抽泣，晕厥倒地，或者把手背放到激昂的额头，有人还敢露出乳房。

电影《爵士歌手》于 1929 年在罗马上演[1]，为意大利的电影院带来了声音。但是，随着 1930 年意大利有声电影《帕拉托》的诞生，由来已久的"语言问题"重新浮出水面。演员们在表演中要讲哪一种语言？政府的回答是：要用标准、精确、纯粹，富于表现力的意大利语。最初为培养电台播音员而设立的"语言学校"，后来却培养出了大批专门为外国和国产电影配音的演员（doppiatori）。

在意大利的电影院里，国际影星诸如葛丽泰·嘉宝、"劳莱与哈代"（即两位著名的滑稽演员斯坦·劳莱和奥立弗·哈代）、加里·库珀以及米老鼠等，用的都是"罗马人嘴里的托斯卡纳语"——这是一种典型的佛罗伦萨式发音的口语，不过带有罗马人更加悦耳的口音而已。即使是"美洲印第安人"（Pellerossa，其字面意思是"红皮肤人"），也能用低沉的声音说着精致的意大利语。电影的片名也被译成了意大利语：《正午》（High Noon）成了 Mezzogiorno di fuoco，《乱世佳

1　该片于 1927 年 10 月 6 日在美国上映，它是世界电影史上第一部有声电影，同时也是第一部歌舞片，并于 1929 年 5 月 16 日获得首届奥斯卡金像奖和最佳改编剧本奖。——译注

人》（*Gone with the Wind*）成了 *Via col vento*。在意大利，就像在其他地方一样，斯嘉丽（《乱世佳人》中的女主人公）的座右铭"明天又是新的一天"（*Domani è un altro giorno*），成了当时的流行语。

因为意大利人更愿意听意大利语，而不是看外国电影的翻译字幕，配音遂成了一个大产业，配音行业中也产生了自己的大牌明星。在20世纪70年代末的经典影片《星球大战》中，意大利人听到的"天行者"卢克的声音，不是扮演者马克·哈米尔的声音，而是克劳迪奥·卡波内的声音——当时，卡波内是一位年轻有为的配音演员。在接下来的三十年里，卡波内为诸多好莱坞演员如约翰·特拉沃尔塔、迈克尔·道格拉斯、约翰·马尔科维奇、艾伦·阿尔达、比尔·默里和马丁·辛等配过音。在意大利的电视节目中，他为《迈阿密风云》中的唐·约翰逊和在《大胆而美丽》（在意大利被称为《美丽》的美国肥皂剧）中饰演万人迷里奇·福里斯特的罗恩·莫斯配过音。几年前，当莫斯本人访问意大利时，让他的仰慕者感到崩溃的是：莫斯居然听不懂他们几乎每天都能听到的、从他口中"说出"的语言。

早期的意大利电影编剧们（sceneggiatori），不得不努力寻找出一种为大多数人都能理解的意大利语的"水准"。"他们在报道电影新星的图片杂志（fotoromanzi）上找到了解决办法。"在卡拉拉大学教授电影课程的安杰卢奇说道。因为这类文章需要面向尽可能多的读者，所以，其水准定得既不高又不低。然而，政府的审查机构却要限制观众在电影院里听到的声音：演员们不得使用咒骂语，不得讲方言，不得用r音代替d音（就像那不勒斯人那样），不得把c音发成h音（就像托斯卡纳人那样）。意大利的电影导演们，过去和现在，从来不喊"Action!"（开拍！），而是喊拟声词"Ciak!"（咔嚓！）。

　　法西斯主义统治下的意大利，共制作了七百部不同体裁的电影。受到严格监管的宣传影片，大力颂扬意大利英勇的战斗部队。那些宏大而充满了血与火的史诗电影，被称为 peplum 影片（peplum 一词源自拉丁语，意为显示身份的"罗马长袍"），重现了古代罗马军团征服世界的辉煌。他们的作家和导演被嘲笑为"书法家"（calligraphers），因为他们只会从历史或文学中抄写主题，而不敢面对当代的问题。有些评论家甚至更加不留情面，形容这些电影不过是"尸体"而已。

　　人们最喜爱的是那种充满幻想的、被称为"白色电话"（telefoni bianchi）类型的电影，因为它为人们展现了一个诱人的梦幻世界，它是如此绚丽多姿与纯净无瑕，令人向往，电话则代表了一种时尚。其中最受女性崇拜的电影偶像，是温文尔雅的维托里奥·德西卡。这位出生于那不勒斯的英俊青年，为了养家糊口曾做过办公室职员，但他在十几岁时加入了一家戏剧公司，很快便赢得了观众的心。而他的演艺生涯，仅仅是他后来作为一个编剧和导演所取得的成就的前奏。

　　到 1943 年法西斯主义的浮夸承诺破灭时，意大利人已对文字完全失去了信任，电影制作人也丧失了资金、设备和拍摄场所。但经过几十年的压制之后，意大利终于发出了自己的声音。一代电影天才以其强大的爆发力冲上世界舞台，创造了如彼得·邦达内拉（《意大利电影：从新现实主义到当代》一书的作者）描述的那种"20 世纪意大利最伟大的艺术形式"。

　　在我开始学习意大利语之前，我对这些电影一无所知。"学讲这种语言有两条捷径，"早期的一位老师告诉我，"你可以去找一个意大利情人，或者，你可以去观看意大利电影。"我明智地选择了后者，尽管我一周接一周地观看那些黑白分明的"新现实主义"电影，结果却几乎与情感纠葛一样让人看不清理还乱。

从 1945 年到 1952 年拍摄的电影是革命性的，其中没有主人公，没有幸福的结局，没有好莱坞式的明星，常常还没有专业的演员。用他们自己的话来说，"拼凑起来"（ammucchiati）的导演和编剧，就像文艺复兴时期作坊（bottega）中的工匠那样一起合作。他们以坚定不移的、往往也是令人痛苦的诚实，讲述了意大利人相互倾诉的那些故事：他们如何在独裁、战争、摧毁和占领状况下为生存而苦苦挣扎。

"要是你对电影与生命互动以及拯救灵魂的力量有所怀疑的话，那就请研究一下新现实主义电影。"美国导演马丁·斯科塞斯在向意大利电影致敬的电影《我的意大利之旅》中呼吁，"这种电影迫使世界其他国家正视意大利人及他们的人性。对我来说，这是电影史上最宝贵的时刻。"

新现实主义"把现实带进了诗歌的王国"，德西卡如此说道。他因导演了原汁原味、震撼人心的剧情而赢得了国际赞誉。许多人认为，这场运动真正的先驱是他的编剧伙伴切萨雷·扎瓦蒂尼，人称"扎"（Za）的一位多产的编剧，在其漫长的职业生涯中，他贡献了一百多部电影作品。他与德西卡的合作极为紧密，以至于他说这种协作是"天衣无缝"（caffelatte）的。

在学习了法律并成为一名记者兼编辑之后，扎瓦蒂尼开始为

电影创作，并在 20 世纪 30 年代，还遮遮掩掩地为包括《米老鼠》
（ *Topolino* ）和《佐罗》在内的连环漫画创作。1943 年，他终于从法
西斯电影的枷锁中解放出来，阐明了新现实主义背后的基本理论：生
活与银幕上所表达的东西之间必须是没有隔阂的。

罗伯托·罗西里尼于 1945 年出版的第一部新现实主义经典作品
《罗马，不设防的城市》，打破了生活与艺术之间、剧情片与纪录片之
间的界限。罗西里尼是在罗马的第一家电影院里每天看电影长大的，
这家电影院由他父亲建造并拥有。在做导演之前，罗西里尼曾做过音
效师并从事过其他电影制作技术方面的工作。

电影编剧们——包括年轻的费德里科·费里尼（他称罗西里尼
为"伟大的父亲，他像亚当一样，创造了我们所有人"），都会借鉴自
己的恐怖经历和真实事件来创作，比如，一个参加游击队的牧师惨遭
处决，一名孕妇在追赶逮捕她丈夫的士兵时遭到机枪的野蛮扫射，等
等。这些情节反映在几个普通人的生活经历中：牧师唐·彼得罗参加
了由一个名为曼弗雷迪的人领导的游击队抗击纳粹；而曼弗雷迪的前
情妇玛丽娜，最终把他出卖给了邪恶的盖世太保军官柏格曼少校；弗
朗切斯科是曼弗雷迪的一位朋友，他与一个名叫尼娜的工人阶级女子
订了婚，尼娜在追赶拘捕她未婚夫的军人时被杀害了。

在旧金山的意大利语言学院举办的一次电影研讨会上，我和女儿
朱莉娅看到尼娜惨死的场景时，手拉着手，咬着嘴唇，极力不让自己
哭出来。但这并未奏效，尤其是当我们听到唐·彼得罗在被执行死刑
前说的话："好好地死去并不难，好好地活着却很难。"一位美国评论
家认为，随着《罗马，不设防的城市》面世，意大利重新获得了在墨

索里尼统治时期所失去的高贵地位。

扎瓦蒂尼与德西卡合作了二十五部电影，其中包括几部新现实主义的经典之作。由于没有钱聘请专业演员，他们便从成千上万露宿在电影城的临时棚屋里的战后难民中，挑选男人、女人和儿童演员。德西卡将这种做法描述为"一种优势，而不是一种障碍。一个普通人，在一个本身就是演员的人的指导下，会是一种可以被随意塑造的原材料"。

1948年，在由德西卡（与扎瓦蒂尼一起）担任编剧并导演的《偷自行车的人》中，他将扮演失业的父亲里奇及扮演儿子布鲁诺的两位非专业演员的表演，打造成了真正的电影诗歌。好莱坞制片人戴维·塞尔兹尼克曾提出，如果德西卡让美国演员加里·格兰特担任主角，他就为这部电影提供资金。但德西卡拒绝了，他解释说，他是有意选用这两个人来演的，因为这两个不知名的人面部表情富有表现力，走路的样子也很特别。

在影片中，失业多年的里奇，终于通过招工启事找到了一份工作，但他必须骑着自行车穿越罗马城去上班。就在上班的第一天，小偷窃走了他的自行车，里奇和儿子布鲁诺疯狂地到处寻找。在算命先生的指点下，里奇虽然找到了小偷，却没能找回他的自行车。在绝望中，里奇试图从街上偷回一辆自行车，但马上被人发现而遭到追捕，并在被吓坏了的儿子面前，受到了愤怒的众人的羞辱。影片的结尾是：儿子牵着父亲的手，淹没在人群之中。

与德西卡和扎瓦蒂尼之前的新现实主义代表作《擦鞋童》一样，《偷自行车的人》获得了奥斯卡特别奖，这两部影片为奥斯卡最佳外语片奖的设立提供了推动力。几十年来，影评人和电影历史学家一直在思考这部电影的意义与深度，他们称赞这部电影是有史以来最伟大的几部电影之一。意大利的评论家发现，它与但丁的《神曲》有着相似之处，因为故事也是发生在一个星期五与星期日之间，里奇进入了一个意想不到的"地狱"中。他的自行车的商标名称 Fides（拉丁文意思是"信仰"），乃是一种刻意的讽刺，不过，这位父亲确实从他儿子的爱中找到了某种救赎。

尽管德西卡与扎瓦蒂尼再度合作的于 1952 年在美国上映的《翁贝托·D.》（又译为《风烛泪》），也被认为是意大利电影史上的杰作之一，但我一直没有机会看到这部影片。于是，在罗马一个雨天的下午，我坐在电影之家的电影资料馆里，从一个小隔间的小屏幕上观看了这部影片的 DVD。我从相关读物中得知，《翁贝托·D.》是德西卡最喜爱的影片，也是献给他的父亲翁贝托的作品。饰演者是另一个不知名的人——卡洛·巴蒂斯蒂，他是德西卡在大街上发现的，是一位气质非凡、来自佛罗伦萨的语言学教授。

在这部黑白影片中，一个退休的政府职员与他的小狗弗利克做伴，居住在一间租来的简陋房间里，靠着微薄的养老金勉强度日。他因付不起房租几乎被女房东赶出门外，最终还是因为身无分文沦落街头乞讨。他对生活感到绝望，想在丢弃心爱的小狗后到铁轨上了却自己的生命。但小狗找回了主人，并如平常一样依偎在他的胸口，这让他感受到生命中尚存的一丝安慰。电影以一个轻描淡写却令人伤感的场景结尾：老人逗引可爱的小狗与自己一起玩耍。

教会和政府官员们公开指责这部电影冷酷无情的悲观情绪，于是，它的发行受到限制。就像九十多部新现实主义作品中的大多数影片一样，《翁贝托·D.》，该流派的最后一部电影，在意大利的票房表现很差。"这些电影在国外比在国内更受欢迎。"邦达内拉指出，即便是最成功的《罗马，不设防的城市》，也是首先在法国继而在美国引起轰动后，才开始引起大量意大利观众的兴趣的。

新现实主义电影，不仅帮助意大利人接受了历史上一段可怕的时期，而且还把方言还给了意大利人。在罗西里尼 1946 年的电影《战火》中，有六首插曲伴随着盟军从西西里岛向意大利半岛挺进，而每首插曲采用的是不同的当地方言。在卢基诺·维斯孔蒂于 1948 年拍摄的影片《大地在波动》中，真实的西西里渔民是用当地方言来说话与唱歌的，由于意大利内地人听不懂这种方言，所以，必须给他们配上画外音。

尽管一些影评人抵制他们所谓的"方言侵略"，但地方习语的使用非常有效地促进了电影的繁荣。标新立异的作家兼电影制作人皮埃尔·保罗·帕索里尼，在 1964 年的影片《马太福音》中，使用口音和方言来让剧中的人物形象更加有血有肉（无神论者帕索里尼不喜欢称马太为圣人）。影片中的对话基本上取自福音书，因为在帕索里尼看来，"影像永远无法达到文本的诗意高度"。门徒们说话带着意大利南部口音，大祭司该亚法说话就像托斯卡纳人。用大浅盘端上施洗者约翰头颅的狐狸精萨洛米，说话则像一个来自威尼托的小女仆一样叽叽喳喳。耶稣基督说话用的是一种圆滑而难以辨认的戏剧腔调——正如一位评论家所说的，"对于意大利人来说，这简直就是天外来客在说话"。

帕索里尼很快就发现，他不再需要掺杂方言来让他的电影听起来更贴近真实，因为一些新的东西已经出现。帕索里尼断言：L'italiano è finalmente nato!（意大利语终于诞生了！）尽管他将其描述为战后技术专家和官僚们所使用的没有血色、苍白无力的语言，但还是认为它非常适合他眼中的污秽的资本主义社会。"我不喜欢。"帕索里尼宣称，尽管其他人为之欢呼雀跃，因为这是意大利历史上第一次有了全民性的口语，而不仅仅是为少数市民所使用的文学习语。

费德里科·费里尼是一个对电影词汇和意大利语词汇均产生了影响的人物。意大利著名的导演们，不仅用高度个人化的视觉语言与世界进行交流，而且还在这个过程中创造了新的词汇。费里尼出生于海滨小镇里米尼，是旅行推销员的儿子，在十岁时便离家加入了马戏团（他的工作是照料一匹生病的斑马）。在第二次世界大战期间，他游历意大利各地，并为巡回剧团写点滑稽小品什么的。

在战后，费里尼开了一家名为"滑稽脸谱"的店铺（Funny-Face Shop），为美国大兵画素描。他还为喜剧演员编笑料，为漫画书配插图以及拟写广播剧等。他与罗西里尼共同创作了《罗马，不设防的城市》和《战火》等剧本。费里尼说，这些经历让他明白，拍电影是"最符合我性格的表达方式……我的懒惰，我的自由散漫，我的无知，我对生活的好奇，我的求知欲，我想了解一切的愿望，我的独立性，以及我所具有的为了某个既定目标而义无反顾的能力"。

费里尼是一位天才艺术家，他把自己的许多创意融入剧本，并发明了一些沿用至今的词语。《浪荡儿》是他最早的电影之一，片名 I Vitelloni 的字面意思为"长得又大又肥的小牛"，后来变成了游手好闲或漫无目的的年轻人专属的贬义词。在影片《甜蜜的生活》中，他给一个富有闯劲的摄影师起名为 Paparazzi（狗仔队），如今这个词成了一个通用语，指那些专门追逐名人并偷拍照片的摄影者或记者。

我看过费里尼的第一部电影是《阿玛柯德》（*Amarcord*，这个电影名字在当地方言中的意思为"想当年"），这是一部半自传性的影片，故事讲述了将踏入成年的主人公在里米尼（费里尼的家乡）的一年生活。对当地人来说，amarcord 不仅发音像 abracadabra 之类的魔法咒语，而且还传达了一种酸楚的感觉。拉格拉迪斯卡（La Gradisca）是费里尼最难以忘怀的女性，她是这个小镇上最风情万种的女人，第一个烫头发和戴假睫毛。她之所以得到这个绰号，是因为她与一位来访的王族公子一起度过了一个夜晚。她在他面前脱光了衣服，并在殷勤地奉献自己的身体时说："Gradisca!"（其意为"但愿能让您开心！"）每当意大利人以一种礼貌的方式问我："Gradisce qualcosa?"（要不要吃点或喝点什么东西？）我便会想起她。

费里尼自称为"一个说谎者"（un bugiardo），但却是一个诚实的说谎者。费里尼获得了八项奥斯卡最佳编剧提名及一系列最佳导演奖。"剧本就像你随身携带的手提箱，"他曾评论道，"一路上你会买很多东西装入其中。"

费里尼与安杰卢奇合作创作了《阿玛柯德》《访谈录》和《船续前行》（这是一部向一位歌剧演员以及歌剧致敬的影片，也是我最喜欢的费里尼的电影）等剧本，根据安杰卢奇的说法，费里尼"总是非常注重电影的台词，而人物的面孔是他电影语言的关键组成部分"。

为了构建一部电影的"人文景观"，费里尼考虑了五六千张面孔。

他曾说："这些面孔会向我暗示我的人物角色的行为、性格，甚至是电影的一些叙事内容。"他还解释说，他想要的"就是那种一出现在屏幕上，其本身就能立即叙说一切的面孔"。

20世纪50年代，为了拍摄一部关于罗马的突破性电影，费里尼想要寻找一张普通人的面孔来扮演马尔切洛·鲁比尼。鲁比尼是一个已经疲惫不堪却永远马不停蹄地在闷热的威尼托大街上追逐花边新闻的八卦记者。为了确保成功，制片人想让美国著名演员保罗·纽曼来饰演这一角色，但费里尼选用了冉冉升起却并不出名的新星马尔切洛·马斯特罗扬尼。

"费里尼一开始就对我说，'我需要一张没有个性的脸——就像你的脸'。"马斯特罗扬尼后来回忆道，"这让我很丢脸，但不管如何，我还是要求看一下剧本。"他得到的却是一堆空白纸，除了其中的一张纸："上面画着一个人在海里，有一根刺扎在了他的身上，而这根刺一直延伸到海床。在刺的周围，就像在埃斯特·威廉姆斯电影里的场景一样，到处都是带着迷人微笑的水妖在游来游去。尴尬之下，我的脸一会儿变成了红色，一会儿变成了绿色，一会儿不知道变成了其他什么颜色……然后我说：行，这个很有趣。这个活我接了。"

这部电影的暂定名是"尽管生活是残酷与可怕的，但你总能找到一些感官享受和甜蜜的美妙时刻"，即后来的《甜蜜的生活》，它生动展现了一幅战后罗马并不总是那么甜蜜的生活全景图。费里尼经常和狗仔队一起出门调研，"让他们告诉我他们那个行当的技巧……几个小时的埋伏等待，惊险的逃跑，戏剧性的追逐"。一天晚上，当他带着这帮人出去吃饭时，他们一直不停地给他讲述各种稀奇古怪的故事，直到其中一个退伍老兵说："别胡扯了，你们这些白痴，别再瞎编了，别忘了你们正和一个游戏老手在说话。"费里尼回应说："我不知道这是一种恭维还是一种侮辱。"

这部电影基本上是用英语拍摄的，只有马斯特罗扬尼用意大利语说台词。"那些话是最微不足道的，"这位演员说，"重要的是电影本身的语言。"一些评论家将这部时长 165 分钟、拥有 104 个独立场景的电影，比作但丁的《地狱篇》。就像 14 世纪的朝圣者一样，这个误入歧途的记者，艰难地跋涉于一个充斥着各色人等（剧本中涉及 120 个各有特色的人物）的腐败世界中，最终好不容易才走到阳光下。但在费里尼的旅程中，却既没有闪烁的星星，也没有救赎的希望。

费里尼的《甜蜜的生活》虽然极具争议，但在票房上大有斩获，它以令人难忘的场景——比如，安妮塔·埃克伯格夜间在许愿喷泉中浸润的场景，以及影片中的标志性音乐和性感的男主角征服了世界。美国媒体把马斯特罗扬尼誉为终极的"拉丁情人"，这个来自罗马南部工业城镇的穷男孩，在其后的生涯中，虽在银幕之上无视这一描述，在银幕之下却将这一评价发挥得淋漓尽致。他与弗洛拉·卡拉贝拉结婚四十多年，用他自己的话来说，弗洛拉是他意大利女儿的母亲。他与法国女儿的母亲凯瑟琳·德纳芙生活多年。他还有与费伊·唐纳薇以及其他女主角之间不曾消停的风流韵事。

马斯特罗扬尼总是说，他讨厌自己的长相。小时候，他是一个骨瘦如柴的孩子，穿着别人穿过的旧衣服，衣服太短以至于他的手臂从袖子里露出来，被人嘲笑为"皮包骨头的爪子"。他极其崇拜加里·库珀和克拉克·盖博等美国演员。在电影城拍摄的一部电影中，这位十四岁的追星族作为一个临时演员，在一个收获葡萄的场景中赚了十里拉，还加上他所能吃到的所有葡萄，这对当时的他来说可谓是一笔财富。马斯特罗扬尼老是纠缠他母亲的一个朋友，要她把自己介绍给她的哥哥——伟大的导演维托里奥·德西卡。

"学习，学习，再学习！"德西卡反复对他说，"看你学到何种程度，然后我们再看着办。"后来，即使在与德西卡（经常还有被称为"三角形中的第三个角"的索菲亚·罗兰）一起工作了几十年之后，马斯特罗扬尼仍然未敢让自己用"你"的非正式形式 tu，来称呼这位被他视为自己的专业"叔叔"（zio）的前辈。

马斯特罗扬尼渴望从事电影事业，在第二次世界大战后，作为维斯孔蒂戏剧公司的一员，他获得了第一次重大突破。他曾说："我不明白，莎士比亚与加里·库珀有什么关系。"结果却证明关系很大。

大自然赋予了这位初出茅庐者演艺天赋，他色眯眯的眼神、性感的嘴唇、带有酒窝的下巴和尴尬的苦笑，被统称为"马斯特罗扬尼式模样"，而他受到的密集的戏剧训练，还造就了他特有的嗓音。维斯孔蒂回忆道，在马斯特罗扬尼初涉演艺的时候，他是一个"连一句台词都说不好的笨拙小伙子"。在扮演银幕角色的过程中，马斯特罗扬尼掌握了一种中性的、稍微带点罗马口音共振的标准意大利语。他那非常性感的嗓音——起初带有鼻音和舌音——所拥有的音色、韵律和辨识度，被影评人形容为"柔美流畅"。

马斯特罗扬尼从一个个小角色、一部部水平不高的影片开始，闯入这一行业。1960年，《甜蜜的生活》使他一跃而升至成为意大利电影、意大利风格和意大利式性感的国际象征的高度。但后来，他抱怨导演们总是想让他以"拉丁情人"的角色"在地板上追逐女人"。好莱坞曾提议他与美国演员弗兰克·西纳特拉合作出演一部关于两个拉丁情人的故事，但遭拒绝。几十年来，他一直拒绝好莱坞的邀请。而事实上，马斯特罗扬尼是一个"非类型"演员，最早演过一个阳痿的戴绿帽者，然后是骗子、酒鬼、律师、吸毒者、族长、刺客、同性恋者、强奸犯、魔术师、小说家、警察局长、导演、养蜂人、牧师、工会组织者、舞蹈家、教授、俄国贵族、卡斯特将军（在法意合拍的电影《不要伤害白种女人》中）、亨利四世、电影中第一个怀孕的男人等，不一而足。

马斯特罗扬尼总共拍摄了一百四十部影片，数量惊人，而领衔主演的几乎占了其中的90%。"在欧洲和美国，没有其他演员像马尔切洛·马斯特罗扬尼这样，玩命地工作，对自己的作品谈论得那么多。"传记作家唐纳德·杜威评论道，"他发过脾气，也发过牢骚；他唱过歌，跳过舞，也低吟过绵绵情话；他赢得过许多表演奖，还获得过三次奥斯卡最佳男演员提名。"

马斯特罗扬尼嘲笑美国演员的认真准备，称拍电影是一种游戏。"演戏是一种乐趣，就像做爱一样。"他对一位记者打趣道，"更正：做爱可能是一种折磨。"没有人见过他钻研剧本，但他总能记住台词。

"我把剧本从头到尾读了两三遍，然后就把它放在一边。"他解释说，"这个角色，这个我要成为的人物，便开始在我心中逐渐成长。他开始和我说话，而我则像个十足的傻瓜（primitif naïf）似的听着。如果我不听，那他会在我心中死去。于是，我在吃一盘意大利面的时候，听到了他的声音。我在某处停留的时候，比如说，在红绿灯处，他就在车子里我的身旁。我的工作就是角色，而不是台词本身。当我们进入拍摄的时候，似乎总是角色来找我的。"

在拍完电影后，马斯特罗扬尼要为自己的台词配音，他对每句话——哪怕每个字——都是非常用心的。以广受欢迎的《昨天、今天和明天》中一个最著名的场景为例，这个影片由新现实主义先驱扎瓦蒂尼编剧，由不知疲倦的德西卡导演，由他和索菲亚·罗兰主演。

一个神学院的学生迷恋上了住在隔壁的风情万种的妓女（索菲亚·罗兰饰演），以至于他想要放弃自己的宗教研究。他的祖母指责妓女腐蚀了他，但她是一个极有尊严的妓女，会因为老奶奶的指责坐卧难安、气愤不平，于是，她向上帝发誓，决定至少以一周时间不与客人做爱来挽救这个"在他奶奶看来可以成为教皇"的年轻人。她的一个主顾（马斯特罗扬尼饰演）被她呼来唤去，最后，她表演了一场撩人的脱衣舞，抓狂的男人野兽般号叫着，在这关键时刻，妓女想到自己发下的誓言，突然拒绝做爱，男人感到震惊与怀疑，发出了尖叫声"Cosa?"（什么？）评论家们对他此时的反应——滑稽可笑的精巧表演——赞不绝口。

过去，由于太年轻，我没有欣赏到甚至是没有意识到正处于全盛时期的马斯特罗扬尼，也不知道他是电影史上的杰出代表之一。为了弥补失去的时间，我或租或买或借，尽可能多地观看他出演的电影碟片。我的罗马朋友罗伯托还为我提供了另一个动力："说起意大利语，没有人能比马斯特罗扬尼说得更漂亮。多听他的语音，你的意大利语听起来会更像意大利语。"

因此，马斯特罗扬尼成了我的导师，这也算是他众多角色中最次要的角色吧。我虽然喜欢他影片中扮演的人物角色的陪伴，但我更欣赏马斯特罗扬尼自己说的话语。在他去世前不久的 1996 年，一位女人（是他最后几十年生命中的伴侣）拍摄了一部电影自传《我记得，是的，我记得》，在这部令人愉快的片子中，马斯特罗扬尼谈到了他的童年，他的朋友，他的旅行，他的电影，他的好恶等。

"我相信自然，相信爱情，相信情感，相信友情，相信这片神奇的土地，相信我的工作，相信我的同伴。"他满怀深情地说，"我喜欢人们，热爱生活，也许正因为如此，我也得到了生活的回报。"他快乐地用了 riamato 一词来表达"回报"，其意为"厚爱"。

有几个晚上，当鲍勃不在家的时候，我就把马斯特罗扬尼的影碟放入笔记本电脑中，在他声音的陪伴下进入梦乡。每当我听到他那带有磁性的嗓音，便会意识到：即使是这样的居家体验——在黑暗中倾听精彩故事的魔力，也能捕获意大利电影的某种本质。

意大利的脏话

"日安，夫人。你看，我说的是英语。"在罗马火车站接我的司机彬彬有礼地说。当他试图将他的大奔驰车从一个狭小的停车位上倒出来时，车轮后面一位戴着珠宝的意大利妇人挡住了他的退路。

他摇下车窗，用带口音的英语问道："对不起，夫人，您能挪一下位置吗？"妇人直勾勾地盯着他，不为所动。他用礼貌的意大利语重复了这个请求，她还是没有反应。

"夫人，我相信您是一位好夫人。"他又用英语说道。她却不屑地瞟了他一眼，只回答一个词："Vaffanculo!"

我就这样学会了意大利语中类似"我 ×"的粗口。而这两个罗马人才刚刚开了个头。紧接着，司机发射出了一连串的谩骂，几乎在空中嘶嘶作响。妇人的脸涨得通红，用同样激烈的恶语回击，尽管我只能偶尔听懂她说的 stronzo（狗屁）和 cazzo（操蛋）等词语。司机又敬以脏话，我听得出来，他说的是罗马本地方言。他转向我，解释道："她是个又大又胖又蠢的傻蛋！"然后，他发动引擎，移动他那辆奔驰车。尽管那女人的嘴巴尚未停歇，但她还是往后退了一步。

"Suina puttana."（卑贱的娼妇。）他咕哝道。我真不知道该为之脸红还是为之喝彩。

人们可以在"V节日"（这个节日不是"胜利日"，而是"Vaffanculo 日"）喧闹的庆祝活动上获得同样的感受，这是一场吸引成千上万意大利人来到城市广场，抗议政府腐败和压制信息的活动。与传统的V形手势不同，人群挥舞着翘起的中指，高喊着："Vaffanculo!"上一代人在公共场合听到这个词会感到震惊，在两代人以前的法西斯政权下，要是人们使用这个词，那将是一种罪行。

然而，尽管"V节日"是最近才出现的，但使用语言（常常是低俗的）来震慑权力并使之敬畏民众的做法，是从一种非常古老的意大利传统中延续下来的。"V节日"活动最近的组织者贝佩·格里洛，是一位身材魁梧、留着一头蓬乱灰色卷发和一脸络腮胡子的喜剧演员兼作家，他在博客（其浏览量在意大利是最大的）中将自己定位为"人民的声音"。不过，在我看来，他似乎是彼得罗·阿雷蒂诺在21世纪的化身——阿雷蒂诺是文艺复兴时期利用"脏话"（la parolaccia）的力量来引人关注的"牛虻"和"权势者们的祸害"。

在从那以后的5个世纪里，意大利人的脏话并没有改变多少。我在佛罗伦萨的历史老师克里斯蒂娜，向我出示过一张17世纪一位愤怒的顾客张贴在米兰一家商店门上的标语，其内容是咒骂男店主为beccone（大绿帽子），他的妻子为puttanissima（婊子中的婊子）。如今，各种不雅的表达（其中一些非常下流），充斥于公园、广场、电视和电影的日常对话中。当我们走在旧金山大街上时，一位恼怒的意大利朋友，对着她的男朋友一口气骂出了一大串损人的修饰语——bastardo（私生子）、cretino（痴呆儿）、stronzo（混蛋）、idiota（傻子）等。当我试图让她闭嘴时，她却说，反正没有人能听懂她在说什么。看起来，路人还真的被她的活泼劲头给吸引住了。

"好吧，你不至于在罗马的大街上使用这样的语言吧。"我抗议道。

"为什么不呢？"她耸了耸肩说，"在当今意大利，没有人不说脏话。"

许多人——也许不是每个人，从学童开始直到做爷爷奶奶的光景，似乎都已掌握了 bestemmiare come un turco（相当于英语中的trooper，其字面意思为"像土耳其人一样骂人"）的艺术。我的意大利朋友告诉我说，脏话已经变得如此普遍，以至于它们听起来不再带有冒犯的意味了。而当外国人绕口令似的说着 vecchia troia（源于特洛伊的海伦，其意为"老婊子"）或 rompicoglione（母老虎）这样的习语时，听起来就像小孩子在学说连自己也不完全理解的词语。

然而，我最早的一位老师坚持认为，学习脏话（le parolacce）也是非常重要的（importantissimo）。她解释说："你要知道，当某人说 fica（无花果）的时候，这并不意味着他要给你一个水果。"这是一个表示女性生殖器的俚语，源于伊甸园中的"善恶树"（树上长的是无花果），这是一种歧视女性的说法，强调的是中世纪的一种观念，即女性是邪恶的诱惑者。你肯定不能把 lo zig-zag（性交）误以为是跳舞，或者把 scureggione（老臭屁）误以为是赞美。但如果你听到一个正在清理餐桌的服务生嘴里念叨着"Porca vita"，那也不必太在意，这种词语虽然听起来很粗俗，但他只是说些"哦，该死"之类无伤大雅的话语，在叹息自己的悲惨生活而已。

在意大利，辨认意大利"脏话"，成为我很喜欢的趣味活动之一。

以 cazzo 为例，它是意大利最流行的骂人字眼，其通常被译为"鸡巴"，比如，在 testa di cazzo（意味着"蠢货"）中。但意大利作家伊塔洛·卡尔维诺坚称，在任何其他语言中都不存在与此确切对等的词语。他是对的。我听到过意大利人用它来表达"惊讶"（cazzo）、"赞美"（cazzuto）、"厌烦"（scazzo）、"恼火"（incazzato）、"近似物"（a cazzo）或"轻蔑"（cazzone）。"Col cazzo che ci vado"被译为"我他妈的要走了"，"Che cazzo vuoi"被译为"你他妈的想要什么"。

同样的多功能性，也适用于意大利的其他粗俗语汇。像英语中"屎"（shit）一样，意大利语中"屎"（stronzone）也是用法很多。一群年轻可爱的意大利女性曾解释说：在意大利，一个男人可以是 stronzone（一大坨恶心的屎）、stronzino 或 stronzettino（一小坨诱人的屎）、stronzetto（一坨有点不正常的屎）、stronzaccio（一坨令人讨厌的屎）或 stronzuccio（一坨虽然很坏但令人不可抗拒的屎）。在意大利，假如你发现自己身处一个污秽的地方，那就是 stronzaio。

culo 除了"屁股"或"臀部"的本意之外，还可以形容放弃最后的尊严，比如，dare anche il culo（屁股也给你吧）；或指某物的底部，比如，cul di sacco（麻袋的底部）和 culo di bicchiere（玻璃杯的底部）；可以形容与某人的关系非常亲密，就像贴在皮肤上一样，比如，essere culo e camicia（屁股与衬衣的关系）；形容某物粗制滥造，比如，fatto col culo（用屁股做的）；形容欺骗他人，比如，mettere nel culo（放进屁股里）；形容开某人的玩笑，比如，prendere per il culo（取笑某人）；形容不能移动，那是因为有一个 culo di pietra（石头的屁股）；或表示祝你好运，比如，avere culo（有屁股）；形容失去一切或一无所有，restare col culo per terra（把屁股放在地上），这一表述源于中世纪的伦巴第，在那里，囚犯们必须脱下裤子（pantaloni），光着屁股蹲在草地上，以防他们逃跑。

有一种羞辱性的古老说法似乎从未改变，那就是 cornuto（戴绿帽子）——有时用翘起食指和小指来表示（假如你来自得克萨斯，请千万别用这种长牛角的手势来喝彩）。这个词可能源于"山羊"的阳性形式（capro 或 becco），essere becco 与源自 corno 的 essere cornuto 意思相同，意为"山羊之角"，而山羊是一种频繁更换性伴侣的薄情动物。

"粗口"（le bocche sporche）并非只是爱说脏话的意大利人之专利。特拉斯泰韦雷有一家小客栈，原名为"琴乔酒馆"（Osteria da Cencio）——因其业主名叫温琴佐（琴乔）·德桑蒂斯（Vincenzo [Cencio] De Santis）而取此名。1951 年，这家客栈改名为"帕洛拉西亚"（La Parolaccia，"脏话"）——它能够渐渐声名在外，是因为人们可以在此听到流行的淫秽诗歌（stornelli sboccati）。一天晚上，一个演员带着一群打着黑领结的朋友来此消夜，服务生称他们为企鹅，他们也戏弄服务生。不久，安娜·马尼亚尼和阿尔贝托·索尔迪等明星也到此取乐撒野。长此以往，这家小客栈便成了游客们寻欢作乐的据点。

"帕洛拉西亚"于 1958 年蜚声全国。当时，悲伤的索拉雅王后（因无法生育而被波斯国王休弃），与当地的一位王子（还有狗仔队们）一起在此度过了一个逍遥无忧的夜晚。"索拉雅出现在一个臭名昭著的地方"的新闻，马上就占据了报纸头条。这个餐馆的名声甚至传到了遥远的美国加利福尼亚州的长滩，在那里，当地的一家"帕洛拉西亚酒馆"大做广告：这样的地方才有美食与好酒，而且人们可以口无遮拦。

我想知道曾写过一本关于"脏话"的书的维托·塔尔塔梅拉对语言有什么看法，于是，我安排在米兰的《焦点》杂志社与他见面，他是该杂志的一位编辑。他有着一头浓密的黑色卷发，蓄有山羊胡和意大利人称之为 pezzino（一小撮头发）的小胡子，身穿一件加里波第式红色罩衫。这位年轻而诚恳的新闻工作者，以一名自由斗士的形象，立刻给我留下了深刻的印象。

他教给我的第一个词 turpiloquio，是"脏话"的正式术语，听起来却一点也不脏。"没有它，文明就无以存在。"塔尔塔梅拉说，"在人类历史上，污言秽语即使不是最古老的词汇，那也该是最古老词汇的组成部分。人类学会了相互辱骂和说脏话，而不是互相扔石头。"塔尔塔梅拉在他那本佐证翔实的书中，列举了 301 个这样的脏话。在《意大利情色词汇历史词典》中，收录了古旧的和土话的脏话术语，罗列了多达前者 10 倍数量（3500 个）的粗话词条。

"难道意大利人比其他国家的人更擅长于咒骂吗？"我问。"只是骂人的方式有所不同而已。"塔尔塔梅拉指出，不同于讲法语、德语或英语的人，意大利人往往使用与性有关的淫秽语言，而不是用与粪便有关的污秽语言，来表达愤怒、厌恶、惊讶和恐惧等强烈的情感。当然，他们有更多的表达方式。塔尔塔梅拉在学术研究过程中，发现了几十种关于性器官的委婉说法。

意大利人把男性生殖器比喻为物品（工具、把手、木槌、锤子、棍棒、望远镜等）、武器（大炮、手枪、警棍等）、乐器（长笛或横笛等）、建筑物（钟塔或圆柱等）、动物（鱼、鳗鱼、鸟等）和食物（胡萝卜、芹菜、芦笋、香脆饼、腊肠、香肠、棒棒糖等）。

把女性生殖器比喻为容器（面包盒、炉子、烤箱、陷阱等）、武器（护套、盾牌等）、乐器（吉他、风笛、响板等）、地点（鸟巢、树林、灌木、溪谷、"天堂"等）、动物（猫、麻雀、老鼠、蛤蜊等）、植物和水果（无花果、花蕾、百合、玫瑰、草莓、李子等），以及珠宝、珍宝、"她的"和"姐妹"等。各种方言中的有关词语至少有上述十倍之多，其大部分出自食物。

塔尔塔梅拉告诉我说：脏话不仅在爱情生活中，而且在战争中也为意大利人发挥了作用，因为意大利人的粗俗语中蕴含着一种语言的冲击力。他们的语言构成——比如 cazzo 中有力的双 z 音 zz，vaffanculo 中雄浑的双 f 音 ff，stronzo 中铿锵的三重辅音——会让这些词语从嘴里像炮弹一般地发射出来。实际上，他们的语音力量有助于古罗马人征服世界。

根据历史记载，在一场战役之前，罗马军团会在离敌人只有几码远的地方列队，然后用恶毒的辱骂和恐怖的威胁发动语言的炮火攻击。在这种粗野叫喊声的恐吓下，位于后排的敌兵往往会闻风丧胆仓皇逃跑，紧接着，敌军的前锋也会在惊慌失措中狼狈逃窜。

与怎么都行的希腊人不同的是，罗马人认为有必要设定一些语言上的限制，并于公元前 5 世纪就开创了审查制度。最初，审查官（censori）的职责是查明公民的财富，这是一项至关重要的核算工作，因为不同的社会和经济阶层有着不同的权利与义务。公元前 443 年，这些地方行政官员承担了确保公共道德得到尊重的额外职责，尽管他们审查的对象不是粗鄙的言辞，而是攻击性的讽刺作品。

　　但审查制度似乎并没有阻止像卡图卢斯这样的古罗马诗人作家的作为。卡图卢斯用充满欣喜的颂歌，表达了他对心爱的莱丝比娅的激情，而当她背叛了他时，他又写下了言辞激烈的谩骂文字。以下诗句的英文译者为彼得·德埃皮罗——《大巧若拙：意大利天才们塑造世界的 50 种方式》一书的合著者。

> 喂，你们这些活该被诅咒的僧侣，
> 将你们掩埋在双子庙九根柱之下。
> 你们真的以为只有你们才有阳具，
> 拥有某种特许来糟蹋所有的女孩，
> 而我们这些傻瓜就没有如此能耐？

　　在接下来的一个世纪里，盖乌斯·彼得罗纽斯（古罗马作家和科学家）所著的《萨蒂利孔》（*The Satyricon*，又译为《爱情神话》），没有辜负这个书名的双重含义：这是一部将讽刺（satire，源自拉丁语 satura）与色情（satyr，古希腊神话中的森林之神，具有雄性人类特征而长有动物的耳朵和尾巴的怪物，以好色著称）糅合在一起的光怪陆离的流浪故事，故而也有人称其为"流浪汉小说"的鼻祖。叙述者的名字为恩科尔皮乌斯（Encolpius），其意思是"在折叠处"，或者更明确地说"在胯部"。他与朋友阿斯克伊尔托斯（Ascyltos，意为"不知疲倦"）为了占有娈童吉东（Giton，意为"邻居"）的情感，用从极其高雅到极为粗俗的语言极尽相争之能事。

中世纪的各种意大利方言保留了拉丁语中的粗俗词语，比如，culo（屁股）和 merda（屎）等，但也增加了新的侮辱性词语（spregiativi）。十字军战士把异教徒称为 pagano 或 infedele，城市居民嘲笑乡村人为 villani（意为"其简陋房屋不如城市宫殿的农夫"）。诸如 la croce（十字架）、i piedi（脚）、il cuore（心）、la vita（生命）或 la passione di Dio（上帝的热情）等用语，在亵渎者的口中就变成了不敬之语。"当一个赌徒输掉了金钱与勇气时，"当时的一位僧侣说，"为了安慰自己，他会说：把基督一块一块剁碎。"

当教会认为这是一种不可饶恕的罪恶时，粗俗语却获得了新的地位——或多或少是一个有争议的问题。当时最著名的被誉为"神学巨人"的高位神职者圣托马斯·阿奎那公然宣称，"亵渎"（bestemmia）比杀人更为严重，因为它源自攻击上帝本身的仁慈与慷慨（bontà）的意图，然而，这样的亵渎将使人丧失其应有的荣誉，以及像房子和家一样重要的尊重。

尽管但丁并没有在地狱中为那些满嘴脏话的人留出位置，但一个出名的妓女（puttana）泰伊丝"污秽、蓬头垢发地"出现在那些谄媚者中间；同时，他还谴责那些腐败的教皇以及世俗的国王嫖妓（puttaneggiar）的可耻行径。当但丁悲叹意大利的命运，称他的祖国为"没有领地而只有妓院的女王"时，一种温和的不敬语言便进入了他的《炼狱篇》。

意大利"三皇冠"中的第二名薄伽丘，或许是受到魔鬼本身的启发，连名字都是淫秽的同义词。在《十日谈》第三天的第一个故事

中，有一个"体格俊朗健美，相貌讨人喜欢"的小伙子马塞托，他假
装成聋哑人，恳求一个女修道院（有八个年轻可爱的修女）院长怜悯
他，雇用他在修道院里做园丁。这个健壮性感的年轻人在干活时，修
女们以为他听不见，就用那种可以想象得到的最下流不堪的语言来取
笑他。

　　一天，就在马塞托听力所及的范围内，一个修女向另一个修女吐
露秘密，那个又笨又聋又哑的园丁，也许是帮助她们弄清楚其他快乐
是否真的比不上与一个男人在一起那么快乐的最佳人选。马塞托对她
们的示好报以傻傻的咧嘴一笑，愉快地满足了她们的好奇心以及火热
的欲望。其他修女也不甘寂寞，全都分享了"这个哑巴家伙的骑马
本事"。一天，女修道院院长恰好看见刚刚完事而精疲力竭，正敞
开衣服躺在阳光下歇息的马塞托，也按捺不住兴奋邀请他来为自己
服务。

　　马塞托终因无法应付接连不断的性要求打破了沉默，他对女修道
院院长说："尽管一只公鸡可以对付十只母鸡，但十个男人也难以满
足一个女人，而我在这里却要对付九个女人。"女修道院院长对马塞
托倍感震惊：一是因为他居然能说话，二是因为他能够全面地照顾到
她手下所有的年轻女孩。于是，她不仅没有将他赶出修道院而把事情
搞得纷纷扬扬，反而还安排他成为管家，让他把天赋"公平地"分配
给她的姐妹们。从此，马塞托为修道院生下了一大帮的"小修女"和
"小僧侣"，他"既不用为喂养孩子们操心，也不用为他们的成长花费
钱财"，最后，他作为一个子女满堂的父亲坐享清福直到终老。

　　薄伽丘——至少是在他精力充沛的青年时代，与随后几个世纪的

人文主义作家们是完全合拍的。"文艺复兴时期的意大利男人们,"正如当时的一位历史学家所说,"更多地用阳具而非用精神来推理。"人文主义者把他们对感官快乐的表达带到语言中,把他们对生活与爱的欣喜转化成诗歌和散文——有些还相当淫秽。

塔尔塔梅拉说,文艺复兴时期是"污言秽语的黄金世纪"(il secolo d'oro della parolaccia)。它无疑是以男性为中心的时代。尽管我曾多次参观过佛罗伦萨博物馆中展出的著名裸体作品,但直到去年夏天,在我上大学的女儿陪伴下的那次拜访,我才意识到,我们总是抬头直视男人的性器官。令我十分尴尬的是,我在一堂意大利语会话课上了解到,il membro 并不像它在英语中的对应词 member 一样,可以用来指代某个社会群体(socio)中的某个人。一位同学悄悄告诉我说:短小的 membrolino(小阳具)——更不用说其他身体部位了——会让一个意大利男人的自负得以收敛,membroso 则会产生相反的效果。

毫无疑问,阳具激发了佛罗伦萨所有榜上有名的艺术家和工匠的灵感。在意大利语言的城堡——秕糠学会——的档案馆中,保存了"狂欢节歌曲"(canti carnascialeschi)的歌诀,这是佛罗伦萨人在狂欢节时行走在大街上,以及在为期两个月的庆祝其守护神圣乔瓦尼的活动中引吭高歌的淫秽小调。许多"阳具歌曲"(canti priapei),用以赞美作曲者们的"性工具"(strumenti sessuali)。当不同行会的人们在大街游行时,他们会用诸如"刷子""纺车""木头""熨斗""球杆"等象征性的行业术语,来吹嘘他们的"商品"。

同样的狂热劲也激发了帕奇菲科·马西莫的灵感,他是阿斯科

利的统治者，一个臭名昭彰的放荡不羁者和公开的双性恋者，他写下
了一篇题为《论他的老二》（"Sul suo cazzo"）的下流文章。叙述者故
作哀叹道："我，马西莫，我的老二又大又重，以至于让人们误以为
我有三条腿呢。"另一方面，他洋洋得意地炫耀说："我喜欢欣赏我
的圆柱一般的庞然大物。"（Io godo contemplando la mia mastodontica
colonna.）

艺术大师列奥纳多·达·芬奇在一篇题为《论阳具》的更为科学
的文章中分享了他的思索：

此物不仅与人的智慧交相辉映，而且，有时，其本身就有
智慧。尽管它要在人的欲望驱动之下发挥作用，但它却桀骜不
驯，坚持自己的航向，时常不服从人的管制或理性，无论当人睡
着还是醒着时，它就是这样为所欲为。常常是，人睡着了，它却
醒着；也常常是，人醒着，它却睡着了。有很多时候，人想要它
去付诸实践，它却决不依从；也有很多时候，它想要有所作为，
人却决不许可。由此可见，这种造物似乎通常具有独立于人的生
命与智慧；也由此可见，人们不但没有给予它应有的名分或呈现
它，反而不断地隐藏与掩盖本该用其应得的仪式来装点与展示的
东西，这是完全错误的。

现代色情文学之父彼得罗·阿雷蒂诺，肯定会对此大加赞赏。在
第一本以西方白话写成的色情作品中，一位名叫南娜的厌世的老名妓
有一段相当长的慷慨陈词，抨击了女性在她们的三个角色——修女、

妻子和妓女（表现得最好）——中所做的下流事情。尽管这些故事本质上属于薄伽丘式的，但要粗俗得多，其中充斥着用穆拉诺岛出产的玻璃制成的人造阴茎、群体性行为和淫秽壁画等。在故事中，所有的男人渴望性行为，只是为了身体上的宣泄；而所有的女人从事性行为，只是为了金钱或贪欲。

1557 年，宗教法庭发布了《违禁书籍索引》，阿雷蒂诺的时代便告结束。列入这份索引的禁书（包括阿雷蒂诺的作品）被判定为危险的，因为它们是伤风败俗的、淫秽的，或者含有异端邪说、错误神学和粗俗的内容。任何人不得在家里拥有被禁书籍，否则将有被逐出教会的可能。在 1948 年发布的第三十二版（也是最后一版）共计四千种违禁书目中，包括了巴尔扎克、萨特、卡萨诺瓦、萨德、雨果、福楼拜等作家的作品。直到 1966 年，该索引才被废除。

我总是想知道：这些禁书到底被如何处置了？它们是不是被焚烧或销毁了？"没有，"塔尔塔梅拉告诉我说，"事实上，宗教法庭最终保护与保存了所有这些被禁图书。"这些卷册（其中包括可以追溯到 14 世纪的无价手稿），至今依然收藏于梵蒂冈图书馆最重要的馆藏库——审查图书馆（la biblioteca dei censori）中。学者们称之为"地狱"（L'Inferno）。

在外族统治的几个世纪里，意大利人通过在会话中加入讽刺语、双关语、粗俗语以及淫秽的典故等，培养了他们"说闲话"（dire pepe，字面意思为"说胡椒"）的言语技能。这种娱乐形式至今仍然十分普遍，它也是那种不能以其他方式来发泄的最危险情绪的唯一安全的出口。

统一之后，在 19 世纪晚期近乎清教徒式的氛围中，纯色情文学得以蓬勃发展。这类粗糙的书籍和杂志，大体是千篇一律的故事，没有风格的书写，经常与淫秽插图结合在一起。像《屁股的胜利》这样的书名，基本上就代表了写作的层次。昔日伴随着放浪的文学而来的博学、睿智和幽默，已经一去不复返了。然而，这些在意大利悠久的"口战"传统中留存下来的"装饰音"，却融入了"亵渎语"（bestemmie）和"粗俗语"（parolacce）之中。

贝尼托·墨索里尼是他那个时代最出色而年轻的语言斗士，他为自己"机智而招摇的粗口"（sbandierare le bestemmie）技能以及挑战宗教权威的胆量而感到自豪。切萨雷·罗西在他的《墨索里尼这种人》一书中，讲述了在 1902 年，这位未来的领袖在瑞士与一名牧师之间的一场亵渎神明的交锋。

"假如上帝存在的话，"墨索里尼宣称，"那么，我给他五分钟的时间，让其用雷霆闪电击垮在议论他的敌人。"墨索里尼看了看表，倒计时说："看到了吗？我还活着。因此，上帝并不存在。"墨索里尼在上台后，改变了他的想法与语调。在 1930 年颁布的意大利《刑法典》中，说粗俗语和亵渎语变成了犯罪行为。

当然，意大利人并没有停止说脏话，他们只是找到了说脏话的新方法而已。许多人采用了由作家邓南遮发明的 fregarsene（字面意思是"让自己难堪"）方法。如今无所不在的 me ne frego，表示的是"我才不在乎呢"（或更厉害的咒骂语）。

其他人则用巧妙的词语来替代，比如，用 per Diana（为了狄安娜）来替代 per Dio（为了上帝）；用 porca vacca（该死的母猪）来替代 porca puttana（该死的婊子）；用 figlio di buona donna（一个好女人养的儿子）来替代 figlio di puttana（一个婊子养的儿子）。一个愤怒的意大利人叫某人 va affa' l'ovo（下蛋去吧）或 va a quel paese（滚到某个国家去吧），意思就是咒骂某人 vaffanculo（下地狱去吧）。

随着法西斯主义垮台，意大利人释放出被压抑了几十年的脏话。朋友们回想起，他们都曾听到过圣徒般的祖母们和有尊严的老师们，在公共或私下场合大喷粗口。然而，尽管街头言论是自由的，但在教会和政府的影响下，针对媒体的审查制度还是维持了好几十年。1952年，导演维托里奥·德西卡敢于在他的新现实主义经典作品《翁贝托·D.》中使用粗俗语。穷困潦倒的男主人公说：Siamo tra uomini, dica pure, dica pure, puttane. 这句话意思是说，因为是男人间的交谈，他和朋友可以用"娼妓"这个词。但在当时是不可以说的。在意大利电影中，这类词语一直会被剪掉，直到 1988 年。

《电视传播自律条例》是最能体现意大利语言警察之荒谬性和极端性的法规，该条例是根据梵蒂冈教廷给国家电视台的建议而制定的。梅尼科·卡罗利在《禁止》一书中写道：像 alcova（凹室）、sudore（汗液）、vizio（卖淫）和 verginità（童贞）这样的词语，都是不能说的。la coscia（大腿）允许说，但只能用于鸡的组成部分。divorzio（离婚）作为一个粗俗语也被禁用，而要说成 scioglimento del vincolo coniugale（解除夫妻关系）。

甚至连听起来有点像脏话的词语也是被禁止的，比如，cazzotto（钻孔机）因其词根为 cazzo（阴茎）被禁，magnifica（壮丽的）因其词尾为 fica（无花果，在俚语里是"阴道"的意思）被禁。cornea

（眼角膜）也是不能说的，因为它听起来像 cornuto（戴绿帽子）。但时代确实变了。如今，在每一集《意大利老大哥》节目中，平均会出现五十个粗俗语。

与此同时，政客们却把粗俗的 coglione（其字面意思为"睾丸"，但通常被译成"混蛋"或"傻瓜"），变成了一个家喻户晓的标题词语。它开始于 1986 年，当时的一名记者在一次采访中告诉前总理贝蒂诺·克拉克西：社会党人想要蓄意破坏他们自己的政府联盟。"谁这么说谁就是一个 coglione。"克拉克西回应道。当记者指出消息来源是自由党主席雷纳托·阿尔蒂西莫（Renato Altissimo）时，克拉克西便用双关语说他是 altissimo coglione（最高级别的混蛋）。1992 年，翁贝托·博西指责一个政敌"想要抓住我的蛋蛋（coglioni），就像他抓住了贝卢斯科尼的睾丸一样。但我的不在他手里"。博西补充道："大概是因为它们太大了吧。"（Le mie non gli stanno in mano.）

2007 年，西尔维奥·贝卢斯科尼在竞选连任时，把反对党中的意大利人称为 coglioni。贝卢斯科尼的抨击者们以"咒骂语"作为他们的国民口号，创建了一个名为"我是个混蛋"的博客（sonouncoglione.com），并在集会的标语和 T 恤上打出"Siamo coglioni！"（我们是混蛋！）的标签。随着论战的白热化，一个词典出版商于心不忍，发自肺腑地公开呼吁：Basta volgarità e parolacce! Impariamo ad insultare con garbo!（别再讲粗俗的语言和脏话了！让我们学会优雅有风度地侮辱他人吧！）

我同意这位出版商的倡议。但我仍然觉得，我应该找到一个多用途、无意冒犯又不至于太脏的"咒骂语"保存在我的语言箭袋里，以防万一。当然，为了找出这样一个普遍适用的咒骂语，我必须仔细倾听。在咖啡馆、商店、火车、银行和公交线路上，以及从电视中，我聆听每一个人说话。我发现了 cafone 这个词，它由三个音节组成，发音为"烤－福－内"（caw-fo-nay），它的传统意思是"乡巴佬"或"土包子"等。

我的词源学词典把这个词的渊源追溯到 Cafo 或 Cafonis——这是马克·安东尼（东罗马帝国的统治者）时代的一个百夫长的名字，西塞罗曾多次提及此人，尽管它很可能被扩展为了 cavare（指的是在土地上劳作的人）的词根。它在语言学上的来历，还包括 1861 年（那正是意大利统一的年份）它在意大利文学中的首次出现，那是一份名为《毅力》的出版物。最关键的是，cafone 可以异变成"土包子的儿子"（figlio d'un cafone）、"粗俗的懒汉"（cafone rozzo）、"没品位的蠢蛋"（cafone sciocco）、"举止粗鲁的傻瓜"（cafone maleducato）、"爱管闲事的笨蛋"（cafone impertinente）、"低俗的蠢货"（cafone senza gusto）或"令人讨厌的乡巴佬"（cafone ripugnante）等。

面对这些表示讨厌的词语变种，你也许会问：Ma Lei cafone ci è nato, o ci è diventato?（一个人是天生土包子，还是后天变成土包子的？）

我确已使用过一次我选定的伪"脏话"。在 4 月 21 日庆祝罗马官方生日那天，我去罗马歌剧院参加了一场免费音乐会。已在观众席上入座的，大多是些上了年纪的罗马人，他们穿着端庄（他们那一代人总是如此），这时，一个穿着工装裤和短袖衬衫的矮胖外国人挤进了我们这一排，要坐在我旁边的空座位上。

"可别是个美国人吧。"我默念。但当我听到他一连串的"打扰一下"时，我就知道，他正是一个美国人。他甫一落座就打了个喷嚏，显然他没有手帕，他用手背擦了擦鼻水，又在他多毛的大腿上将手背擦干。

坐在我另一边的那个吃惊的女人，和我面面相觑，几乎异口同声地说："Che cafone!"（真是混蛋！）

母语

据传说，最初的罗马人在他们新定居点的一座小山上，发现了一个人类头骨。他们认为，这是一个表明罗马有一天将会成为 Caput Mundi（拉丁语意为"世界之都"）的迹象。这座山名的拉丁文 Capitolium（卡皮托利）和意大利文 Capitolino（卡皮托利诺）均来自 caput（头颅），它也是英语单词 capitol（国会）的词根。罗马没有哪一块土地能比此地更神圣、更充满历史感了。公元前 509 年在此建立的朱庇特（光明与天空之神，也是国家的守护者）神殿，其规模几乎与雅典的帕特农神殿不相上下。朱诺·莫内塔（Juno Moneta，即"训诫者朱诺"）神庙是罗马铸币厂的所在地，而 moneta 则成了"钱"的同义词。罗马的国王在这里祭拜他们的家族神明，并将背信弃义者从高处抛下处死。为了安抚神灵，恺撒大帝曾有一次双膝跪地爬上这座山头。

在 1527 年的罗马大劫后，泥泞不堪、满目疮痍的卡皮托利山，变成了所谓的"山羊山"（goat hill）。为了重现昔日的辉煌，米开朗琪罗在此为罗马政府的所在地精心设计了世界上最优美的城市空间——卡皮托利欧广场（Piazza del Campidoglio）。骑在马背上的马库斯·奥雷柳斯的铜像，伫立在广场中心的一座石礅上：他永远俯瞰着这座城市。古老的谚语说：只要这座古罗马皇帝的雕像屹立不倒，罗马就会永存。尽管市民对这种迷信的说法不以为然，但每当这位古代骑手的身体开始显露出受侵蚀的迹象时，他们就用一件复制品取而代之，立即将原作搬进了卡皮托利博物馆。

在 9 月一个雾蒙蒙的早晨，我站在卡皮托利欧广场上，凝思着罗马曾经的辉煌。在《意大利的语言》一书中，语言学家恩斯特·普尔格拉姆指出，古罗马人及其后人"曾在人类努力开拓的三个不同领域主宰过西方世界：一是在治理与法律领域，二是在宗教领域，三是在艺术领域"。除了这三大辉煌之外，他还添加了第四大荣耀，那就是在语言领域。

我有幸参加了一次既借以纪念又作为证明这种荣耀的活动：但丁·阿利吉耶里协会两年一度的会议。该协会是由诗人焦苏埃·卡尔杜奇——第一位获得诺贝尔文学奖的意大利人——于 1890 年在卡皮托利创立的。这个社团在全球超过七十五个国家为二十多万名学生教授了意大利语。

"我们在这里，在古希腊－罗马文明中最重要的地方聚首，是再合适不过的了。"会长布鲁诺·博塔伊向数以百计的协会成员、指导教师和学生致欢迎词。每位与会者手里都拿着一卷印有但丁最初的使命宣言的卷轴，这是每个意大利人的战斗口号：无论他的宗教信仰是什么，无论他的政治观点是什么，"我们要在世界范围内传播与保护意大利的语言和文化……培养外国人对意大利文明的热爱与尊重"。（ tutelare e diffondere la lingua e la cultura italiane nel mondo …

alimentando tra gli stranieri l'amore e il culto per la civiltà italiana.)

在但丁协会初现的时候，意大利尚未完全统一。特伦蒂诺－上阿迪杰大区和弗留利－威尼斯朱利亚大区，仍在奥地利人的统治之下——它们在第一次世界大战后才并入意大利。这个新国家深受无法消除的贫穷困扰，国民大量外流，在 1870 至 1920 年间，移民国外的意大利人超过一千万。但丁协会的首要宗旨，是用语言来维系他们与祖国之间的联系，其次是创建一个"语言爱好者"（innamorati della lingua）的全球性社区。

但丁协会的成功，已经达到了其文学奠基人无法想象的程度。我很好奇，在聚集于此的来自欧洲、非洲、亚洲、美洲和大洋洲的意大利文化爱好者中，究竟会有多少种母语。在我与来自各大洲的参会者亲切聊天的过程中，一个相当惊人的现实打动了我：我们所有人，不分国籍或种族，在相互交流时所用的语言基本上是 14 世纪托斯卡纳方言——这是伫立在卡皮托利罗马市政大厅内的基座上凝望着我们的但丁也能听懂的语言。

当上午的发言者称赞意大利语具有作为理想的国际语言的优点时，我并不觉得这个见解是荒谬的。没有语言能够比它更加有力地表达人类的喜怒哀乐。没有语言可以提供这么多微妙的"模糊表达"（sfumature），可用以回避冲突，促进理解与协作。当然，其他语言或许更适合商业、技术、科学或金融，而意大利语体现的是更重要、更普遍的东西，那就是文明本身。当我端坐在罗马的正中心——这座被神圣化为近三千年来的权力、法律和政府所在地的山头上（其台阶两旁陈列着许多世界上最伟大的艺术瑰宝），我由衷地感到，意大利语不愧为人类的语言，即每个人的母语。

随后，在与但丁协会秘书长（Segretario Generale）亚历山德罗·马西的一次交谈中，我犯了时态上的错误，并为自己带有瑕疵的意大利语向他表示歉意。"Non fa niente."（没关系。）他鼓励我说，"你的意大利语说得比大多数意大利人都好。"一开始，我还自以为是地接受了他的恭维。然而，在回公寓的路上，我去一家超市（supermercato）买了几样东西，结账时因没有零钱而不经意地惹怒了忙碌中的收银员。面对她的斥责，我搜索枯肠也想不出一个词来反击，无奈之下只好忍气吞声，拎起小袋子（sacchetto）冲出了门。我心想：母语……我还差得远呢！

我又一次栽进了这个国家两种平行语言之间的沟壑之中：一种是在学校里教授的，正式的，以文学为基础的书面意大利语（italiano scritto）；另一种是意大利语口语或方言（italiano parlato），这是一种无法在教室里学到的活跃的现代地方话（vernacular）。由于义务教育和大众传媒的作用，这两者变得比以往任何时候都更为接近了，但有时，我的正式的意大利语，让我感觉到自己仿佛是身处比萨店里的彼特拉克。正如过去五百年以来，语言问题（la questione della lingua）——哪种形式更好、更纯粹、更重要、更能代表意大利文化——一直在被激烈地争论着。

"我们一直在问要用哪种语言形式来写作，因为我们始终不是用我们的口头语言来写作的，"罗马第三大学语言学系主任拉法埃莱·西莫内表示，"每个意大利人的意大利语都各不相同。这使得这种语言的风味与品种变得跟意大利的烹饪一样丰富多彩，但也让外国人为此感到抓狂。"fare impazzire（让我发疯）这个短语，恰如其分地描述了我在意大利街头的感受。

一位朋友形容他的许多同胞所讲的意大利语是"马其顿"（macedonia），即以各种胡言乱语随意搅和起来的一种混合体。我是从维比亚诺－韦基奥山庄酒店的厨师莉娜那里学到这个词的用法的，她曾问我是否喜欢这个饱受战争摧残的小国家——它曾是罗马帝国的一个行省。原来，意大利人之所以把一种新鲜的水果色拉叫作"马其顿"——莉娜推测道——是因为它经常被分成一小块一小块的。

意大利语也受到了语言执法者的切割与拼接、清除与纯化，其疯狂程度莫过于法西斯主义者了。他们的名字来源于 fasces，意为"一捆棍子"，在古罗马为权力之象征。1923 年，墨索里尼政府对在商店招牌中使用外来词进行征税。第二次世界大战开始时，在政府颁布的一项法律中，完全禁止了外来词的使用。宣传海报上写着：Italiani, boicottate le parole straniere!（意大利人，联合抵制外来词！）殊不知，boicottate 一词本身就是外来语，源自查尔斯·C. 杯葛[1] 上尉的名字，他是爱尔兰第一个被民众联合抵制的受害者。于是，杯葛（boycott）一词，从英国传到了法国和意大利等地。

在法西斯统治下，意大利语中的"司机"（chauffeur）变成了autista，"足球"变成了 calcio，"酒吧"变成了 qui si beve（意为"人

1　查尔斯·C. 杯葛（Charles C. Boycott）上尉退役后，是爱尔兰的地产经纪人，负责看管厄恩伯爵在爱尔兰的地产。1880 年，爱尔兰土地联盟进行土地改革，要求全爱尔兰的地主必须减租，杯葛因拒绝减租立即受到孤立，最后，杯葛与妻子从爱尔兰逃到了英格兰。史上第一次民众联合抵制行动就此告终，而 boycott 作为抵制运动的代名词很快便流传开来。——译注

们在这里喝酒"）。就像其他外国人名一样，莎士比亚的名字必须如意大利语那样地发音：莎 – 凯 – 斯派 – 阿 – 瑞（Shah-kay-spay-ah-ray）。1933 年，记者保罗·莫内利出版了一本书，其书名为《蛮族统治：以新的和旧的论据，从词语的历史和词源，用娱乐读者的奇闻逸事，来审查、攻击并剔除语言中的 500 个外来词》。到了 1943 年出第二版时，这个名单已增至 650 个外来词。作者在前言中声明：他在为"骄傲与尊严"而战。

一个强大的民族"不会捡起外国的垃圾"，莫内利宣称，"语言的污染，通常是由那些无知的、愚蠢的、奴性的人造成的"。一项被载入史册的禁止给意大利儿童起外国基督教名字的"奴性"做法的法西斯法律，一直延续到 1966 年。我出生于意大利的朋友纳里曼（Narriman）的父母，用一位埃及女王的名字为她取名，他们被告知，任何基督教的名字都不得以 n 结尾。所以，她在市政记录中的名字为纳里马（Narrima），尽管为她施洗的年轻牧师在教堂为她登记的名字仍是纳里曼。

法西斯主义还试图铲除它认为玷污了民族语言之纯度的"方言杂草"（la malerba dialettale）。实际上，对于方言的限制，让几代意大利人都噤声了：不管他们处于何种社会阶层或何种文化水准，其中包括贵族，原本他们主要讲的都是在家庭中和村庄里听到的语言。"对我的父母来说，讲方言就像使用右手一样习惯，"一位朋友解释说，"而若要遵守意大利语言的标准规则，那即使你具有大学程度，也会像使用左手一样不习惯。"

如今，根据意大利国家统计局的数据，55% 的意大利人在与家人和朋友交流的部分或大部分时间内，仍然使用方言。四分之一的人甚至在与陌生人说话时，也使用方言。几乎所有的意大利人，包括那些其父母禁止他们在成长过程中讲方言的人，至少也知道一些词语。意大利语中的"男孩"为 ragazzo，而佛罗伦萨人用的是 bimbo，锡耶纳人用的是 cittino，威尼斯人用的是 puteo，萨沃纳人（利古里亚人）用的是 figgeu，罗马涅人用的是 burdel 或 burdlin，弗留利人用的是 frut，在一些南部方言中用的是 quatraro（但丁在其有关语言的论述《论俗语》中提到过这个词）。

一些纯粹主义者和政治家（在欧盟选择英语、法语和德语作为其主要语言从而冷落了意大利语后，他们成立了名为"语言警报"［Allarme Lingua］的委员会）认为：当前，意大利语面临的一个更大威胁，是语言的输入问题。为了抗议这种语言歧视，时任意大利总理贝卢斯科尼曾建议他的阁僚们退出欧盟会议，因为在会议上要被迫讲他国语言，并应抵制那些不提供意大利语文件的会议。

据我在佛罗伦萨的语言历史导师克里斯蒂娜的说法，外来词汇在意大利语中约占 10%，但不加改变或改编就进入意大利语的只有 3%。我在一家餐馆里学到了一个德语外来词，当时，我正在打开一扇下沿带有铰链的可倾斜的窗户，一个服务生主动过来帮我的忙，他管它叫 vasistas（气窗）——它来自德语中的疑问句："Was ist das?"（这是什么？）一位朋友在指责我是一个 stacanovista（工作狂）的时候，教给我的是一个俄语外来词，此词源于一个俄罗斯矿工的名字 Stachanov——他通过引进新技术提高了生产效率。

自从第二次世界大战期间盟军攻入意大利半岛以后，美式英语开始渗透到意大利语中，意大利人至今仍称口香糖为 gomma americana（美国橡皮糖）。据语言学家估计，数以千计的英语词汇已经进入了意大利语，其中包括"电脑"（computer）、"软件"（software）、"畅销书"（bestseller）、"杀手"（killer）、"经理"（manager）、"男友"（boyfriend）、"牛仔"（cowboy）、"爆米花"（popcorn）、"大众传媒"（massmedia，一个词，不是两个词）、"花花公子"（playboy）、"咖啡时间"（coffee break）、"压力"（stress）、"保姆"（babysitter）、"调情"（flirt）和"周末"（weekend）等。然而，意大利人别出心裁地赋予某些英语词以不同的意思，比如，"高尔夫球"（golf）指"套衫"，"先生"（mister）指"足球队教练"，"吸烟"（smoking）指"燕尾服"，"插播"（spot）指"商业广告"，"虚构小说"（fiction）指"电视电影"等。在美国的选举活动中，媒体人要为一个政党的总统和副总统候选人拉"票"（ticket），于是，意大利人创造了 tricket 来代表意大利选举中的三名竞争者。

有时，我发现意大利语中的某些"英语"词，要比它的国产词更加令人困惑。比如，意大利人说"慢跑"为 fare il footing，这个词语可能来源于 19 世纪西班牙语"徒步旅行"。甚至连意大利人也被某些他们所谓的"英语化"了的词语搞糊涂了。一家美容院给自己冠以"Top one"（顶级）的店名，意大利人却把它读作 topone（大老鼠），于是就没有人愿意进店消费了。

而有些听起来像英语的词，实际上却起源于意大利语的词根。snob（势利小人）一词可以追溯到文艺复兴时期的佛罗伦萨，当时的新兴中产阶级正在寻求上层人士的认同。为了区分真正的贵族家庭与暴发户，人口普查员在那些设法挤入上流社会者（当时的意大利人称之为 arrampicatori sociali）的名字旁边，注上 s.nob（即 senza nobiltà，意思是"无贵族气质"）。似乎是，美式牛仔裤的颜色，源自水手在船上使用的斜纹粗棉布的颜色——"热那亚之蓝"（blu di Genova）。根据《牛津英语词典》的解释，blu di Genova 这个词在进入法语后变成了 bleu de Genes，之后，在全球范围内又转变为 jeans（即"牛仔裤"）。

尽管无意义的英语词汇（比如，Meating 意为"餐馆"，Boomerang 意为"卡车运输公司"，Shopping U 意为"商店"等）到处可见，但意大利语中基础词汇的一半多一点，一万个最常用的单词，均可溯源至 14 或 15 世纪。最近，当那不勒斯街头的垃圾堆积成山引发一场国家危机时，我获得了有关这点的第一手证据。我在收听意大利晚间新闻（美国也在播报）时，反复听到了我最早学会的那批意大利语单词之一：spazzatura（垃圾）——它回响在市民的愤怒抗议、健康专家的警告和政客的咆哮中。

几年前，在旧金山的意大利语言学院上课时，我手里拿着一个喝咖啡的空纸杯走进教室。

"Spazzatura?"活泼的年轻老师问道。

"Sì."我回答道，确信我了解这个嘶嘶作响的词的意思。顺着她伸出的胳膊的指向，我看到了摆放在教室角落里的废纸篓。

"垃圾。"她又用英语说。

下课后，我从学校的厚重的语源学词典中，查到了这个词的词根：spazzare（意为"清扫"，或在某些上下文中，意为"清除"），它

出现在薄伽丘的作品中。随着时间推移，它派生出了 spazzamento
（彻底清扫）、spazzatina（打扫灰尘）、spazzola（刷子）和 spazzolino
da denti（牙刷）等词语。

有的意大利词语虽然保留下来了，但它们的意思已完全改变。朱
塞佩·帕托塔教授（她是一位衣着暴露的年轻女性，经常出现在意大
利的电视节目中），以 le veline 为例加以说明。她告诉我，velina 一词
最初是指又轻又软的纸张，后来是指犹如洋葱皮一般轻薄的用于打印
的复写纸。在法西斯政权时期，政府的审查部门发布命令，规定了
报纸可以报道哪些内容或不可以报道哪些内容。于是，轻薄的复写纸
（veline）进入了报社编辑系统，原件则被保存于国家档案馆内。在第
二次世界大战之后，各部门继续向报社以及（由政府主办的）意大利
广播电视公司发送这种轻薄的复写纸。

20 世纪 80 年代，意大利前总理西尔维奥·贝卢斯科尼，曾在
其私人频道 Canale 5 上播出一档讽刺意大利广播电视公司新闻的节
目，其中出现了身穿轻薄服装的性感舞者，人们称她们为 veline。
现在，veline 被用来指代所有经常出现在意大利电视上的长腿女孩。
在最近的《新词：来自报纸的新词词典》一书中，还出现了该词
的两种变体：velinesco（忸怩作态）和 velinismo（典型的忸怩作态
行为）。

从以上实例中，我们可以看到意大利方言不断演化的生动过程。
一些英语词，比如，"蓝牙"（Bluetooth）、"跨界"（crossover）、"电
子支付"（e-payment）和"播客"（podcasting）等，在意大利语中看
上去、听起来及词意都是一样的。有些英语词，在意大利语中却变得

令人眼花，例如，blogger（博主）变成了 bloggista，hollywoodità 用来描述电影明星的浮华与魅力，marilynizzarsi 一词被发明出来指那些仿效不朽明星玛丽莲·梦露的人，minidollaro 非常准确地概括了美元疲软的状况。其他一些词则回收利用了传统的意大利词语来描述完全现代的事物，例如，lampadarsi，源自 lampada，"台灯"，是 15 世纪狂热的化缘修士萨沃纳罗拉所使用的一个词，意思是"在紫外线下晒黑"。

messaggiata 是我经常使用的一个特定新词，它的意思是发送文本或 SMS（SMS 为 Short Message Service 的缩写，即包括意大利在内的世界各地使用的短信服务）。我最早曾收到过克里斯蒂娜的一条只有 4 个符号的短信："dv 6?"我不解，不得不打电话问她这是什么意思，她解释说，是在问"Dove sei?"（你在哪儿？）——意大利人在短信中用数字 6（six）来代表 sei（你）。我现在学会了许多短信词语，其中包括：ke，即"什么"（che）；ki，即"谁"（chi）；km，即"怎样"（come）；smpr，即"总是"（sempre）等。不过，我发过的最长的此类信息是"Dm c sent"，意思是"Domani ci sentiamo"（我们明天再聊）。

我花了很长时间才弄懂政客和官僚们那种夸夸其谈的"大话"（paroloni）。我一次又一次地琢磨官方张贴的公告，比如，解释邮局在工作日中途再次关门的原因等。在阿西西，一位老妇人和我一样对告示中的一些词语颇感费解，"Non è italiano, è ostrogoto."（这不是意大利语，而是东哥特蛮语。）她说。她指的是公元 5 世纪占领罗马的东哥特野蛮人所讲的一种莫名其妙的语言。

　　政府本身曾向晦涩难懂、华而不实的用词宣战，并为消除官腔正式推出了"清除计划"（Progetto Chiaro）。然而，我并没看到任何进展。意大利的国民才俊贝佩·塞韦尔尼尼，整理出一些因意大利近期的政治困境导致的语言怪物。在他所谓的"危机的词汇表"（vocabolario della crisi）中，包括了一个新词 parlamentarizzazione（议会制），他认为，这无疑是将危机带入议会的可怕行为。而 termovalorizzatore 这个词（其意为"垃圾焚烧炉或操作焚烧炉的人"），被用来代替充满政治色彩的"煽风点火"（inceneritori），在他看来，这简直是"意大利语言的耻辱"（il pudore verbale italiano）。

　　尽管意大利语中存在着如此过分的词语，但我并不担心这种语言的命运，因为它经受住了入侵者、无情的审查官、外邦的暴君、不可一世的独裁者、腐败的政客、欧洲联盟、无处不在的英语以及来自世界各地的游客大军的考验。意大利人天生就对表达、沟通和交流有着永不满足的渴望。任何事或任何人都无法浇灭这种欲望之火。

　　意大利人中不乏语言方面的新英雄——犹如洛伦佐·德·美第奇和莱昂·巴蒂斯塔·阿尔贝蒂那样的现代版人物。瓦莱里娅·德拉·瓦莱教授和朱塞佩·帕托塔教授一直致力于意大利语的建设，他们撰写了名为 *Il salvalingua*、*Il salvastile*、*Il salvaitaliano*、*Il nuovo salvalingua*[1] 的一系列著述，从这些书名可以看出，他们的着力点均落在"挽救"（salva）上面。学界同人对他们为改善日常用语所做的努

1　分别为"语言挽救者""风格挽救者""意大利语挽救者""新语言挽救者"之意，是一系列的语法手册，对许多连意大利人自己也容易弄错的词语，进行了包括拼写、发音、词意、句法、形态等用法上的详尽解释。——编注

力做出了最初的回应——德拉·瓦莱用手指向上轻弹鼻子，将之描述为"非常势利"（molto snobismo）。她接着抨击了日常语言中的"低俗化"（divulgazione）现象。然而，他们所编写的生动的语言实用指南，像夏天里的冰激凌一样畅销。

"意大利人确实很在乎他们的语言，他们都想讲好自己的语言，"德拉·瓦莱说，"但是，即使对意大利人来说，意大利语也是非常古老、复杂和难以把握的。"我怀疑（dubbi），使用语言最佳或最恰当的方式，是在热烈激昂的晚餐谈话和流行的电视节目中。我向她求证我和鲍勃与意大利人争论多年的一个疑问（dubbio）：在一天中的什么时间，人们不再说 buongiorno（早上好），而是开始用 buonasera（晚上好）或 buonanotte（晚安）？

在托斯卡纳地区，如果我们在正午一分钟后说 buongiorno，人们通常会以 buonasera 来回应。而在罗马，一直到下午，我们听到的都是 buongiorno。德拉·瓦莱教授的经验法则是：午餐时间（在罗马可能要晚些）之前用 buongiorno，之后便用 buonasera，而 buonanotte 只用于上床睡觉之前。但是，假如一个意大利人在交谈中插入一个 buonasera，此时，请不要起身离开。这是一种讽刺方式，暗示着对于某项任务的讨论告一段落，或暗示着一个棘手的问题永远不可能有解决的结果。

20 世纪 70 年代，德拉·瓦莱在毕业后找到了第一份工作——为一本大部头的新词典《意大利语词典》准备词条，她发现自己陷入了一个两难境地。（我们第一次见面，她就带我进入她那摆满书籍的蜗居，让我看了那四卷本的大部头词典。）据德拉·瓦莱说，她的老板，一位毕生致力于意大利语的整理与编目工作的男性，在给她交代任务时显得很不自在，红着脸并咳嗽着说，当她读到 ca（*意大利语中一些最古老的污秽词语的首字母*）开头的词语时，不妨把材料转交给他，因为里面的内容"不适合女人"（non era adatto a una donna）。

德拉·瓦莱永远不会忘记，这些"粗俗的语言"（brutte parole）让她感到多么恼火与窘迫："这是我第一次意识到，意大利语一直是男人的语言，它传达的是一种完全男性化的对于现实的看法。从那以后，我便力图改变现状，至少要确保让'女人'（la donna）不再被定义为'从属于男人的女人'（femmina dell'uomo）。"

2008 年，佛罗伦萨大学的一位意大利语言史教授尼科莱塔·马拉斯基奥，终于打破了意大利文学的玻璃天花板，成为意大利秕糠学会的"第一位女会长"；而 19 世纪的作家、诗人、政治活动家卡泰丽娜·弗兰切斯基·费鲁奇成为该学会的第一位女会员，已是 137 年前的事了。在那个荣誉时刻，费鲁奇写道："我们很有必要保持我们的语言与文学中真正的意大利特色。"（Della necessità di conservare alla nostra lingua e alla nostra letteratura l'indole schiettamente italiana.）

在 9 月的一个阳光明媚的星期六，鲍勃和我在罗马见证了各种各样的意大利特色。鲍勃想去看看拥有两千多年历史的奥古斯都和平祭坛，这是一座纪念奥古斯都给罗马文明带来繁荣昌盛，并象征着帝国持久和平的圣坛。而我想去看看华伦天奴四十五周年时装展。两者均被安排在同一屋檐下，即由美国建筑师理查德·迈耶设计的和平祭坛博物馆内，罗马人嘲笑此博物馆是一座庞大的加油站。

但就像意大利人会话中的英语词汇一样，这座建筑渐渐消失在背景之中，而我们却被眼前呈现的从未见过的服装幻景所眩惑：光滑、长颈、手臂抬起、没有脸部特征的人体模型，排列成红色的金字塔、白色的山峦和黑色而别致的长排。一列新娘的婚纱，像瀑布一样从高高的台座上倾泻而下。一套传统戏剧中由滑稽角色穿着的镶有宝石色彩斑斓的花衣，在周围环绕的镜子中，像万花筒一般闪闪发光、千变万化。在朱莉娅·罗伯茨和索菲娅·罗兰等奥斯卡获奖者穿过的那些光彩照人的礼服旁边，播放着她们走红地毯的视频。华丽服饰的中央矗立着一座古老的祭坛，它被毁于"黑暗时代"，在文艺复兴时期被部分挖掘，又经过了半个多世纪的艰苦重建而成。祭坛的墙面上刻有世界上最精美的浮雕，它把古罗马人刻画得如此惟妙惟肖，以至于你会忍不住对画面中一个拽着父亲的长袍想引起注意的孩子露出微笑。

离开博物馆，鲍勃和我漫步于台伯河畔，内心沉浸在古老神韵与现代风尚的双重喜悦之中。此时，一辆小车突然在我们身边停了下来，是一个意大利人向我们问路（这本身就应该让我们感到疑惑，因为我们看起来不像是当地人）。从此人的口音中可以分辨出，他并不是罗马人（我们对此有所警觉，因为朋友们总是警告我们，那些街头混混会趁你不备一把抢走你的东西）。他给我们讲述了一个有趣且颇合情理的故事：他正在城里参加一个贸易展会，但又不得不赶到帕多瓦去参加一场家庭婚礼。

"把这些当作礼物吧。"他一边说着，一边拿出好几件他自己公司生产的夹克样品。他十分尴尬地说，他的钱已经花光了，眼下急需买汽油而没有钱。"看！"他指着油箱恳求道。我们可以亲眼看到他的油箱要空了。鲍勃和我面面相觑，我们知道，我们十之八九是要被耍了，那位意大利人对此也心知肚明。我们接受了他的夹克（后来都送给了我们公寓楼里的孩子们），并给了他一些买汽油的钱。朋友们听说这件事后都吓坏了，因为我们干了件傻事（fare i fessi）。嗯，是挺傻。但我们还是很欣赏此人肆无忌惮的诡计（furbizia）。而且，我得承认，不管是谁，无论是什么事情，只要是用意大利语来告诉我，我都很容易上当。

我在意大利并不感到孤单。还有哪种语言能像意大利语那样激发人写下一首对它的情歌吗？在《我们的意大利语》这首创作于 1993 年的歌曲中，作者里卡尔多·科钱特赞美意大利语的宁静、甜蜜、热情、普适、大方和性感，它来自教堂中古老的大理石，来自海上的船只和小夜曲，来自远方的目光和微笑，来自宫殿和喷泉的回响，来自歌剧和宏伟的意大利电影的色彩，这种语言永远带给你温柔的爱的抚慰。

根据但丁·阿利吉耶里协会近期的一项民意调查结果，l'amore（爱）是生活在其他国家的意大利人最喜欢的词语，mamma（妈妈）一词位居第二。虽说有那么多诱人的词语可供选择，但我居然一个也挑不出来。不过，我还是有一个最喜欢的短语：Mi sento a mio agio。尽管它不太容易被翻译成英语，但它或多或少意味着"我感到舒适自在"或"我觉得无拘无束"，它在意大利人的心中产生了深深的共鸣。当我第一次在维比亚诺－韦基奥山庄对招待我们的东道主说出这句话时，大家都热泪盈眶了。

在过去的四分之一个世纪里，意大利和意大利语给我一种宾至如归的感觉。尽管我去年在意大利足足待了三个月才回到旧金山，但我仍然觉得自己错过了好些东西，仍然觉得自己不太理解"意大利事物"（le cose italiane）。意大利语或许是所有语言之母，但有时，我还是觉得自己像个继女。

"那当然，"当我向亚历山德拉述说我对意大利以及意大利语总有一种意犹未尽的感觉时，她回答说，"这就是课堂上的意大利语与活生生的意大利语之间的区别。"

"这是否意味着我无法学会真正的意大利语？"我问道。

"根本不是，"她说，"但你必须以不同的方式来学习。"

在接下来的课程中，她带来了一副用来玩"扫帚"（scopa）游戏的意大利扑克牌，一张米兰夜总会歌舞表演的歌曲光盘，一本关于"魔鬼恋人"（Diabolik，类似于蝙蝠侠的人物）的漫画书，一幅心形的圣母马利亚还愿小画（exvoto），用来表达对上帝恩惠的感激之情，以及一本《解梦书》（La smorfia），通过书把梦境与数字联系起来，再用这些数字在意大利彩票中下注。

"Cominciamo!"亚历山德拉笑着说，"让我们开始吧。"

致谢

Grazie. Grazie tanto. Grazie mille. Vi ringrazio.

谢谢。太感谢了。万分感谢。谢谢你。

我希望能有更多的词语来表达我对那些帮助我完成这本书的人的谢意。

十分感谢我的拍档和指导老师亚历山德拉·卡塔尼，要是没有她的创意、渊博的知识、无限的耐心和良好的幽默感，我是不可能完成这个"美丽的挑战"（ bella sfida ）的。我要感谢我们共同的朋友弗兰切斯卡·加斯帕里——旧金山意大利语言学院的院长，是她对自己的母语的热爱首先激发了我对意大利语的热情。我要给佛罗伦萨但丁·阿利吉耶里协会的克里斯蒂娜·罗马内利一个大大的拥抱（ un abbraccio forte ），是她为我提供了意大利鲜活的历史。

许多造诣深厚的语言名家，都极为慷慨地为我付出了他们的知识和时间。我有幸在罗马会见并采访了秕糠学会的弗朗切斯科·萨巴蒂尼、但丁·阿利吉耶里协会的形象大使布鲁诺·博塔伊和罗马大学的卢卡·塞里安尼。读到瓦莱里娅·德拉·瓦莱教授和朱塞佩·帕托塔教授有关意大利语的历史与用法的清晰易懂的书籍时，我便成了他们的拥趸，而在与他们谋面之后，我的仰慕之情更是难以言表。我真的认为自己是他们卑微的学生（allieva），并感谢瓦莱里娅给予我"友情"这份特殊的礼物。我特别感谢但丁·阿利吉耶里协会和蔼可亲的露西拉·皮佐利，她为我提供了有关书籍、联系方式、特别说明以及热情的接待。我还要感谢但丁·阿利吉耶里协会的亚历山德罗·马西和拉法埃拉·菲奥拉尼，以及秕糠学会的德利亚·拉焦涅里和保罗·贝拉尔迪内利。

感谢我在佛罗伦萨的许多"教员"，其中包括玛丽亚·维多利亚·林博蒂伯爵夫人、当地但丁·阿利吉耶里协会的恩里科·保莱蒂、佛罗伦萨大学的埃内斯蒂娜·佩莱格里纳教授和马西莫·范范尼教授、柏丽慕达时装学院的菲利普·泰勒教授、佛罗伦萨旅游局的帕梅拉·普奇和艺术图书馆的伊尼亚齐奥·莱昂内。衷心感谢丽塔、安东内拉、安娜丽莎、丹尼尔，以及马尼亚尼－费罗尼宫酒店的全体员工，是他们让我在佛罗伦萨有"宾至如归"的感觉。

感谢卢多维卡·塞布雷贡迪和马里奥·鲁菲尼大师教给我关于艺术和歌剧的所有知识，而最重要的是，他们为我带来了陪伴的乐趣和友谊的快乐。同样的感谢送给毛里齐奥·巴尔巴齐尼大师及其夫人安东内拉。感谢旧金山歌剧院的基普·克兰纳和卢恰诺·凯萨，他们助益我提升了音乐素养。

感谢詹弗兰科·安杰卢奇、塞尔焦·拉法埃利、毛里齐奥·迪·里恩佐、图利奥·凯齐克，以及罗马恺撒电影院的工作人员，在他们的帮助下，我学会了欣赏意大利电影的语言。我对意大利美食的了解，在很大程度上要归功于圭多·托马西酒庄的圭多·托马西、佛罗伦萨烹饪学院的加布里埃拉·加努吉、布拉卡利餐馆的卢卡和弗朗切斯科·布拉卡利夫妇、诗人兼美食历史学家路易吉·巴莱里尼，以及加利福尼亚州戴维斯市法苏洛餐馆的莱奥纳尔多·法苏洛——他的食物让我们仿佛身在意大利。我要感谢几位女性，其中包括意大利国家时尚协会的朱莉娅·皮罗瓦诺、安娜·芬迪和埃莉萨·罗焦拉尼，以及旧金山安普里奥·阿玛尼公司的戴维·穆罕默迪，是她们教会了我有关意大利时尚的知识。

贝佩·塞韦尔尼尼的睿智和洞察力，加深了我对意大利语以及讲意大利语者的激赏之情。热情洋溢的演员和"但丁迷"罗伯托·贝尼尼，打开了我欣赏但丁的全新视野。维托·塔尔塔梅拉让我了解了那么多难以想象的意大利"脏话"知识。贝尼文化馆罗马办事处的工作人员阿尔贝塔·坎皮泰利，为我提供了观赏具有悠久历史的罗马别墅的行家视角。欧洲建筑设计院的阿尔多·科洛内蒂，极大地拓宽了我对意大利建筑设计的理解。感谢拉法埃莱·西莫内的著述及见解。感谢毛里齐奥·博尔吉为我推荐了尼科洛·托马塞奥的著作。我要感谢克雷申佐、安德烈亚和西莫内·丹布罗西奥一家人——他们那令人思念的父亲，最早教会了我一些意大利语。

我在美国的研究起始于旧金山的意大利文化学院，在那里，我幸运地遇到了安娜玛丽亚·莱利和瓦莱里娅·鲁莫里，并找到了名副其实的"罗宾宝藏"。旧金山州立大学的伊丽莎白·内尔森，是思想和见解的丰富源泉。卡萝尔·菲尔德，通过我们之间的交谈以及她的著述，为我提供了有关意大利烹饪以及厨师的大量信息。

感谢我多年来的会话和文学老师斯特凡尼娅·斯科蒂，感谢她为我的第一次意大利研究之旅所做的准备，感谢她的先生费代里科·兰皮尼帮我寻找相关资料。我还要感谢我的其他意大利语老师，其中包括洛伦扎·格拉齐奥西、瓦莱里娅·富里诺和托尼·索蒂莱。在此，一并感谢旧金山湾区为我的研究做出了贡献的人们，其中包括：卡拉·法拉斯基，马林意大利电影节的利多·坎塔鲁蒂，加利福尼亚大学伯克利分校的卡泰丽娜·费乌克特、阿尔曼多·迪·卡洛和史蒂文·博特里尔，卡拉·梅尔基奥尔，圣玛丽学院的保拉·森西－伊索拉尼，旧金山帕利奥·达斯蒂餐馆的主厨丹尼尔·斯凯罗特泰尔，以及当代插图版《神曲》的合著者桑多·比尔克和马库斯·桑德斯。感谢朱迪丝·格雷贝尔及其写作团队的优秀女性，是她们鼓励我要跳出条条框框去思考与写作。

印第安纳大学的朱莉娅·科纳韦·邦达内拉和彼得·邦达内拉的著述和译作，是我非常宝贵的资料来源，我更感激他们为我提供了有关意大利文学、历史和电影的迷你教程。我还要感谢：《大巧若拙：意大利天才们塑造世界的50种方式》一书的作者彼得·德埃皮罗和玛丽·德斯蒙德·平科维什，佩斯大学的贝弗利·卡恩和阿尔多·贝拉尔多，技术学院时装博物馆的瓦莱丽·斯蒂尔，利哈伊大学的保罗·萨莱尼，以及西雅图艺术博物馆的特拉奇·蒂蒙斯。

"友情"的意大利语为 amicizia，而我则从罗伯托和卡拉·塞拉菲尼夫妇身上领会到了它的真正含义，他们是我最初的指导老师，他们教会了我那么多关于意大利的语言、美食、历史，以及他们所热爱的罗马的知识。其他亲爱的朋友，还有安德烈亚·法索拉·博洛尼亚和他的儿子洛伦佐，他们是真正的文艺复兴时期人类的现代转世，他们欣然接受我的家人进入他们富丽堂皇的家庭和他们的生活。我要亲吻与拥抱（baci e abbracci）亲爱的朋友钦齐亚·凡丘利——她是我的另一位意大利文化向导，以及其富有魅力的先生里卡尔多·马祖雷克。我还要感谢另一位意大利朋友纳里曼·莎赫萝赫——她十分仔细地通读了我的终稿。

我在一个叫作埃尔科拉纳的特别之地写下了《美丽的语言：恋上意大利语》一书的提案与初稿。感谢最和蔼可亲的阿兰和克里斯蒂娜·卡穆夫妇与我们分享了他们的家。我还要向我们在埃尔科莱港大家庭中的朱斯蒂娜、玛丽亚-奥古斯塔和乌巴尔多，以及无论是在陆上或海上均给我们带来快乐陪伴的费鲁乔和伊拉斯谟，表达诚挚的谢意。

假如没有我的好友兼代理人乔伊·哈里斯的鼓励和专业知识，那么，《美丽的语言：恋上意大利语》一书也许将永远成为我的一个梦想。能与我可爱的编辑珍妮弗·约瑟菲再度共事，确实是一件愉快的事，她和我一样对意大利的一切都饶有兴趣，本书的顺利出版，离不开她所起到的重要作用。感谢昂涅·沙尼奥为我提供的所有帮助，一并感谢文案编辑艾莉森·米勒、版面设计玛丽亚·卡雷拉和制作编辑埃达·约讷纳卡。

一如既往地，我向最亲爱的鲍勃和朱莉娅表达我最深切的感谢——他们怎么也想不到会有这样一位钟爱意大利的妻子和母亲。我的这段漫长的文化之旅，因有鲍勃和朱莉娅的一路陪伴而更加完满与其乐无穷。

A tutti, grazie di cuore.
万分感谢大家。

参考书目

GENERAL REFERENCES

Barzini, Luigi. *The Italians*. New York: Simon & Schuster, 1964.

Brand, Peter, and Lino Pertile, editors. *The Cambridge History of Italian Literature*. Cambridge: Cambridge University Press, 1996.

della Valle, Valeria, and Giuseppe Patota. *L'italiano: Biografia di una lingua*. Milan: Sperling & Kupfer Editori, 2006.

D'Epiro, Peter, and Mary Desmond Pinkowish. *Sprezzatura: 50 Ways Italian Genius Shaped the World*. New York: Anchor Books, 2001.

italian.about.com.

Kay, George R., editor. *The Penguin Book of Italian Verse*. New York: Penguin Books, 1958.

Migliorini, Bruno. *The Italian Language*. Abridged and recast by T. Gwynfor Griffith. London: Faber and Faber, 1966.

Nelsen, Elisabetta Properzi, and Christopher Concolino. *Literary Florence*. Siena: Nuova Immagine, 2006.

INTRODUCTION: MY ITALIAN BRAIN AND HOW IT GREW

Lesser, Wendy, editor. *The Genius of Language*. New York: Pantheon Books, 2004.

Nadeau, Jean-Benoit, and Julie Barrow. *Sixty Million Frenchmen Can't Be Wrong*. New York: Sourcebooks, 2003.

CONFESSIONS OF AN INNAMORATA

Brockmann, Stephen. "A Defense of European Languages." In *Inside Higher Education*. insidehighered.com., May 15, 2008.

Calabresi, Mario. *"Usa, la rivincita dell'italiano: è boom di corsi all'università."* *La Repubblica*, April 23, 2007: 17.

Duggan, Christopher. *A Concise History of Italy*. Cambridge: Cambridge University Press, 1984.

Esposito, Russell R. *The Golden Milestone*. New York: The New York Learning Library, 2003.

Falcone, Linda. *Italian Voices*. Illustrations by Leo Cardini. Florence: Florentine Press, 2007.

Hofmann, Paul. *That Fine Italian Hand*. New York: Henry Holt and Company, 1990.

Lepschy, Anna Laura, and Giulio Lepschy. *The Italian Language Today*. New York: Hutchinson, 1977.

Lepschy, Giulio. *Mother Tongues and Other Reflections on the Italian Language*. Toronto: University of Toronto Press, 2002.

Mondadori, Oscar. *Motti e proverbi dialettali delle regioni italiane*. Milan: A. Mondadori, 1977.

Tommaseo, Niccolò. *Dizionario dei sinonimi*. Milan: Vallardi, 1905.

THE UNLIKELY RISE OF A VULGAR TONGUE

Cattani, Alessandra. *L'italiano e i dialetti*. San Francisco: Centro Studi Italiani, 1993.

Consoli, Joseph. *The Novellino or One Hundred Ancient Tales: An Edition and*

Translation based on the 1525 Gualteruzzi editio princeps. Routledge; 1 edition. 1997.

Lewis, R. W. B. *The City of Florence*. New York: Farrar, Straus and Giroux, 1995.

Maiden, Martin. *A Linguistic History of Italian*. London: Longman, 1995.

Menen, Aubrey. *Speaking the Language Like a Native*. New York: McGraw-Hill Book Company, Inc., 1962.

Migliorini, Bruno. *Storia della lingua italiana*, vols. 1 and 2. Florence: Sansoni Editore, 1988.

Montanelli, Indro. *Romans Without Laurels*. New York: Pantheon, 1959.

Pulgram, Ernst. *The Tongues of Italy*. Cambridge, MA: Harvard University Press, 1958.

Roberts, Mark. *Street-Names of Florence*. Florence: Coppini Tipografi Editori, 2001.

Spadolini, Giovanni. *A Short History of Florence*. Florence: Le Monnier, 1977.

Tartamella, Vito. *Parolacce*. Milan: BUR, 2006.

Usher, Jonathan. "Origins and Duecento." In *The Cambridge History of Italian Literature*. Peter Brand and Lino Pertile, editors. Cambridge: Cambridge University Press, 1996.

TO HELL AND BACK WITH DANTE ALIGHIERI

Alighieri, Dante. *The Divine Comedy*. Translated by John Ciardi. New York: New American Library, 1954.

——. *Inferno*. Translated by Robin Kirkpatrick. New York: Penguin Classics, 2006.

——. *Purgatorio*. Translated by Allen Mandelbaum. Drawings by Barry Moser. New York: Bantam, 1984.

Fei, Silvano. *Casa di Dante*. Florence: Museo Casa di Dante, 2007.

Gallagher, Joseph. *A Modern Reader's Guide to Dante's "The Divine Comedy."*

Liguori, MO: Liguori/Triumph, 1999.

Lewis, R. W. B. *Dante*. New York: Viking Penguin, 2001.

Montanelli, Indro. *Dante e il suo secolo*. Milan: Rizzoli Editore, 1974.

Web edition, Dante's *Divine Comedy*, http://www.italianstudies.org/comedy/ index.htm. Center for Italian Studies, State University of New York at Stony Brook.

ITALIAN'S LITERARY LIONS

Bargellini, Piero. "The Ladies in the Life of Lorenzo de' Medici." In *The Medici Women*. Florence: Arnaud, 2003.

Boccaccio, Giovanni. *The Decameron*. Edited and translated by G. H. McWilliam. New York: Penguin, 1972.

Brinton, Selwyn. *The Golden Age of the Medici*. London: Methuen & Company, 1925.

Burckhardt, Jacob. *The Civilization of the Renaissance in Italy*. New York: Modern Library, 2002.

Cesati, Franco. *The Medici*. Florence: Mandragora, 1999.

"Chi vuol esser lieto, sia." Florence: Accademia della Crusca, 2006.

Grafton, Anthony. *Leon Battista Alberti*. New York: Hill and Wang, 2000.

Hibbert, Christopher. *The Rise and Fall of the House of Medici*. New York: Penguin, 1974.

Montanelli, Indro, and Roberto Gervaso. *Italy in the Golden Centuries*. Translated by Mihaly Csikszentmihaly. Chicago: Henry Regnery Company, 1967.

Patota, Giuseppe. *Lingua e linguistica in Leon Battista Alberti*. Rome: Bulzoni, 1999.

Plumb, J. H. *The Italian Renaissance*. Boston: Houghton Mifflin, 1989.

Severgnini, Beppe. *L'italiano: Lezioni semiserie*. Milan: Rizzoli, 2007.

Winspeare, Massimo. *The Medici: The Golden Age of Collecting*. Florence: Sillabe, 2000.

THE BAKING OF A MASTERPIECE

Accademia della Crusca, www.accademiadellacrusca.it.

Aretino, Pietro. *Aretino's Dialogues*. Edited by Margaret Rosenthal. Translated by Raymond Rosenthal. New York: Marsilio, 1994.

Bondanella, Julia Conaway, and Mark Musa, editors. *The Italian Renaissance Reader*. New York: Penguin, 1987.

Harris, Joel, and Andrew Lang. *The World's Wit and Humor*, vol. 13, *Italian–Spanish*. New York: Review of Reviews Company, 1912.

Manacorda, Giuliano. *Storia della letteratura italiana*. Rome: Newton & Compton, 2004.

Norwich, John Julius. *The Italians: History, Art, and the Genius of a People*. New York: Portland House, 1983.

HOW ITALIAN CIVILIZED THE WEST

Bondanella, Peter, and Mark Musa, editors and translators. *The Portable Machiavelli*. New York: Viking Penguin, 1979.

Carollo, Sabrina. *Galateo per tutte le occasioni*. Florence: Giunti Demetra, 2006.

Castiglione, Baldesar. *The Book of the Courtier*. Edited by Daniel Javitch. Translated by Charles S. Singleton. New York: W. W. Norton, 2002.

della Casa, Giovanni. *Galateo*. Translated by Konrad Eisenbichler and Kenneth Bartlett. Toronto: University of Toronto Press, 1986.

McCarthy, Mary. *The Stones of Florence*. San Diego: Harcourt, 1963.

Roeder, Ralph. *The Man of the Renaissance*. New York: Viking Press, 1933.

Severgnini, Beppe. *L'italiano: Lezioni semiserie*. Milan: Rizzoli, 2007.

LA STORIA DELL'ARTE

Besdine, Matthew. *The Unknown Michelangelo*. Garden City, NY: Adelphi University Press, 1964.

Boase, T. S. R. *Giorgio Vasari: The Man and the Book*. Princeton, NJ: Princeton University Press, 1979.

Bronowski, J. "Leonardo da Vinci." In *The Italian Renaissance*, edited by J. H. Plumb. Boston: Houghton Mifflin, 1989.

Bull, George. *Michelangelo: A Biography*. New York: St. Martin's Griffin, 1998.

Buonarroti, Michelangelo. *Poems and Letters*. Translated by Anthony Mortimer. New York: Penguin Classics, 2007.

Clark, Kenneth. "The Young Michelangelo." In *The Italian Renaissance*, edited by J. H. Plumb. Boston: Houghton Mifflin, 1989.

Cole, Michael. *Sixteenth-Century Italian Art*. Malden, MA.: Blackwell, 2006.

Condivi, Ascanio. *The Life of Michelangelo*. Edited by Hellmut Wohl. Translated by Alice Sedgwick Wohl. University Park: Pennsylvania State University Press, 1976.

de Tolnay, Charles. "Michelangelo and Vittoria Colonna." In *Sixteenth-Century Italian Art*, edited by Michael Cole. Malden, MA.: Black-well, 2006.

Hale, J. R., editor. *The Thames & Hudson Dictionary of the Italian Renaissance*. London: Thames & Hudson, 2006.

Hartt, Frederick, and David Wilkins. *History of Italian Renaissance Art*, 4th ed. Upper Saddle River, NJ: Prentice Hall and Harry N. Abrams, 1994.

King, Ross. *Brunelleschi's Dome*. New York: Penguin, 2000.

Langdon, Helen. *Caravaggio: A Life*. London: Chatto & Windus, 1998.

Nicholl, Charles. *Leonardo da Vinci: Flights of Mind*. New York: Penguin, 2004.

Nuland, Sherwin. *Leonardo da Vinci*. New York: Lipper/Penguin, 2000.

Puglisi, Catherine. *Caravaggio*. London: Phaidon Press, 1998.

Roscoe, Mrs. Henry. *Victoria Colonna: Her Life and Poems*. London: MacMillan & Company, 1868.

Sebregondi, Ludovica. *Giotto a Santa Croce*. Florence: Opera di Santa Croce, 2006.

Summers, David. *Michelangelo and the Language of Art*. Princeton, NJ: Princeton University Press, 1981.

van Loon, Hendrik Willem. *The Arts*. New York: Simon and Schuster, 1937.

Vasari, Giorgio. *The Lives of the Artists*. Translated by Julia Conaway Bondanella and Peter Bondanella. London: Oxford University Press, 1991.

ON GOLDEN WINGS

Berger, William. *Puccini Without Excuses*. New York: Vintage, 2005.

———. *Verdi with a Vengeance*. New York: Vintage, 2000.

Bleiler, Ellen, editor and translator. *Famous Italian Opera Arias*. Mineola, NY: Dover, 1996.

Bolt, Rodney. *The Librettist of Venice*. New York: Bloomsbury, 2006.

Carresi, Serena, et al. *L'italiano all'opera*. Rome: Bonacci, 1998.

Conrad, Peter. *A Song of Love and Death*. St. Paul, MN: Graywolf Press, 1987.

Dallapiccola, Luigi. *Dallapiccola on Opera*. Translated and edited by Rudy Shackelford. Milan: Toccata Press, 1987.

Da Ponte, Lorenzo. *Memoirs*. Translated by Elisabeth Abbott. New York: New York Review Books, 2000.

Duchartre, Pierre Louis. *The Italian Comedy*. New York: Dover Publications, 1966.

Gossett, Philip. *Divas and Scholars: Performing Italian Opera*. Chicago: University of Chicago Press, 1996.

Kimbell, David. *Italian Opera*. Cambridge: Cambridge University Press, 1995.

Noè, Daniela, and Frances A. Boyd. *L'italiano con l'opera*. New Haven, CT: Yale University Press, 2003.

Plotkin, Fred. *Opera 101*. New York: Hyperion, 1994.

Rosselli, John. *The Life of Verdi*. Cambridge: Cambridge University Press, 2000.

———. *Singers of Italian Opera*. Cambridge: Cambridge University Press, 1992.

Smith, Patrick. *The Tenth Muse: A Historical Study of the Opera Libretto*. New York: Schirmer, 1970.

Verdi, Giuseppe. *Verdi: The Man in His Letters*. Edited by Franz Werfel and Paul Stefan. Translated by Edward O. D. Downes. New York: Vienna House, 1970.

EATING ITALIAN

Artusi, Pellegrino. *Science in the Kitchen and the Art of Eating Well*. Translated by Murtha Baca and Stephen Sartarelli. Toronto: University of Toronto Press, 2006.

Capatti, Alberto, and Massimo Montanari. *Italian Cuisine: A Cultural History*. Translated by Aine O'Healy New York: Columbia University Press, 2003.

de' Medici, Lorenza. *Italy the Beautiful Cookbook*. Los Angeles: Knapp Press, 1988.

Dickie, John. *Delizia! The Epic History of Italians and Their Food*. New York: Free Press, 2008.

Ehlert, Trude. *Cucina medioevale*. Milan: Guido Tommasi Editore, 1995.

Field, Carol. *Celebrating Italy*. New York: Harper Perennial, 2007.

——. *In Nonna's Kitchen*. New York: HarperCollins, 1997.

Martino, Maestro. *The Art of Cooking: The First Modern Cookery Book*. Edited by Luigi Ballerini. Translated by Jeremy Parzen. Berkeley: University of California Press, 2005.

——. *Libro de art coquinaria*. Milan: Guido Tommasi Editore, 2001.

Nestor, Brook. *The Kitchenary: Dictionary and Philosophy of Italian Cooking*. New York: iUniverse, 2003.

Peschke, Hans-Peter von, and Werner Feldmann. *La cucina dell'antica Roma*. Milan: Guido Tommasi Editore, 1997.

——. *La cucina del rinascimento*. Milan: Guido Tommasi Editore, 1997.

Piras, Claudia, and Eugenio Medagliani, editors. *Culinaria Italy*. Cologne: Konemann, 2000.

Plotkin, Fred. *The Authentic Pasta Book*. New York: Fireside, 1985.

SO MANY WAYS TO SAY "I LOVE YOU"

Amore e amicizia. Milan: Baldini Castoldi Dalai, 2003.

Barzini, Luigi. *From Caesar to the Mafia*. New York: Library Press, 1971.

Casanova, Giacomo. *The Many Loves of Casanova*. Los Angeles: Holloway House, 2006.

Ginzburg, Natalia. *The Manzoni Family*. Translated by Marie Evans. London: Paladin Grafton Books, 1989.

Manzoni, Alessandro. *The Betrothed*. Translated by Bruce Penman. New York: Penguin, 1972.

Tommaseo, Niccolò. *Dizionario dei sinonimi*. Milan: Vallardi, 1905.

——. *D'amor parlando*. Palermo: Sellerio, 1992.

MARCELLO AND ME

Aprà, Adriano, and Patrizia Pistagnesi, editors. *The Fabulous Thirties: Italian Cinema 1929–1944*. Rome: Electa International Publishing Group, 1979.

Biagi, Enzo. *La bella vita: Marcello Mastroianni racconta*. Rome: Rizzoli, 1996.

Bondanella, Peter. *The Cinema of Federico Fellini*. Princeton, NJ: Princeton University Press, 1992.

——. *Italian Cinema: From Neorealism to the Present*. New York: Continuum, 2004.

Brunnetta, Gian Pietro. *Guida alla storia del cinema italiano 1905–2003*. Turin: Piccola Biblioteca Einaudi, 2003.

Comand, Mariapia. *Sulla carta: Storia e storie della sceneggiatura in Italia*. Turin: Lindau, 2006.

Dewey, Donald. *Marcello Mastroianni*. New York: Birch Lane Press, 1993.

Fellini, Federico. *Fellini on Fellini*. Translated by Isabel Quigley. New York: Da

Capo Press, 1996.

Hochkofler, Matilde. *Marcello Mastroianni: The Fun of Cinema*. Edited by Patricia Fogarty. Rome: Gremese, 2001.

Iannucci, Amilcare, editor. *Dante, Cinema, and Television*. Toronto: University of Toronto Press, 2004.

Kezich, Tullio. *Federico: Fellini, la vita e i film*. Milan: Feltrinelli, 1990.

———. *Primavera a Cinecittà*. Rome: Bulzoni, 1999.

Maddoli, Cristina. *L'italiano al cinema*. Perugia: Guerra Edizioni, 2004.

Malerba, Luigi, and Carmine Siniscalco, editors. *Fifty Years of Italian Cinema*. Rome: Carlo Bestetti, 1959.

Mastroianni, Marcello. *Mi ricordo, sì, io mi ricordo*. Milan: Baldini & Castoli, 1997.

Reich, Jacqueline. *Beyond the Latin Lover: Marcello Mastroianni, Masculinity, and Italian Cinema*. Bloomington: Indiana University Press, 2004.

Rondi, Gian Luigi. *Italian Cinema Today, 1952–1965*. New York: Hill and Wang, 1966.

Scorsese, Martin. *My Voyage to Italy*. DVD. Cappa Production, 2001.

Sorlin, Pierre. *Italian National Cinema, 1896–1996*. London: Routledge, 1996.

Wood, Mary. *Italian Cinema*. New York: Berg, 2005.

IRREVERENT ITALIAN

Caroli, Menico. *Proibitissimo*. Milan: Garzanti, 2003.

Delicio, Roland. *Merda!* Illustrations by Kim Wilson Eversz. New York: Plume, 1993.

Mueller, Tom. "Beppe's Inferno." In *The New Yorker*, February 4, 2008. www.newyorker.com/reporting/2008/02/04/080204fa_fact_mueller.

Pronto? L'Italia censurata delle telefonate da Radio Radicale. Milan: Mondadori, 1986.

Tartamella, Vito. *Parolacce*. Milan: BUR, 2006.

MOTHER TONGUE

Adamo, Giovanni, and Valeria della Valle. *Parole nuove 2006*. Milan: Sperling & Kupfer Editore, 2007.

della Valle, Valeria, and Giuseppe Patota. *Il nuovo salvalingua*. Milan: Sperling & Kupfer Editore, 2007.

———. *Le parole giuste*. Milan: Sperling & Kupfer Editore, 2004.

De Mauro, Tullio. *Storia linguistica dell'Italia unita*. Rome: Editori La terza, 2005.

Lepschy, Anna Laura, and Giulio Lepschy. *The Italian Language Today*. New York: Hutchinson, 1977.

Lepschy, Giulio. *Mother Tongues and Other Reflections on the Italian Language*. Toronto: University of Toronto Press, 2002.

Murray, William. *City of the Soul: A Walk in Rome*. New York: Crown Journeys, 2003.

Pulgram, Ernst. *The Tongues of Italy*. Cambridge, MA: Harvard University Press, 1958.

Sabatini, Francesco. *La lingua e il nostro mondo*. Turin: Loescher Editore, 1978.

Severgnini, Beppe. *La testa degli italiani*. Milan: Rizzoli, 2005.

译名对照表

人名、地名与机构名

A | 阿布鲁齐 Abruzzi
阿尔巴隆加 Alba Longa
阿尔贝塔·坎皮泰利 Alberta Campitelli
阿尔贝托·索尔迪 Alberto Sordi
阿尔多·贝拉尔多 Aldo Belardo
阿尔多·科洛内蒂 Aldo Colonetti
阿尔曼多·迪·卡洛 Armando di Carlo
阿尔诺 Arno
阿尔诺·丹尼尔 Arnaut Daniel
阿尔真塔里奥 Argentario
阿方索·德斯特 Alfonso d'Este
阿莱–穆拉泰 Alle Murate
阿兰 Alain
阿里戈·博伊托 Arrigo Boito
阿马尔菲 Amalfi
阿普利亚 Apulia
阿斯卡尼奥·孔迪维 Ascanio Condivi

阿斯科利 Ascoli

阿斯克伊尔托斯 Ascyltos

阿索洛 Asolo

阿维尼翁 Avignon

阿西西 Assisi

阿西西的弗朗切斯科 Francesco of Assisi

阿西西的圣弗朗西斯 St. Francis of Assisi

埃达·约讷纳卡 Ada Yonenaka

埃尔科拉纳 L'Ercolana

埃尔科莱 Ercole

埃尔科莱·德斯特 Ercole d'Este

埃尔维拉·杰米尼亚尼 Elvira Gemignani

埃莉萨·罗焦拉尼 Elisa Roggiolani

埃马努埃莱·科内利亚诺 Emanuele Conegliano

埃米利奥·萨尔加里 Emilio Salgari

埃内斯蒂娜·佩莱格里纳 Ernestina Pellegrina

埃涅阿斯 Aeneas

埃斯特·威廉姆斯 Esther Williams

埃特纳 Etna

艾莉森·米勒 Alison Miller

艾米利亚 – 罗马涅大区 Emilia-Romagna

艾米莉·波斯特 Emily Post

艾米莉娅·卢蒂 Emilia Luti

爱丽丝·沃特斯 Alice Waters

安·塞莱斯廷·格拉尔 Ann Celestine Grahl

安德烈亚 Andrea

安德烈亚·法索拉·博洛尼亚 Andrea Fasola Bologna

安东内拉 Antonella

安东尼奥·泰斯塔 Antonio Testa

安吉洛·丘奇乌 Angelo Chiuchiù

安康圣玛利亚教堂 Santa Maria della Salute

安娜·芬迪 Anna Fendi

安娜·马尼亚尼 Anna Magnani

安娜丽莎 Annalisa

安娜玛丽亚·莱利 Annamaria Lelli

安妮塔·埃克伯格 Anita Ekberg

安普里奥·阿玛尼 Emporio Armani

昂涅·沙尼奥 Annie Chagnot

奥黛丽·赫本 Audrey Hepburn

奥尔贝泰洛 Orbetello

奥古斯都和平祭坛 Ara Pacis Augustae

奥塔维奥·里努奇尼 Ottavio Rinuccini

奥维德 Ovid

B

巴迪亚小教堂 La Badia

巴蒂斯蒂诺 Batistino

巴尔贝里尼 Barberini

巴尔达萨雷·卡斯蒂廖内 Baldassare Castiglione

巴尔杰洛 Bargello

巴尔托洛梅奥·帕加诺 Bartolomeo Pagano

巴尔托洛梅奥·萨基 Bartolomeo Sacchi

巴勒莫 Palermo

柏丽慕达时装学院 Polimoda Institute

薄伽丘 Boccaccio

保拉·森西－伊索拉尼 Paola Sensi-Isolani

保罗·贝拉尔迪内利 Paolo Belardinelli

保罗·莫内利 Paolo Monelli

保罗·萨莱尼 Paul Salerni

保罗·乌切洛 Paolo Uccello

贝蒂诺·克拉克西 Bettino Craxi

贝尔维迪尔岛 Belvedere Island

贝弗利·卡恩 Beverly Kahn

贝卡里亚 Beccaria

贝立兹 Berlitz

贝内代托·瓦尔基 Benedetto Varchi

贝尼文化馆 Beni Culturali

贝佩·格里洛 Beppe Grillo

贝佩·塞韦尔尼尼 Beppe Severgnini

贝雅特丽奇 Beatrice

本维努托·切里尼 Benvenuto Cellini

比萨 Pisa

比亚焦 Biagio

彼得·邦达内拉 Peter Bondanella

彼得·德埃皮罗 Peter D'Epiro

彼得罗·阿雷蒂诺 Pietro Aretino

彼得罗·本博 Pietro Bembo

彼得罗·马斯卡尼 Pietro Mascagni

彼得罗·迪·贝尔纳多内 Pietro di Bernardone

彼得罗·特拉帕西 Pietro Trapassi

彼特拉克 Petrarch

秕糠学会 L'Accademia della Crusca

碧提宫 Pitti Palace

波波里 Boboli

波尔蒂纳里 Portinari

戴维·萨默斯 David Summers

戴维·塞尔兹尼克 David Selznick

丹尼尔·斯凯罗特泰尔 Daniel Scherotter

但丁·阿利吉耶里协会 Società Dante Alighieri

德拉吉尼亚佐 Draghignazzo

德利亚·拉焦涅里 Delia Ragionieri

邓南遮 Gabriele D'Annunzio

的里雅斯特 Trieste

狄奥多西 Theodosius

狄多 Dido

第勒尼安 Tyrrhenian

蒂巴尔特 Tybalt

蒂齐亚诺·费罗 Tiziano Ferro

蒂托·迪·莱奥纳尔多·斯特罗齐 Tito di Leonardo Strozzi

电台司令乐队 Radiohead

电影之家 Casa del Cinema

多丽亚 Doria

多莫多索拉 Domodossola

多纳泰洛 Donatello

多尼采蒂 Donizetti

多托尔·乔瓦尼·卡萨诺 Dottor Giovanni Cassano

E

E.M. 福斯特 E.M. Forster

厄尔巴 Elba

恩科尔皮乌斯 Encolpius

恩里凯塔·布隆代尔 Enrichetta Blondel

恩里科·保莱蒂 Enrico Paoletti

恩里科·费米 Enrico Fermi

恩斯特·普尔格拉姆 Ernst Pulgram

F

法尔库乔 Falcuccio

法尔内塞宫 Palazzo Farnese

法官和公证人艺术宫 Palazzo dell'Arte dei Giudici e Notai

菲奥伦蒂诺·罗索 Fiorentino Rosso

菲利波·布鲁内莱斯基 Filippo Brunelleschi

菲利普·泰勒 Philip Taylor

菲莉帕 Filippa

菲洛特奥·阿尔贝里尼 Filoteo Alberini

菲亚梅塔 Fiammetta

斐迪南一世 Ferdinand I

费代里科·兰皮尼 Federico Rampini

费德里戈·达·蒙泰费尔特罗 Federigo da Montefeltro

费德里科二世 Federico II

费迪南多·德·美第奇大公 Grand Duke Ferdinando de'Medici

费拉拉 Ferrara

费鲁乔 Ferruccio

费伊·唐纳薇 Faye Dunaway

佛罗伦萨艺术与设计学院 Florentine Academy of Art and Design

弗拉蒂 - 米诺里 Frati Minori

弗兰科·阿尔法诺 Franco Alfano

弗兰克·西纳特拉 Frank Sinatra

弗兰切斯卡 Francesca

弗兰切斯卡·加斯帕里 Francesca Gaspari

弗兰切斯卡·达·里米尼 Francesca da Rimini

弗兰切斯卡·加斯帕里 Francesca Gaspari

弗朗切斯科 Francesco

弗朗切斯科·布拉卡利 Francesco Bracali

弗朗切斯科·德奥兰达 Francisco de Hollanda

弗朗切斯科·圭恰尔迪尼 Francesco Guicciardini

弗朗切斯科·雷迪 Francesco Redi

弗朗切斯科·玛利亚·皮亚韦 Francesco Maria Piave

弗朗切斯科·奇莱亚 Francesco Cilea

弗朗切斯科·萨巴蒂尼 Francesco Sabatini

弗朗切斯科·彼特拉尔卡 Francesco Petrarca

弗朗西斯一世 Francis I

弗雷德·普洛特金 Fred Plotkin

弗利克 Flik

弗留利 Friuli

弗留利－威尼斯朱利亚大区 Friuli-Venezia Giulia

弗洛拉·卡拉贝拉 Flora Carabella

福尔科·罗马内利 Folco Romanelli

福尔诺沃 Fornovo

福林波波利 Forlimpopoli

G

伽利略·伽利莱 Galileo Galilei

该亚法 Caiphas

盖乌斯·彼得罗纽斯 Gaius Petronius

盖乌斯·瓦列利乌斯·卡图卢斯 Gaius Valerius Catullus

盖乌斯·尤利乌斯·恺撒 Gaius Julius Caesar

格雷乔 Greccio

格蕾丝·凯利 Grace Kelly

贡扎加 Gonzaga

古比奥 Gubbio

古列尔莫·卡瓦洛 Guglielmo Cavallo

古斯塔夫·福楼拜 Gustave Flaubert

古斯塔夫·多雷 Gustave Doré

圭多·卡瓦尔坎蒂 Guido Cavalcanti

圭多·托马西 Guido Tommasi

圭多·贝维桑圭 Guido Bevisangue

圭多·圭尼泽利 Guido Guinizelli

圭多格拉 Guidoguerra

圭尼维尔 Guinevere

圭斯卡尔多 Guiscardo

国家图书馆 Bibliothèque Nationale

H 哈斯勒 Hassler

汉诺 Hanno

和平祭坛博物馆 Ara Pacis Museum

亨利二世 Henry II

J J. H. 普拉姆 J. H. Plumb

基安蒂 Chianti

基普·克兰纳 Kip Cranna

吉安乔托·马拉泰斯塔 Gianciotto Malatesta

吉东 Giton

吉利奥 Giglio

吉罗拉莫·萨沃纳罗拉 Girolamo Savonarola

吉米·斯图尔特 Jimmy Stewart

吉娜·洛洛布里吉达 Gina Lollobrigida

吉内薇拉·德班琪 Ginevra de' Benci

吉斯蒙达 Ghismonda

技术学院时装博物馆 Museum of the Fashion Institute of Technology

加布里埃拉·加努吉 Gabriella Ganugi

加尔达 Garda

加莱亚佐·弗洛里蒙特 Galeazzo Florimonte

加里·格兰特 Cary Grant

加里·库珀 Gary Cooper

加列奥托 Galeotto

贾科莫·普契尼 Giacomo Puccini

贾科莫·达·伦蒂尼 Giacomo da Lentini

贾科莫·莱奥帕尔迪 Giacomo Leopardi

贾诺扎 Gianozza

焦阿基诺·罗西尼 Gioacchino Rossini

焦苏埃·卡尔杜奇 Giosuè Carducci

焦万·巴蒂斯塔·杰利 Giovan Battista Gelli

杰尔特鲁德 Geltrude

杰基·梅森 Jackie Mason

杰玛 Gemma

旧金山歌剧院 San Francisco Opera

K

卡尔卡勃利纳 Calcabrina

卡尔米内圣母大教堂 Santa Maria del Carmine Church

卡拉·法拉斯基 Carla Falaschi

卡拉·梅尔基奥尔 Carla Melchior

卡拉·塞拉菲尼 Carla Serafini

卡拉·纳蒂 Carla Nutti

卡拉拉 Carrara

卡拉瓦乔 Caravaggio

卡兰德里诺 Calandrino

卡萝尔·菲尔德 Carol Field

卡洛·巴蒂斯蒂 Carlo Battisti

卡洛·哥尔多尼 Carlo Goldoni

卡洛·佩波利 Carlo Pepoli

卡洛·伊博纳蒂 Carlo Imbonati

卡洛·阿泽利奥·钱皮 Carlo Azeglio Ciampi

卡内基·梅隆大学 Carnegie Mellon University

卡皮托利欧广场 Piazza del Campidoglio

卡皮托利尼 Capitoline

卡普里 Capri

卡恰圭达 Cacciaguida

卡萨诺瓦 Casanova

卡斯特鲁乔 Castruccio

卡泰丽娜·费乌克特 Caterina Feucht

卡泰丽娜·弗兰切斯基·费鲁奇 Caterina Franceschi Ferrucci

卡西诺 Cassino

卡西乌斯 Cassius

凯瑟琳·德·美第奇 Catherine de' Medici

凯瑟琳·德纳芙 Catherine Deneuve

恺撒·波吉亚 Cesare Borgia

坎波内斯基 Camponeschi

坎帕尔迪诺 Campaldino

科莫 Como

科姆皮乌塔·唐泽拉 Compiuta Donzella

科西莫 Cosimo

克拉克·盖博 Clark Gable

克拉丽切·奥尔西尼 Clarice Orsini

克莱门特·克拉克·穆尔 Clement Clarke Moore

克莱门特七世 Pope Clement VII

克劳狄二世 Claudius II

克劳迪奥·蒙特韦尔迪 Claudio Monteverdi

克劳迪奥·卡波内 Claudio Capone

克雷莫纳 Cremona

克雷申佐 Crescenzo

克里斯蒂娜·卡穆 Cristina Camu

克里斯蒂娜·罗马内利 Cristina Romanelli

克里斯托福罗 Cristoforo

克莉丝汀·德洛林 Christine de Lorraine

奎里纳莱 Quirinale

L   拉·罗马尼娜 La Romanina

拉法埃拉·菲奥拉尼 Raffaella Fiorani

拉法埃莱·埃斯波西托 Raffaele Esposito

拉法埃莱·西莫内 Raffaele Simone

拉格拉迪斯卡 La Gradisca

拉齐奥 Lazio

拉韦洛 Ravello

莱昂·巴蒂斯塔·阿尔贝蒂 Leon Battista Alberti

莱奥纳尔多·法苏洛 Leonardo Fasulo

莱奥纳尔多·萨尔维亚蒂 Leonardo Salviati

莱里奇 Lerici

莱斯沃斯 Lesbos

兰斯洛特 Lancelot

劳拉 Laura

雷穆斯 Remus

雷纳托·阿尔蒂西莫 Renato Altissimo

里卡尔多·科钱特 Riccardo Cocciante

M

马尔切洛·鲁比尼 Marcello Rubini

马尔切洛·马斯特罗扬尼 Marcello Mastroianni

马尔西利奥·菲奇诺 Marsilio Ficino

马耳他 Malta

马焦雷 Maggiore

马卡雷奥 Macareo

马克·安东尼 Mark Antony

马克·哈米尔 Mark Hamill

马库斯·加比乌斯·阿比修斯 Marcus Gabius Apicius

马库斯·奥雷柳斯 Marcus Aurelius

马库斯·桑德斯 Marcus Sanders

马库斯·图利乌斯·西塞罗 Marcus Tullius Cicero

马拉科达 Malacoda

马雷马 Maremma

马里奥·巴塔利 Mario Batali

马里奥·鲁菲尼 Mario Ruffini

马里奥斯 Marios

马里亚斯 Marias

马林意大利电影节 Marin Italian Film Festival

马伦戈 Marengo

马尼亚尼－费罗尼宫 Palazzo Magnani Feroni

马奇斯泰 Maciste

马萨乔 Masaccio

马塞托 Masetto

马苏乔·萨莱尼塔诺 Masuccio Salernitano

马西莫·范范尼 Massimo Fanfani

玛蒂尔达 Matilda

玛尔斯 Mars

玛格丽特王后 Margherita

玛丽·德斯蒙德·平科维什 Mary Desmond Pinkowish

玛丽·麦卡锡 Mary McCarthy

玛丽·安妮·埃文斯 Mary Anne Evans

玛丽亚·维多利亚·林博蒂 Maria Vittoria Rimbotti

玛丽亚·卡雷拉 Maria Carella

玛丽亚－奥古斯塔·扎加利亚 Maria-Augusta Zagaglia

玛丽亚娜·德莎尔皮永 Marianne de Charpillion

迈克尔·贝斯丁 Michael Besdine

曼弗雷多 Manfredo

曼托瓦 Mantua

毛里齐奥·巴尔巴奇尼 Maurizio Barbacini

毛里齐奥·迪·里恩佐 Maurizio di Rienzo

毛里齐奥·博尔吉 Maurizio Borghi

梅尔库蒂奥 Mercutio

梅洛 Merlot

梅尼科·卡罗利 Menico Caroli

梅塔斯塔西奥 Metastasio

梅特涅 Metternich

梅佐焦尔诺 Mezzogiorno

美第奇城堡庄园 Villa Medicea di Castello

美第奇宫 Palazzo Medici

蒙特布查诺 Montepulciano

蒙扎 Monza

米尔维奥 Milvio

米开朗琪罗·博纳罗蒂 Michelangelo Buonarroti

米拉内西 Milanesi

莫拉加 Moraga

莫穆斯咖啡馆 Café Momus

莫娜·乔瓦娜 Monna Giovanna

穆拉诺 Murano

N | 纳布科 Nabucco

纳里曼 Narriman

纳里曼·莎赫萝赫 Narriman Shahrokh

纳沃纳 Navona

娜塔丽娅·金兹伯格 Natalia Ginzburg

南娜 Nanna

内比奥罗 Nebbiolo

尼科莱塔·马拉斯基奥 Nicoletta Maraschio

尼科洛·弗兰科 Niccolo Franco

尼科洛·马基雅维利 Niccolo Machiavelli

尼科洛·托马塞奥 Niccolò Tommaseo

涅槃乐队 Nirvana

宁录 Nimrod

O | 欧金尼娅·利塔 Eugenia Litta

欧洲建筑设计院 Istituto Europeo di Design

P | 帕布利乌斯·奥维迪乌斯·纳索 Publius Ovidius Naso

帕蒂·史密斯 Patti Smith

帕多瓦 Padua

帕尔泰诺佩 Partenope

帕拉蒂诺 Palatine

帕莱斯 Pales

帕里斯 Paris

帕利奥·达斯蒂 Palio d'Asti

帕洛拉西亚 La Parolaccia

帕梅拉·普奇 Pamela Pucci

帕齐 Pazzi

帕齐·格雷厄姆 Patsy Graham

帕奇菲科·马西莫 Pacifico Massimo

帕什科夫斯基协奏曲咖啡馆 Caffè Concerto Paszkowski

帕斯奎诺 Pasquino

帕特森 Paterson

佩莱格里诺·阿图西 Pellegrino Artusi

佩里卡诺 Il Pellicano

佩鲁贾 Perugia

佩斯大学 Pace University

蓬扎 Ponza

皮埃蒙特－撒丁 Piedmont-Sardinia

皮蒂宫 Pitti Palace

皮科·德拉·米兰多拉 Pico della Mirandola

皮拉莫斯 Pyramus

皮埃尔·保罗·帕索里尼 Pier Paolo Pasolini

平克顿 Pinkerton

平乔 Pincio

珀西·比希·雪莱 Percy Bysshe Shelley

葡萄园学院 Accademia de' Vignaiuoli

普拉蒂纳 Platina

普拉托 Prato

普里莫·莱维 Primo Levi

普罗布斯 Probus

普罗塞克 Prosecco

Q | 奇普里亚诺山庄酒店 Villa Cipriano
契安尼娜 Chianina
契马布埃 Cimabue
乔尔乔·瓦萨里 Giorgio Vasari
乔托 Giotto
乔托·迪·邦多纳 Giotto di Bondone
乔瓦尼·德拉·特兰吉里塔 Giovanni della Tranquillità
乔瓦尼·帕伊谢洛 Giovanni Paisiello
乔瓦尼·韦里 Giovanni Verri
乔瓦尼·德拉·卡萨 Giovanni della Casa
乔瓦尼·贾科莫·卡萨诺瓦 Giovanni Giacomo Casanova
乔瓦尼·皮耶路易吉·达·帕莱斯特里纳 Giovanni Pierluigi da Palestrina
乔伊·哈里斯 Joy Harris
乔治·艾略特 George Eliot,
切科·安焦列里 Cecco Angiolieri
切萨雷·波吉亚 Cesare Borgia
切萨雷·博内萨纳 Cesare Bonesana
切萨雷·罗西 Cesare Rossi
切萨雷·扎瓦蒂尼 Cesare Zavattini
钦齐亚·凡丘利 Cinzia Fanciulli

R | 人民广场 Piazza del Popolo

S | 萨格兰蒂诺 Sagrantino
萨莱诺 Salerno
萨洛米 Salome
萨沃伊家族的玛格丽塔 Margherita of the House of Savoy

塞尔焦·拉法埃利 Sergio Raffaeli

塞缪尔·约翰逊 Samuel Johnson

桑德罗·波提切利 Sandro Botticelli

桑多·比尔克 Sandow Birk

桑娇维赛 Sangiovese

森西·伊索拉尼 Sensi Isolani

圣巴塞洛缪 St. Bartholomew

圣达米亚诺 San Damiano

圣费利切 San Felice

圣弗雷迪亚诺 San Frediano

圣科隆巴诺 San Colombano

圣马可 San Marco

圣母百花大教堂 Basilica of Santa Maria del Fiore

圣乔瓦尼 San Giovanni

圣三一广场 Piazza Santa Trinita

圣十字大教堂 Santa Croce

圣托马斯·阿奎那 St. Thomas Aquinas

施洗者约翰 John the Baptist

史蒂文·博特里尔 Steven Botterill

斯蒂凡妮·巴尔茨尼 Stefania Barzini

斯蒂芬·布罗克曼 Stephen Brockman

斯卡拉歌剧院 Il Teatro alla Scala

斯卡米里奥内 Scarmiglione

斯特凡尼娅·斯科蒂 Stefania Scotti

斯特凡诺·里奇 Stefano Ricci

索拉雅 Soraya

索萨利托 Sausalito

尚格·云顿 Jean-Claude Van Damme

T

T. S. 艾略特 T. S. Eliot

台伯 Tiber

泰莎 Tessa

坦克雷迪 Tancredi

唐·阿邦迪奥 Don Abbondio

唐·彼特罗·曼佐尼 Don Pietro Manzoni

唐·利赞德 Don Lizander

唐·罗德里戈 Don Rodrigo

唐·多梅尼科·泰斯塔 Don Domenico Testa

唐纳德·杜威 Donald Dewey

特拉奇·蒂蒙斯 Traci Timmons

特拉斯泰韦雷 Trastevere

特蕾莎·博里 Teresa Borri

特里斯坦 Tristan

特伦蒂诺 - 上阿迪杰大区 Trentino-Alto Adige

特伦托委员会 Council of Trent

提斯柏 Thisbe

鹈鹕岬 Pelican Point

鹈鹕酒店 Il Pellicano

图利奥·凯齐克 Tullio Kezich

托莱多 Toledo

托雷 - 德尔拉戈 Torre del Lago

托马索·圭多 Tommaso Guido

托尼·索蒂莱 Tony Sottile

托斯卡尼尼 Toscanini

W

瓦莱里娅·德拉·瓦莱 Valeria della Valle

瓦莱里娅·富里诺 Valeria Furino

乌菲齐 Uffizi

乌格里诺 Ugolino

伍迪·艾伦 Woody Allen

五渔村 Cinque Terre

X 西尔维奥·贝卢斯科尼 Silvio Berlusconi

西拉 Syrah

西莫内·丹布罗西奥 Simone D'Ambrosio

西尼奥雷·卡普罗泰斯塔 Signore Caprotesta

西尼奥里亚广场 Piazza della Signoria

西塞罗 Cicero

西雅图艺术博物馆 Seattle Art Museum

锡耶纳 – 阿雷佐大学 University of Siena-Arezzo

新圣玛利亚教堂 Church of Santa Maria Novella

Y 雅各布 Jacopo

雅各布·佩里 Jacopo Peri

雅各布·布尔克哈特 Jacob Burckhardt

亚历山大六世 Alexander VI

亚历山德拉·迪·弗朗切斯科·贝图奇 Alessandra di Francesco
    Bettucci

亚历山德拉·卡塔尼 Alessandra Cattani

亚历山德罗·法尔内塞 Alessandro Farnese

亚历山德罗·曼佐尼 Alessandro Manzoni

亚历山德罗·迪·马里亚诺·迪·万尼·菲利佩皮 Alessandro di
    Mariano di Vanni Filipepi

亚历山德罗·马西 Alessandro Masi

亚美利哥·韦斯普奇 Amerigo Vespucci

亚瑟·布鲁克 Arthur Brooke

伊波丽塔·托雷利 Ippolita Torelli

伊拉斯谟 Erasmo

伊拉斯莫斯 Erasmus

伊丽莎白·贡扎加 Elisabetta Gonzaga

伊丽莎白·内尔森 Elisabetta Nelsen

伊尼亚齐奥·莱昂内 Ignazio Leone

伊莎贝拉·德斯特 Isabella d'Este

伊索德 Isolde

伊塔尔基语 Italkian

伊特鲁里亚 Etruria

意大利国家时尚协会 Camera Nazionale della Moda Italiana

意大利面食博物馆 Pasta Museum

意大利语言学院 ItaLingua Institute

英德罗·蒙塔内利 Indro Montanelli

英诺森四世 Innocent IV

尤利西斯 Ulysses

尤利娅 Julia

于尔费 Urfe

约翰·阿丁顿·西蒙兹 John Addington Symonds

约翰·贝鲁西 John Belushi

约翰·迪基 John Dickie

约翰·恰尔迪 John Ciardi

约翰内斯·谷登堡 Johannes Gutenberg

约瑟夫·多默斯·费林 Joseph Dommers Vehling

约瑟夫二世 Joseph II

Z | 扎内塔·法鲁西 Zanetta Farusi

詹弗兰科·安杰卢奇 Gianfranco Angelucci

珍妮弗·约瑟菲 Jennifer Josephy

朱迪丝·格雷贝尔 Judith Greber

朱丽叶塔 Giulietta

朱利亚诺 Giuliano

朱莉娅 Giulia

朱莉娅·科纳韦·邦达内拉 Julia Conaway Bondanella

朱莉娅·皮罗瓦诺 Giulia Pirovano

朱诺·莫内塔 Juno Moneta

朱塞佩·加里波第 Giuseppe Garibaldi

朱塞佩·贾科萨 Giuseppe Giacosa

朱塞佩·帕托塔 Giuseppe Patota

朱塞佩·普雷佐利尼 Giuseppe Prezzolini

朱塞佩·威尔第 Giuseppe Verdi

朱塞佩·焦阿基诺·贝利 Giuseppe Gioacchino Belli

朱塞平娜·斯特蕾普波妮 Giuseppina Strepponi

朱斯蒂娜 Giustina

作品

A | 《阿比修斯》*Apicius*

《阿德里安娜·勒库夫勒》*Adriana Lecouvreur*

《阿尔马维瓦》*Almaviva*

《阿拉贡诗集》*Aragon Collection*

《阿玛柯德》*Amarcord*

《阿索洛人》*Gli Asolani*

《阿提拉》*Attila*

《阿依达》*Aida*

《爱的补救》*Remedia Amoris*

《爱的艺术》*Ars Amatoria*

《爱情灵药》*L'elisir d'amore*

《奥菲欧：音乐中的童话》*Orfeo: favola in musica*

《奥泰洛》*Otello*

B | 《柏拉图与人类的重生》*Platina and the Rebirth of Man*

《被遗弃的狄多》*Dido abbandonata*

《秕糠学会辞典》*Vocabolario degli Accademici della Crusca*

《变形记》*Metamorphoses*

《冰凉的小手》"Che gelida manina"

《波希米亚人》*La bohème*

《不为人知的米开朗琪罗》*The Unknown Michelangelo*

《不要伤害白种女人》*Non toccare la donna bianca*

C | 《擦鞋童》*Sciuscià*

《茶花女》*La traviata*

《朝臣》*La cortigiana*

《朝臣之书》*Il libro del cortegiano*

《成为意大利人》*Becoming Italian*

《船续前行》*E la nave va*

《从契马布埃到我们的时代，意大利最杰出的建筑师、画家、雕塑
家的生平：用托斯卡纳语来描述》*The Lives of the Most Excellent
Italian Architects, Painters and Sculptors, from Cimabue up to Our Own
Times: Described in the Tuscan Language*

Attacked, and Banished from the Language with Old and New
Argument, with the History and Etymology of the Words and with
Anecdotes to Entertain the Reader
《曼德拉草》The Mandrake
《曼佐尼家族》The Manzoni Family
《美食！意大利史诗般的历史及其食物》Delizia! The Epic History of
Italians and Their Food
《米开朗琪罗及其艺术语言》Michelangelo and the Language of Art
《面包、爱情和嫉妒》Pane, amore e gelosia
《墨索里尼这种人》Mussolini com'era

N 《纳布科》Nabucco
《弄臣》Rigoletto
《女人善变》"La donna è mobile"
《女人心》Così fan tutte

O 《欧律狄刻》Eurydice

P 《帕拉托》Parlato
《烹饪的科学与美食的艺术》La scienza in cucina l'arte di mangiar bene
《烹饪艺术》Art of Cooking
《屁股的胜利》Il trionfo del culo
《普契尼没有借口》Puccini Without Excuses

Q 《晴朗的一天》"un bel dì"

S 《萨蒂利孔》The Satyricon
《萨朗波》Salammbô
《塞维利亚的理发师》Il barbiere di Siviglia

X

《我记得，是的，我记得》*Mi ricordo, sì, io mi ricordo*

《我们的意大利语》*La nostra lingua italiana*

《我需要你》*Ho voglia di te*

《乡村骑士》*Cavalleria rusticana*

《新词：来自报纸的新词词典》*Parole nuove: un dizionario di neologismi dai giornali*

《新近重新发现的两位贵族恋人的历史》*Historia novellamente ritrovata di due nobili amanti*

《刑法典》*Codice Rocco*

Y

《雅典学派》*The School of Athens*

《伊科萨梅罗》*Icosamero*

《逸事集》*Il novellino*

《艺苑名人传》*The Lives of the Artists*

《意大利的文艺复兴》*The Italian Renaissance*

《意大利的语言》*The Tongues of Italy*

《意大利电影：从新现实主义到当代》*Italian Cinema: From Neorealism to the Present*

《意大利老大哥》*Il Grande Fratello*

《意大利情妇》"*The Italian Mistress*"

《意大利情色词汇历史词典》*Dizionario storico del lessico erotico italiano*

《意大利人》*The Italians*

《意大利语》*L'italiano*

《意大利语词典》*Il vocabolario della lingua italiana*

《淫荡的十四行诗》*Sonetti lussuriosi*

《毅力》*La perseveranza*

《用鸟打猎的艺术》*The Art of Hunting with Birds*

《游吟诗人》*Il trovatore*